# 囚人土俵
## OH! SUMO風雲録

野崎 誓司

檻の内外ハッケヨイノコッタ! 大相撲

## まえがき

　1963年2月17日の夜、東京・千代田区の丸の内警察署に学生服姿の1人の男子高校生が訪れている。
　「すみません、今晩、どこか泊まるところありませんか？」
　国家公務員の行政事務職4級の試験に合格していて、翌日、厚生省（現・厚生労働省）の面接試験を受けるためだった。しかし宿舎の手配をしていなかった。厚生省の守衛さん（警備員）に「近くの丸の内警察に行って相談してみたら……」と言われて尋ねたのであった。
　受付の署員は当初、怪訝(けげん)そうな表情だったが、事情を聴いて親切に対応、数か所の旅館の手配などをしてくれたが、「空き」がなかった。結局は留置所泊まりとなっている。ただし施錠はなかった。
　「廊下を隔てた向こう側の鉄格子の部屋に2〜3人入っていた。笑い声が聞こえたが、こっちは恐々(こわごわ)していた……。翌日、トーストと牛乳などの朝食をいただいた。『試験、頑張ってね』とお巡りさんにやさしく励まされて警察を出た」
　数日後、この高校生に厚生省から採用の通知が届いている。
　「一応ホッとした。親も『国家公務員だな、安心』と喜んでくれた。面接の時に厚生省の方が『これからは厚生年金が大事になってくる。その重要な任務に就いていただきたい』と熱っぽく語ってくれた。しかし、自分、18歳の若者にとって、全然関心がないというかピンとこない思いがあった……」
　そんな折、法務省管轄の東京拘置所の総務部庶務課から面接打診のハガキがあった。
　「平凡、安泰の道よりも特殊、厳しい世界に不安だけども関心、興味があった……」と応じている。
　〈荒海や佐渡に横たふ天(あま)の河(がわ)〉
　これは旅の人、俳人・松尾芭蕉（1644年〜1694年）の句。

越後・出雲崎で佐渡の島影と銀河を眺めて詠んだものだそうだが、芭蕉の心には「島流し」という寒々とした潜在意識があったとされる。
　1963年3月27日、その日本海の孤島・佐渡ヶ島育ちの1人の平凡な相撲好き少年は、越後と佐渡の「越佐海峡」の荒波を渡って上京、東京・豊島区の東京拘置所入りしている。
　その少年が本稿の著者である。

# 目　次

まえがき ……………………………………………………………… 3

## 第1章　衣・食・住

1. 「食い倒れ大阪」でゴッツアンデス！ ……………………… 9
2. 「うどん」「メロン」「焼き肉」の恩恵 …………………… 13
3. 貧窮時代を思えば監獄も天国住まい ……………………… 16
4. 大化け「プリンス・ジョナ・クヒオ」…………………… 18
5. TPOを弁えない「怪人」外人力士 ………………………… 21
6. 「ムショ入り志願」でまずは留置所 in ………………… 25
7. 暑くて寒い尾張場所の「変」「変」… …………………… 27
8. 「KOBAN」（交番）に親近感があり ……………………… 33
9. 灰色の塀に囲まれた殺風景な環境 ………………………… 36

## 第2章　東・西・南・北

1. 昔「流刑の島」も今は「朱鷺の里」 ……………………… 42
2. 北朝鮮と「プロレスの父」力道山 ………………………… 48
3. 宮城刑務所と歴史的な名所や記録 ………………………… 52
4. 青森からの新弟子と青森への囚人 ………………………… 56
5. 「東海」地方と「日本海」の波乱万丈 …………………… 60
6. 府中刑務所も国技の殿堂も国際化 ………………………… 66
7. 大阪・浪花の春の陣に花と嵐があり ……………………… 72
8. チリ人妻の東北ムショ巡りの珍道中 ……………………… 76
9. 名古屋に野球賭博問題で「都落ち」 ……………………… 80
10. 京都は観光人気も「京刑」は汚名 ………………………… 83

## 第3章　心・技・体

1. 特異体質が役立ち「塀の外」ヘドロン ……………………………… 89
2. 深刻な「虐め」に打っ棄り勝った!? ……………………………… 94
3. 土俵の裏方さんの「闘争心」に明と暗 ……………………………… 101
4. 「蔵前の星」と「小菅の教祖」の語録 ……………………………… 105
5. 火災発生に速攻対応の大相撲の力人 ……………………………… 109
6. 非凡な相場師は「非凡な囚人」か？ ……………………………… 112
7. 「ウッシッシ…」「アレ？」「ウオッ！」 ……………………………… 117
8. 突っ張り野郎の「青春プレーバック」 ……………………………… 120
9. IT業界の寵児「ホリエモン in 東拘」 ……………………………… 125
10. 獄徒の匠の技で人気の「CAPIC」商品 ……………………………… 128

## 第4章　生・死

1. あゝ「フグは食いたし　命は惜しし」 ……………………………… 131
2. 親の死より仕事優先ハワイアンボーイ ……………………………… 135
3. 玉の海、龍興山、剣晃…現役の死 ……………………………… 138
4. その時、いったい何を食べたのか？ ……………………………… 143
5. 死刑を免れた「仁義なき」ペルー人 ……………………………… 147
6. 悲惨な航空機事故と放火殺人事件!! ……………………………… 149
7. 死刑囚の超ロングタイムの独り住まい ……………………………… 152
8. 交通事故に「災い転じて福となす！」 ……………………………… 155
9. 「仏壇返し」と「吊り落とし」の模様 ……………………………… 161
10. どうなっている？死刑に関するQ＆A ……………………………… 164

## 第5章　花・鳥・風・月

1. 旭川と「あゝ上野駅」「ネオン無情」 ……………………………… 167

2. 月形刑務所と「月」マークと長谷川 ……………………… 171
　3. 琴櫻と琴風と「虹とひまわりの娘」 ……………………… 174
　4. 千葉・八街少年院の「肥溜」の事故 ……………………… 181
　5. 日光浴や「酒池肉林」の「囚われ人」 …………………… 183
　6. 花柳幻舟と「風雪流れ旅」と「夜鷹」 …………………… 186
　7. 群馬・赤城少年院の「危険」ドラマ ……………………… 188
　8. 美形の「鎌倉の大仏」に背くお粗末 ……………………… 191
　9. プリンセス雅子は「篭の鳥」なのか？ …………………… 194

## 第6章　男・女

　1. 男根を「ちょん切り」の女女女…男 ……………………… 199
　2. 男扱い？女扱い？「ニューハーフ」 ……………………… 203
　3. ♂から♂と♂から♀への「首投げ」 ……………………… 206
　4. 遥か遠い遠い存在の「金星」狙い!? ……………………… 208
　5. 女神のような「母さん～」の存在… ……………………… 211
　6. 「男横綱」譲二 VS「女横綱」幻舟 ………………………… 215
　7. 「予期せぬ出来事」の「愛の結晶」 ……………………… 218
　8. 「網走番外地」と「健さん」母子の絆 …………………… 220

## 第7章　天・地

　1. 脳天に地雷のごとく響いたあの時… ……………………… 223
　2. ペルー「空中刑務所」の「地下攻防」 …………………… 227
　3. 「13日」「13日目」の金曜日の吉凶 ……………………… 231
　4. 盆暮れ正月休みとXmasの「異変」 ……………………… 234
　5. 角界の力人たちが「偽物」に変身 ………………………… 242
　6. 「満月」から「真っ暗闇」の栄枯盛衰 …………………… 246

# 第1章 衣・食・住

## 1.「食い倒れ大阪」でゴッツアンデス！

### 差し入れ人気は「純露」

　1976年の春3月、大阪市都島区友渕町の大阪拘置所指定の差し入れ所「丸の家」で、店員のおばさんと、お客のヤクザ風のお兄ちゃんがこんなヤリトリをしていた。

丸の家

「兄ちゃん、面会終わったん？」（女店員）

「ああ」（男性客）

「差し入れ、なんぼでも入るよ」（女店員）

「タバコも入るんか？」（男性客）

「あきまへん。そんなことしたら、信用つぶれて、店やっていけんようになる」（女店員）

「ハハハッ、そうやな。バナナはある？」（男性客）

「ない。バナナはすぐ傷むからアカン。リンゴにしたらええ」（女店員）

「そうやな」（男性客）

「中（拘置所の食事）では甘い物がないから菓子とかアメが喜ばれる」（女店員）

「そうか。アメもぎょうさんあるな。どれがよう入っとる？」（男性客）

「これやね（袋に「純露」の文字）」（女店員）

「ほな、それも入れるわ」（男性客）

「おおきにー。兄ちゃん、本はどうや？」（女店員）

「あのアホ（収容者）、そんなタマじゃねえ。週刊誌１ページ読むと眠くなるんや」（男性客）

### 肥満傾向の「サリー」

この1976年３月、大相撲の春場所の会場、大阪府立体育会館は大入り満員だったが、その体育館の裏木戸から忍び込んでゴミ箱のあふれんばかりの残飯をあさっている無精ヒゲの浮浪者が何人もいた。「もったいねえよ。おおきに──」と言っていた。

この大阪場所時点の幕内力士の平均体重は142キロで30年前の110キロより32キロ増、10年前の127キロより15キロアップしていた。飽食、肥満傾向は力士にもあった。232キロの最重量「サリー」小錦はこう言っていた。

「このままずっと太り続けていけば、相撲を取るどころか普通の生活もできなくなる。健康のために減らすのがいい。とにかく食べないようにすることだ。しかしパワーが減るのも問題だよ」

1989年６月、米国ミズーリ州スプリングフィールドの医療刑務所に入所していた体重360キロのエドウィン・ロバーツという男は４か月間で118キロもの減量に成功している。シャバでは１万キロカロリーの大食いが１日に1600キロカロリーの大・大ダイエット食だった。こう言っていたらしい。

「食べたくても与えられない。もっとも刑務所のマズイ献立では食う気がしない。とにかく刑務所は少食に役立ってくれているよ、ハハハッ」

### ドラマ「差し入れ屋」

1989年８月放送の大阪の朝日放送テレビ「土曜ドラマスペシャル」は「差し入れ屋さん物語・拘置所とシャバを結ぶ悲喜こもごもの交差点」だった。差し入れ屋の「おかだ屋」の主人に小林稔侍、その妻に中田喜子、祖母役はミヤコ蝶々といった顔ぶれだった。

小林稔侍が元ヤクザという前歴だったり、店内で凶器入りのアンパンと

第1章　衣・食・住

すり替えられたりするシーンは「ホンマにあるかいな？」だったが、ミヤコ蝶々のセリフ「一番の差し入れは（収容者に）一目、顔を見せることですよ」はうなずかせてくれた。

## 浪花の「善戦マン」大善

2003年3月2日の午後4時～5時には大阪市浪速区元町の「そばよし本店」でご当地・大阪出身の「大善関のサイン会と関取を囲んでの食事会」が行われていた。会費は3千5百円。「ざるそば食べ放題」というおまけ付きであった。大善はその名

大阪「そばよし本店」

の通りに土俵上は「善戦マン」、土俵を離れると「善行の人」という人柄であった。夫人も浪速っ子で大阪を舞台にした織田作之助の短編小説『夫婦善哉』のようなカップルでもあった。食べ物よりもそのハートフルさに「ごちそうさまでした」という思いだった。

なお大善の初土俵（1981年3月）、新十両（1988年3月）、十両優勝（1991年3月）、新三役（1994年3月）とも春場所でまさに「大阪場所男」ではあった。

「自分は1年の区切りを3月、大阪と思っている」（大善）

## 「着倒れ京都」もパス？

2007年10月17日、大阪市浪速区のコンビニ「デイリーヤマザキ大阪恵美須東店」に浮浪者のような身なりの男が押し入り、レジで手を差し伸べて「金を出してくれ」と女性店員におねだりした。女性の叫び声を聞いた男性店長が男に難なく「押し倒し」を決めて、通報でかけつけた浪速署員に差し出している。強盗未遂の現行犯で逮捕されたのは住所不定、無職の46歳の男で、こう供述している。

「福岡の刑務所を出たばかりで着の身着のまま京都や大阪に出て来たが、

金を使い果たしてしまった。食べるものも着るものもなくなったので刑務所に戻りたかった」

大阪には美味しい食べ物が多くてつい金銭を浪費、ぜいたくをして結果、貧乏や破産となりかねないことから「食い倒れ大阪」という言い伝えがある。しかしこの男の場合はゴッツァンになる前にあえなくプッシュ・ダウンされたということであった。それに「着倒れ京都」もパスしていた？

## 元人気力士が「粗食」

2012年3月、元横綱・貴乃花の貴乃花理事が大阪・春場所担当部長になった。現役時代の160キロから70キロも減って90キロ程度とのことであった。その極端な痩身ぶりに「激ヤセの理由？」は「兄との確執？」「病気じゃないか」という陰口もあったが、きちんと健康管理ができるドクターがついてのダイエットだそう。

「1日1食が基本ですし、野菜ジュースが定番」（貴乃花親方）

スリムなスーツ姿で軽快に動き回っていた。

この2012年3月の大阪場所にひょっこり顔を見せていたのは元大関・小錦のタレント・KONISHIKIだった。現役時代の最高は285キロの時もあったが、この時点では174キロとのこと。4年前の2008年2月にハワイで胃を縮小する手術をしたそうである。再婚した夫人による食事療法の「内助の功」もあった。

「朝はパン1枚に目玉焼きと納豆で十分」（サリー）

ともかくご両人とも「食い倒れ大阪」にはノーサンキューであった？

なお大善は2003年春場所限りで引退して富士ヶ根親方になり、翌2004年春場所から「ご当所」大阪場所担当にずーっとなっていた。これは「大阪男」に対する稀な「恩恵」であろう。したがって富士ヶ根親方、相撲会場や実家に近い「そ

『日本人・小錦八十吉』

ばよし本店」でゴッツアンデス！が日常茶飯事であった――。

## 2.「うどん」「メロン」「焼き肉」の恩恵

### 「ピラニア相撲」の旭國

　1976年5月6日、東京・紀尾井町のホテルニューオータニで北海道出身、立浪部屋の旭國（本名・太田武雄）の大関昇進披露パーティーが開かれていた。旭國は3月の大阪・難波の大阪府立体育会館での春場所では13勝2敗で技能賞を獲得、その場所後には大関昇進を決めていた。

旭國

　「うどんが大好き、特に大阪のうどんだね。北海道から出て来て初めて食った時は『何だい、この汁はお湯みたいじゃん』と思ったけども、慣れるとあの薄味が何とも言えないうまさがある。オレの力の源にもなったよ」（旭國）

　旭國は研究熱心な技能派で「相撲博士」と称されていたが、食いついたら離れない相撲ぶりで「ピラニア」のアダ名もあった。そしてまた相手の片腕を自分の片腕で引っ掛けて倒す「とったり」の名手でもあった。見た目にはアッサリと決めているが、旭國のそれは安定した足腰を土台にヒジを使って相手のヒジを極める一種の関節技である。極まった時点で相手は「参った」であった。ヘタにこらえれば相手は骨折の恐れさえあった。

　さて大関昇進披露パーティーで祝辞に立った旭國とは釣り友達でもあった新潟県出身の稲葉修・法務大臣はこう言っている。

　「ロッキード問題は難しいが、私は検察庁の関係者に『ピラニアでいけ、旭國でいけ』と言っている。十両や前頭の12、3枚目あたりではない、大物の釣果を期待している――」

　大物の標的とは稲葉自身が称した「コンピューター付きブルドーザー」

である。力士たちからこんな声があった。
「自分と同郷（新潟県）でもあるし同姓（田中）でもあるんだよね。人情家で偉大な人です。でも、何か『勇み足』というかポカをやりそうに思っている」（黒姫山）
「お中元も小さな賄賂だろう。それをデッカクしたのがロッキード事件よ。どうってことないよ。（賄賂の金の単位として使われたという）『ピーナツ』1個がいくらで何個だったか知らんけどもね」（若獅子）
黒姫山は頭部がパワフルなSLを連想させるとして「デゴイチ（D51）」のニックネーム、若獅子は目が細くて「勝新さん」が演じる「座頭市」から「市ちゃん」の愛称があった。
1976年7月27日、猛暑の中、東京・葛飾区小菅の東京拘置所に「角さん」は収監されている。検察から「捕ったり」を食った——。

### 元総理と「同じ釜の飯」

数日後、東京拘置所の収容者仲間からこんな声があった。
「あの方が入ったのは新築の1舎2階の独居房だよ。あそこは湿気が少ないし、屋上からの照り返しもない。過ごしやすい。あの方は扇子を手放さない汗っかきらしいが、やっぱりVIPに対する特別待遇だな」
「オレたち（前）総理大臣と同じ屋根の下に住み、同じカマのメシを食っているのだ。誇りを感じるぜ。それにシャバでもめったに食ったことがないメロンが出た。たまげた。偉い人だけに食べさせたら問題だというので、ワシらにも食べさせてくれたんだ。神様、仏様、田中様だよ」
1976年8月には角さんは保釈出所となり1か月足らずのメロンの「恩恵」で終わってはいる。

### 天高く威容を誇る…

1978年4月、東京・豊島区東池袋に高さ239メートル、日本一、いや東洋一のノッポビルの「サンシャイン60」がオープンしている。かつて豊島区西巣鴨にあった東京拘置所の跡地であった。戦犯が収容された「巣

第1章　衣・食・住

鴨プリズン」の跡地でもある。

　1993年12月16日、上告審の裁判途中、田中角栄元総理は75歳で亡くなっている。公訴棄却となった。

　2006年8月、東京拘置所は新築・改築によって高さ50メートル、窓には鉄格子はなくて防弾の不透明強化ガラス、3畳は3畳半、そしてまた背の高いコンクリートの壁の位置は白いヘリポートになっていた。小菅駅からの「拘置所ロード」にも明るい陽射しが感じられた──。

　元小結・若獅子の和田耕三郎さんは東京・杉並で「軍配」という店名の手打ちのうどん屋を経営していた。

## 「大物食い」を期待

　2012年5月、東京スカイツリーが開業している。高さ634メートル、電波塔としては世界一の高さだった。2014年5月場所、元大関・旭國の大島親方の弟子だった旭大星（本名・大串拓也）が道産子力士として13年ぶりの新十両昇進の成績を納めている。旭國と同じく小兵の業師で出し投げや足技を得意にしていた。ベースボール・マガジン社の『相撲』誌には東京スカイツリーをバックにした旭大星の写真があった。そして好きな食べ物は焼肉でハラミやタン、嫌いなのは梅干し、シイタケ、よく見るTV番組は「世界仰天ニュース」とのことであった。

旭大星

　「旭大星には土俵の大物食いを期待したいな」
　「ウン、我々はこれで祝杯を上げよう」
　「この焼き鳥、冷たくなってもうまいんだよ」
　そう言いながら『相撲』誌と国技館名物の「やきとり」を手に「相撲ロード」を帰途につくお客さんがいた。角界、政界にはどんな「仰天ニュース」が待っているのか──。

やきとり

## 3. 貧窮時代を思えば監獄も天国住まい

### 北海道開発庁長官

　1983年12月、第37回衆議院議員総選挙で「相撲王国」北海道の「日本一広い選挙区」北海道5区から自由民主党公認で立候補、初当選したのが北海道・足寄町生まれ、拓殖大学出身の鈴木宗男・衆議院議員であった。1996年11月〜1997年9月まで橋本内閣の国務大臣、第66代北海道開発庁長官を務めている。

　大の大相撲ファンでもあった。北海道出身の第52代横綱・北の富士が率いる九重部屋の道産子の第58代横綱・千代の富士、その千代の富士引退後はやはり九重部屋で「国もん」(大相撲界の隠語で同郷のこと)の第61代横綱・北勝海を大いに「ヨイショ」していた。逆に鈴木氏の選挙などの際には突き押し相撲の北勝海がまさに「プッシュ」「プッシュ」の後押しをしていた。「甲子園の高校野球と一緒で相撲も選挙も郷土愛だよ」と鈴木氏は政治記者、相撲記者、それに地元・北海道の記者に囲まれて話していたこともあった。北勝海が引退して旧・九重部屋に八角部屋を構えると八角部屋の後援会長になっていた。部屋の幕内力士・海鵬(青森県出身)に化粧回しを贈ってくれてもいた。

　2002年6月、「やまりん事件」のあっせん収賄容疑を理由として衆議院本会議で逮捕許諾決議が可決され逮捕されている。しかし議員辞職はしなかった。ただ海鵬は贈呈されていた化粧まわしをお蔵入りにしていた——。

### 「新党大地」の代表

　2003年9月4日、約1年2か月の勾留から保釈されて地元の釧路市に帰った鈴木宗男代議士は後援者との会合でこう語っている。

　「(受託収賄罪で)囚われの身でしたが、みなさんに支えられて437日間、頑張れました。(東京)拘置所では三食きちんと食べられました。その点、満足にご飯も食べられない時期があった子供のころに比べたら天国ですよ。

第1章　衣・食・住

それは独房、狭いですけど、私、子供のころは吹雪が舞う家で布団が凍っていたこともある。学生時代は三畳一間の安アパートでしたからね」

　2005年8月、足寄高校の後輩、歌手の松山千春とともに新党大地を結成し代表に就任、9月の衆議院選で北海道ブロックでの比例1位候補として立候補、当選して衆議院議員復帰を果たしている。2008年2月26日の控訴審判決で鈴木宗男被告は議員バッチをつけて出廷している。懲役2年の実刑となった。しかし即日上告している。2010年9月7日付で最高裁は鈴木被告の上告を棄却、この結果、懲役2年、追徴金1千100万円が確定している。有罪、実刑確定により国会議員を失職、刑務所入りとなった――。

新党大地

### 「消費期限は残る」

　2011年12月6日、「新党大地」代表は服役していた栃木県さくら市喜連川の喜連川社会復帰促進センターから仮釈放されて、国会内で会見した。「鈴木宗男の賞味期限は切れたかもしれないが、消費期限はまだ残っている」などと語っていた。

　2015年12月21日、東京都内のホテルで開かれた元大関・朝潮の高砂親方の還暦祝いのパーティーに鈴木宗男・新党大地代表と娘で衆議院議員の鈴木貴子氏が出席していた。この宴にはNHK相撲解説者の北の富士勝昭さん、日本相撲協会のトップに就任したばかりの元横綱・北勝海の八角理事長らも出席していた。〽高砂や～のメデタク明るい雰囲気がいっぱいだった。「相撲王国」北海道復活や北方領土返還にもいくらか協力を期待したいところであった――。

# 4. 大化け「プリンス・ジョナ・クヒオ」

## 「道産子」の叔父さん

　1984年5月、東京都葛飾区小菅の東京拘置所に一風変わった男が結婚詐欺罪で入っていた。男はシャバでは頭髪はゴールドに染め、鼻は高々と整形手術、胸にピッカピッカの勲章をつけた軍服姿の装い、そしてわざとたどたどしい日本語でこう言っていた。
　「ワ・タ・ク・シ、英国王室の血筋をひく、空軍の大佐デース――」
　そのまるで西洋かぶれのような特異スタイル、自己紹介によるプロフィールにコロリと参った独身女性たちがいたのだった。この彼女たちの持ち金と肉体を次から次へとむさぼっていたのが自称「プリンス・ジョナ・クヒオ」こと北海道生まれの40歳代の男だった。
　ところがどっこい、塀の中での格好、素顔は「外」と大違いで、収容者仲間からまるで相手にされていなかった。東京拘置所の看守部長で1942年北海道生まれの「マッ（松浦）ちゃん」は東武伊勢崎線小菅駅前の寿司屋でこう言って首をひねっている。
　「アイツの普段着は臭いし、汚い坊主頭だなあ。鼻はピノキオみたいだよ。気味が悪いったらないよ。世話役の懲役囚も近寄りたがらないくらいだよ。いったいなんであんなヤツが女性にモテたんだい？　自分とは同郷、『国もん』なんだけどもな……」

## 「夕ぐれ族」のお姉さん

　このころ、愛人バンク「夕ぐれ族」の20歳代のお姉さんも売春防止法違反で東京拘置所に収監されていた。
　「自分らだって人並みの男、多少の興味を持ってのぞいたのだけど、なんだか拍子抜けしたなあ。化粧っ気がないこともあるけど、どこにでもいる普通の女の

東京拘置所

第 1 章　衣・食・住

子という感じなのだよね……」（マッちゃん）

　このお姉さんは「風俗界の松田聖子ちゃん」などと言われて人気を集めていた。

　この日、昭和59年5月の大相撲夏場所千秋楽は道産子・横綱の北の湖が24回目の優勝を「真っ白」の白星街道、15戦全勝で飾っている。ちょうど小菅駅前の「笹寿司」のテレビは大相撲中継をやっていてこちらの「国もん」には「オメデトウ！」「バンザイ！」と大喜びだった。

### 「懲りない男」

　歳月は流れて——。

　1993年の6月、あの道産子の50歳代になっていた男が、懲役5年の服役後、またも結婚詐欺容疑で東京拘置所に収監されていた。やはり髪は金色に染め、鼻は高々と整形手術という外国人に化けての再犯であった。

　「ワ・タ・ク・シ、37歳、米軍のパイロットです。ママはエリザベス女王の妹の姪、パパはハワイのカメハメハ大王の末裔。500億円の財産があるヨ。結婚してくれたらアナタに2億円の結納金をアゲマース。でも、お金は今、スイスの銀行なのヨ。とりあえずあなたとワ・タ・ク・シ、2人のためのマンションの購入資金を貸してくれません？」

　やはり大ウソのオンパレードで、OLや専門学校生らの女性数人から合計800万円を貢がせたのである。

　「懲りない男だよ。せっかく刑務所で矯正教育を受けていたのに、シャバで二の舞いを演じてまた入って来たよ。相変わらず素顔は汚い男なのだよ。それにしても……、ああ……、バカバカしいったら、ありゃあしない」

　マッちゃん、東京拘置所の副看守長（看守部長より昇格していた）はそう言って今度は被害女性を嘆いていた？

　なお「夕ぐれ族」のお姉さんはこの当時、東京都内の実家のクリーニング業を手伝っているとのことだった。

## 映画「クヒオ大佐」

2009年10月、「プリンス・ジョナ・クヒオ」、いや「スー（鈴木）さん」は塀の外の人となっていたが、またも脚光を浴びることになった──。

何とこのおやじさんをモデルにした映画、ズバリ「クヒオ大佐」（吉田大八監督）が東京・新宿の「新宿バルト9」などで公開されている。その公開に先立って主役を演じた俳優の堺雅人さんがゴム製の付け鼻をした特殊メーク、米軍パイロットに扮装した姿を記者会見で披露した。

映画「クヒオ大佐」

「変身した姿を（撮影現場で）モニターで見ているとギョッとする違和感があり、自分でいて自分でない感じもありました。虚と実が入り交じった不思議な作品に仕上がっていると思います。どうですか、今日の自分の表情、いつもと違って何かやっぱり変でしょう？」（堺雅人）

なお、だまされる女性役には女優の松雪泰子さんだった。したがってこちらはともに30歳代、スッピンも超美男、超美女のカップルではあった。

## 舞台「クヒオ大佐の妻」

2017年5月19日〜6月11日、東京・池袋の東京芸術劇場で「クヒオ大佐の妻」（吉田大八　作・演出）が女優・宮沢りえ（44歳）の主演で上演されていた。

「伝説の結婚詐欺師の妻になった？夏子」
「奇怪な世界に引きずり込まれる怪作！」

そういったキャッチフレーズのあったフィクションである。

「欧米の男性に対する女性のコンプレックスが根底のテーマになっているのですが、私自身、そういう意識が全然ないので役作りに苦労しました」（宮沢りえ）

実力派女優になっていた宮沢りえさん、必死の形相で夏子役、やはり「大化け」の熱演があった──。

第1章 衣・食・住

## 5．TPOを弁えない「怪人」外人力士

### 「相撲より酒」南海龍

1987年6月ごろ「西サモアの怪人」南海龍（本名・キリフィ・サパ）がこんなことを言っていた。

「スモウハウス（相撲部屋）は稽古辛いよ。親方には叩かれる。怖いよ。兄弟子はクレージーだよ」

その鬱憤を晴らすためにか酒浸りの日々だった。

「朝起きたらもう夜、酒飲むことを考えているよ」

東京・浅草橋の高砂部屋の自分の個室を酒場のようにして「これが一番の楽しみ」と毎晩、酒盛りを展開していた。一晩にビール数十本は飲んでいて、その散らかした空きビンを片づけるのに付け人たちはヘキエキしていた。「（南海龍が）店に入って来て、5本の指を出した。5本のビールを出したら50本だった」と近所の酒店のおやじさん。これだけだったら苦笑いで済むところだった。

1987年7月、東京・台東区柳橋のホテル「ベルモント」で常連客の南海龍が酔っぱらってホテルのフロント係に乱暴を働き、蔵前署の世話になっている。1988年9月場所14日目の朝、南海龍は腹痛を訴えて突如、休場した。実際は二日酔いのために相撲が取れない状態なのであった。千秋楽も引き続き休場した。

たまりかねて師匠の高砂親方（元横綱・朝潮）が千秋楽の翌日、「酒を取るか、相撲を取るか、どっちかにしろ」とまで言っている。南海龍は「酒を取る」とアッサリと言って、その日の夜に西サモアに帰っている——。

東京・蔵前警察署

### 「血染めタオル」露鵬

2006年7月15日の大相撲名古屋場所7日目、「ロシアの怪人」露鵬（本

名・ボラーゾフ・ソスラン・フェーリクソヴィッチ）による大暴走、前代未聞の乱行があった。

　大関・千代大海との一戦だった。立ち合い、千代大海が気負ってかやや早い突っかけ、これに露鵬が不機嫌そうに嫌ってやり直しとなった。2度目の立ち合い、露鵬のいきなりケンカ腰のような左張り手が千代大海の顔面にヒットしている。しかし千代大海は冷静に2秒8の押し出しに決めた。土俵下まで落ちた露鵬は悔しさをむき出しにして土俵上の千代大海をニラミつけていた。千代大海は「何だコラ！」と一喝している。

　花道を引き揚げた2人は風呂場でバッタリ鉢合わせをした。露鵬が「オレに『何だコラ』って言ったな、コラ！」と大関に食ってかかる。心配して待ち構えていた弟の白露山に押さえられるや風呂場のドアのガラスを拳で割った。器物損壊である。おまけにガラスの破片が千代大海に降りかかっている。

　そうテンヤワンヤしているうちに露鵬は審判部から呼び出しを食って九重審判長（元横綱・千代の富士）に叱責された。露鵬は一応、胸をなでおろして審判部室を出て来た。しかしまた頭に血がのぼった。一斉にカメラのフラッシュが浴びせられたからだった。露鵬は「撮るな」と激怒して手を上げた。窓ガラスを破壊した時にケガした右手には血に染まったタオルが巻かれていた。それで2人のカメラマンを連打した。その1人、毎日新聞社のカメラマンのストロボとメガネが吹っ飛んでいた。顔面打撲の軽傷を負って病院送りとなった。結局、露鵬は翌日から3日間の出場停止処分になっている。

　この名古屋場所直前にはサッカーW杯決勝戦でイタリア代表のマテラッツィがフランス代表のジダンに暴言を吐き、対してジダンが頭突きをして退場処分を受けている。ロシアのインターネットではMFジダンと並んで露鵬の写真が掲載されたサイトがあったという。

### 「変な装い」把瑠都

　2007年7月25日未明、東京・麻布署員は六本木の路上で泥酔した男と

トラブルを起こしたとして「変なガイジン」の事情聴取を行っている。事件性はないとして解放したもののその大男は大相撲の関取、バルト海に面した「エストニアの怪人」把瑠都(本名・カイド・ホーヴェルソン)であった。把瑠都は深夜のデート中だったが帽子、Tシャツ、短パン姿で署員は「お相撲さんとはビックリ」であったろう。

日本相撲協会の伊勢ノ海生活指導部長(元関脇・藤ノ川)はこの「装い」を問題視して本人と師匠の尾上親方(元小結・浜ノ嶋)に厳重注意をしている。お相撲さん、特に関取は基本的には外出も着物姿という通達がある。

### 「獄中のカクテル」

2011年3月、大阪刑務所堺拘置支所で被告を世話する受刑者数人が、除菌を行うアルコール消毒剤とお茶やオレンジジュースを混ぜた「塀の中特製カクテル」を作ってこっそり飲んでいたことが発覚している。

酒と同じように酔えるらしいが、味のほうは定かでない。危険性も十分ある。ただただアルコールに対しての「ノドから手が出る」「一日千秋」の思いがそうさせたのである。

### 春場所「中止」最中

その2011年3月の大相撲春場所は八百長問題で中止になっていた。

「いつもは相撲のファンでにぎわいがあるのに残念、寂しいですね」

大阪・浪速警察の「体育館前交番」のおまわりさんも言っていた。「開店休業」状態で手持無沙汰の表情であった。

そんな中の3月13日、インターネット上に、私用で大阪に来ていた大関の把瑠都が大阪・難波の繁華街の飲食店に所在している投稿動画があり、「ジャージ姿でタバコを吸って酒を飲んでいる」というコメントが添えられて

大阪府浪速警察署「体育会館前交番」

いた。把瑠都は日本相撲協会の二所ノ関生活指導部長（元関脇・金剛）から厳重注意を受けている。

「体が大きいから目立つよね。大阪のファンは春場所中止という不満、ウップン晴らしもあったんじゃないか。ネット情報もさることながら最近の相撲ファンは厳しいね」（二所ノ関生活指導部長）

そしてこんな思い出話もしていた。

「オレ、現役時代、大阪・難波で負けた悔しさでゲン直しの酒を飲み、難波の暗がりを歩いていた。オレ、普通の人と大差ない体つきで相撲取りと思わなかったせいか、『ちょいとそこを行く兄ちゃん、遊んでらっしゃいよ』と夜鷹に言われた。ハハハッ」

昔はいい時代だった？

## 酒気帯び居眠り運転

2011年4月18日、東京・港区内の国道の「中央車線で止まったままの乗用車がある」という110番通報でかけつけた警視庁高輪署員に、把瑠都の師匠の尾上親方（元小結・浜ノ嶋）が「酒気帯びと居眠り運転」で摘発されている。

「八百長問題で協会全体が謹慎中という折も折、あの師弟はいったい何を考えているんだ！」

放駒理事長（元大関・魁傑）は口角泡を飛ばして怒鳴っていた。

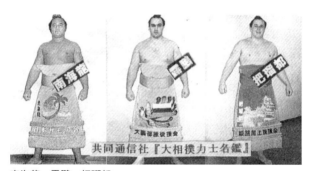

南海龍、露鵬、把瑠都

# 6.「ムショ入り志願」でまずは留置所 in

### 「トリカゴ（鳥篭）」

1988年2月18日、東京・渋谷の寿司屋で20歳代の男が約3千円ぶんの無銭飲食をして自ら「警察を呼んでくれ、刑務所に行かせてくれ――」と開き直っている。駆けつけた渋谷署員に詐欺容疑で現行犯逮捕されている。

男は2月9日に北海道の月形刑務所を出たばかりだった。「シャバは寒い、懐も寒い……。腹も減った。ムショに戻ったほうがマシだわ」ということだったらしい。まずは渋谷警察署の留置所、警察用語の「トリカゴ（鳥篭）」に収まっている。

東京・渋谷警察署

### 車泥棒の「ウ冠」

1992年7月29日、愛媛・三島警察署に車を横づけした30歳代の男は応対した署員にこう訴えている。

「このままではオレはダメになる……。一から出直したい。そのためには自分を突き落とす場にいたい。ついては刑務所に入れてくれないか？」

男は定職にもつかず、女房にも逃げられる冴えない人生を送っていたが、盗んだ車でドライブ中だったという。窃盗のことは警察用語で「ウカンムリ」で窃の字がウ冠からきているが、初犯の車泥棒の「ウ冠」程度では刑務所入りとはいかなかっただろう。

しかし気持ちを切り替えたということではいいターニングポイントになった。1992年7月29日はその「記念日」ではなかったか？

### 両国の衣料品店

2004年12月29日、東京・両国の衣料品店で「寒くて冬が越せない」とジャンパーを「ウ冠」して、自ら110番した53歳の男がいた。

「このままでは寒くて年が越せない、冬が越せない」

本所署員にそう訴えている。男はそれまでの30年間中25年が塀の中だった。彼にとっていわば「常宿」の刑務所で囚人服となったであろう。こういう輩も含まれて刑務所はありがたくない「大入り」が続いていた。

「相撲の街」の両国である。国技館や数多くの相撲部屋、チャンコ店、それにL判衣料店、お相撲さんが利用する「ライオン堂」がある。本所警察署の斜め前には老舗の蕎麦屋「玉屋」があるが、その店内には、フリーアナウンサーの徳光和夫さんの色紙、「両国のそばはコシよしキレもよし」が飾られていた。こちらはいずれもありがたい「満員御礼」だった。

両国国技館

東京・本所警察署

## 「サツ（察）」を指定

2009年5月20日、兵庫県警明石署は、明石市のインターネットカフェで無銭飲食をしたとして25歳の男を詐欺容疑で現行犯逮捕している。

男は前日、長野刑務所を出所してその日のうちに明石へ来たが「去年、（別件で）捕まった時、（明石署の）ご飯がうまかったので、わざと（明石で）逮捕された」と供述している。「サツ（察）」を指定している。

なお希望した明石署の「鳥篭」は満杯で、他の警察署に送り渡したそうである。

## 「ヤサぐれ」（家出）

2011年5月29日、大阪府警東淀川署はコンビニ店で食品を奪ったとして無職の63歳の男を強盗の現行犯で逮捕した。男は4月まで愛知県の一宮拘置支所にいたが、その後は1人アパート住まいだったという。所持金

はたったの30円しかなかった。「家出して出て来たけど、金もなくどうしょうもなかった。刑務所に入りたい」なのであった。

　警察用語でシャバの住まいは「ヤサ」という。これは刀剣の中身を包む筒の鞘からの連想、したがって家出は「ヤサぐれ」となっている。昔は少年少女にあったが、当今はボケ気味のお年寄りが世話になるケースが少なからずある。

### 妻からの「回避」

　2016年9月6日、米国カンザス州の70歳の男がカンザスシティーの銀行に入ると、「銃を持っている。金を出せ」と強盗に転じた。300ドル（約30万）を受け取ったが、逃げるわけでもなくソノママ居座った。通報を受けて駆けつけた警察官に逮捕されている。

　「実は妻と大ゲンカした。これ以上、妻と暮らせない。怖い。ついては刑務所で過ごしたい」

　そう供述したという。アメリカのメディアにはこうあった。

　「彼は『新しい我が家』で同房者にやさしく接してもらって安穏な日々を送っている――」

## 7．暑くて寒い尾張場所の「変」「変」…

### リンチ殺人事件

　2001年～2002年、愛知県みよし市ひばりヶ丘の名古屋刑務所で「名古屋刑務所リンチ殺人事件」が起きている。

　2001年12月、肛門に消防用ホースで高圧放水をして受刑者1人を死亡させたとされる「放水事件」と、2002年9月、革手錠付きベルトで腹部を締めて受刑者2人が死傷したとされる

名古屋刑務所

「革手錠事件」である——。

　2002年11月、名古屋地検特捜部は両事件で刑務官ら計8人が特別公務員暴行凌虐致死などの容疑で逮捕、起訴され、2004年3月、名古屋地裁によって主犯格の元副看守長に懲役2年、執行猶予3年を言い渡され、他5人（計6人）が有罪判決を受けている。

　冬の寒さには定評のある名古屋だが、背筋がゾクッ、ゾクッとするような事件であった。

### 酔っ払い刑務官

　2004年12月、愛知県豊田市内の病院に名古屋刑務所の受刑者が1週間ほど入院した際、これを監視、戒護する名古屋刑務所の複数の刑務官が休憩時間に院外で喫煙、飲酒やパチンコをしていたという。このマナー違反の刑務官がいた名古屋刑務所にほど近い酒屋の主人がこう言っていた。

　「病室に戻った刑務官の中に赤い顔をして酒の匂いをプンプンさせた酔っ払い者もいたという。言語道断ですよ。官吏がそんなことでは収容者に示しがつかない。病院側がしっかり刑務所に連絡して発覚したんですね」

　名古屋刑務所の周囲の草むらには「マムシに注意！」の看板があった。「名刑」の刑務官にも要注意かも？

　なお塀の中の受刑者は飲酒も喫煙もご法度である。酒屋の主人がこう言っていた。

　「土曜、日曜を除き、毎朝、何人かが出所しています。店の自動販売機でタバコを買って吸っています。『フーッ、クラクラする』と言っています。缶ビールはジーッと見つめてから一気に飲み干しています。肩が震えています」

マムシに注意！

### 悪ふざけ矯正職員

　2007年3月、名古屋拘置所半田拘置支所（半田市住吉町）の40歳代の

男性看守が女性収容者の独房に入って胸や下腹部を触り、また菓子や洋服などを偽名で差し入れるなど、不適切な行為をしたとして名古屋矯正管区が調査していた。この看守は名古屋矯正管区が調査中、名古屋市内の自宅で自殺し、「人生の千秋楽」としている。
　2008年3月、名古屋拘置所は2005年9月から2007年2月にかけて、夜間勤務中に受刑者を収容している部屋の鍵を無断で持ち出して解錠、房内で受刑者と殴り合い、ヒザの蹴り合い、果ては飛んで体当たりする「トッペ」のプロレスごっこ、そして奮戦後はトランプで遊んだなどとして半田拘置支所の40歳の看守を規律違反で懲戒免職にしている。

## 大荒れの「土俵の天気図」

　ところであらゆるスポーツの数多い成績表の中で大相撲の星取表はもっとも素晴らしい勝敗表、成績表だと思う。○（白マル）、●（黒マル）の記号だけ（不戦勝は□、不戦敗は■、やは休場）の簡単、明瞭さである。そのシンプルさがかえっていいと思うのである。
　しかしながら、大相撲名古屋場所の平成時代に入ってから（1989年～）の戦績、星取表は散々であった――。
　☆平成3年（1991年）7月場所　　前頭14枚目　　板　井
　●●●●●●●●●●●●●●●
　黒星の大バーゲンセール？で翌場所引退、のちに八百長告発をした。
　☆平成12年（2000年）7月場所　十両8枚目　　星誕期
　●●●●●●●●●●●●●●●
　1場所15日制が定着した昭和24年（1949年）以降、全敗は十両で3人目、幕内は前記の平成3年7月の板井まで4人が記録。以来、現在のところまで関取のオール黒星はこの名古屋場所でピリオドを打っている。
　☆平成14年（2002年）7月場所　横綱　貴乃花
　　ややややややややややややややや
　横綱の7場所連続全休は史上初、この場所、関取16人が傷病などで休場もワーストだった。

☆平成14年（2002年）7月場所　前頭2枚目　旭鷲山
●●●●□●●●●●●●●●
実質的には「出ると負け」で○の勝ちはなし。
☆平成15年（2003年）7月場所　横綱　朝青龍
○●○○●○○●■ややややや
5日目、旭鷲山のマゲをつかみ、横綱初の反則負けをしてその後休場。
☆平成18年（2006年）7月場所　大関　栃東
○○○○○○○□●●●●●●●
栃錦の平幕時代の昭和26年（1951年）1月場所の7連敗のあと8連勝とは「真逆」といえる恥辱だった。
☆平成18年（2006年）7月場所　前頭3枚目　露鵬
○●○●○○●■やや○○○●●
7日目の千代大海戦後、カメラマンに暴行し3日間の出場停止。
☆平成19年（2007年）7月場所　横綱　朝青龍
●○○○○○○○○○○○○○○
「隅1」でVだが、その優勝した7月場所後の夏巡業休場届を提出しモンゴルで蹴球、翌9月、翌々11月場所と2場所出場停止となった。
　なおこの場所、時津風部屋の序ノ口の時太山の星取表欄は空白（死亡）。のちに傷害致死事件となる。
「私は相撲が大好きで愛知県体育館やヒイキにしている時津風部屋の稽古場には毎日のように行きますが、暗いニュースが多いですね。名古屋の夏はうだるような暑さなんですが、そんな異常気象が影響しているのだろうかね。もう御免願いたいです。『災い転じて福となす』でいってもらいたいです」
　そう大正9年生まれ、名古屋市港区在住の「イナ（伊奈）さん」が言っていた。
☆平成21年（2009年）7月場所　十両14枚目　琴国
○●●●●●●●●●●●●●●
　この場所、暴力団員の維持員席での観戦がのちに判明、チケット手配の

「黒い交際」で木瀬親方が土俵外の●だった。

☆平成22年（2010年）7月場所　前頭4枚目　豪栄道
　ややややややややややややややや

野球賭博問題で豪栄道ら幕内6人、十両4人が謹慎休場、ご当所の大関・琴光喜は解雇となっている。

☆平成27年（2015年）7月場所　横綱　白　鵬
　○○○○○○○○○●○○○○○

白鵬はアッパレ！35回目の優勝を遂げている。

しかしこの2015年7月20日〜27日の名古屋場所中、白鵬が所属する宮城野部屋の熊ヶ谷親方（元十両・金親）が名古屋市内のマンションの一室で私費によるお抱えの運転手に金属バットで殴るなどの暴行を働いている。2015年9月、熊ヶ谷親方は傷害容疑で警視庁捜査1課に逮捕されている。

## 「看板倒れ」の横綱・大関

相撲協会の看板力士である横綱、大関陣の「看板倒れ」も目立っていた。

☆平成28年（2016年）7月場所

| ○○○○●○○○○●○○●○●● | 横綱　白　鵬 |
| ○○●■ややややややややややややや | 横綱　鶴　竜 |
| ○○○●○○○○○○○○○○○ | 横綱　日馬富士　V |
| ○○○○●○○○○○○○●○○ | 大関　稀勢の里 |
| ●●●●○●■ややややややややや | 大関　琴奨菊 |
| ●○●○○○○●○●○●●● | 大関　豪栄道 |

日馬富士は4場所ぶり8度目の優勝、名古屋は3回目で「名古屋好きです」。だが「期待過剰」の稀勢の里は初V、4度目の綱取り挑戦はまた逃している。

☆平成29年（2017年）7月場所

| ○○○○○○○○○○○○●○ | 横綱　白　鵬　V |
| ●●○○○○○○●○○○○○● | 横綱　日馬富士 |

●○●○●■ややややややややや　　横綱　稀勢の里
○○●■ややややややややや　　横綱　鶴　竜
●●○●●■ややややややややや　　大関　照ノ富士
●●○○○●○○●○○●●●　　大関　豪栄道
●○○○○○○○●○●●●●○　　大関　高　安

　白鵬は13日目、高安からの白星で魁皇の持つ通算勝星を抜く1048勝の金字塔を打ち立てるとともに、39度目の優勝を遂げた。「名古屋のみなさん、サン、キュー！」と「39」にかけたギャグを白鵬は飛ばしていた。

　稀勢の里は連続優勝のあと連続途中休場となった。新大関の高安は場所前、「全勝優勝」を宣言していたが9勝6敗の「クンロク」となった。照ノ富士と豪栄道はまたも大関カド番を9月の秋場所に迎えることになった。

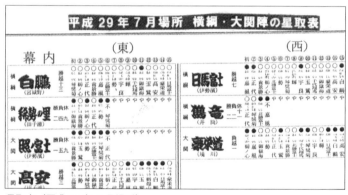

星取表（平成29年7月場所）

## 「雨降って地固まる」期待

　「上位陣の休場で寂しい思いをしている中で宇良の変幻自在の相撲ぶりが沸かせてくれたね。私、ラグビーのコーチもしているんですが、宇良の足取りにはラグビーのタックルを連想しますよ（笑い）。それはともかく私、ヒザの靭帯を痛めたことがある。力士の体の大型化、重量化が負荷となってケガにつながっているとも思う。ともかく『雨降って地固まる』でいってもらいたい」

第1章　衣・食・住

そう60歳代、千葉県船橋市在住の「ユー（湯澤）さん」が言っていた。かつて名古屋に勤務していたこともあり、義理の父は10年前に故人となっていたが前述のイナさんであった。

### 「ヒアリ」にご注意の掲示

この場所中、南米原産で猛毒を持つという「ヒアリ」が愛知県春日井市でも発見されているが、力士は裸や裸足で行動することが多いことから「ヒアリにご注意」の文書が出羽海名古屋場所担当部長（元幕内・小城ノ花）の名で支度部屋に貼り出されていた。

やはり「変」な尾張・名古屋の7月場所だった。もういいかげん、「終わり」にしてもらいたいところであったが——。

ヒアリにご注意

## 8.「KOBAN」（交番）に親近感があり

### 蒙古も「コーバン」

2014年3月10日、三重県伊賀市の名張署青山町駅前交番のトイレ内で、43歳の男が首を吊って死亡しているのを署員が発見している。永遠の眠りを交番の便所で求めたということなのか？

この2014年3月の春場所中、横綱・日馬富士が法政大学大学院の政策創造研究科に合格している。日馬富士はすでにモンゴルの国立法科大学の通信課程を卒業していて、警察官や弁護士になる資格を得ていた。

「交通事故で亡くなったボクのお父さんはモンゴル相撲の関脇をやりながら、警察で偉い人になった。モンゴルに『コーバン』も作ったのですよ」（日馬富士）

2014年5月4日、静岡県浜松市、浜松東署の芳川町にある交番に60歳

代の男が入って来ると、いきなり包丁を振りかざして「金を出せ」だった。どういう根性をしているのか？

## 「PB」「箱」

　交番は警察の地域課の派出所で正式名称はやはり「交番」（KOBAN）である。「交代で番をする場所」という意味である。警察の隠語では「箱」とか「PB」（ポリスボックス Police Box の略）と呼ばれている。

　1874年（明治7年）1月、日本の東京が発祥で海外にも KOBAN の名そのままで広がっている。日本の治安が良好な要因に交番があるという見方によるものだという。確かに地元民と密着した交番、「お巡りさん」の存在は大きい。2016年4月時点、日本の全国6000箇所余りに置かれていた。

　ブラジル・サンパウロ市出身の魁聖はこう言っていた。

　「ブラジルは治安の悪さがある。1年に150件ぐらいの殺人事件があるんだよ。サンパウロ市のハニエリという貧民街は『世界一治安が悪い街』という評判だよ。でもね、サンパウロ市では2005年ごろから『KOBAN』があって殺人事件が大幅に減っているよ。あの……、日本の警察の交番のおまわりさんの親切にも感謝していますね」（魁聖）

## 「ポケモン GO」

　2016年7月の名古屋場所中、ゲーム好きのその魁聖は折から話題のスマートフォン向け人気ゲーム「ポケモン GO（ゴー）」の配信にこう言って笑っていた。

　「明日、場所に歩いて来るかも。着かないかも。帰りも歩いて帰ろうかな」

　2016年7月20日、千葉・船橋警察署の船橋駅前交番付近ではスマートフォンを手に「ポケモン GO」を楽しみながら街を歩き回っている若者がいた。中にはポケモンを探して

千葉・船橋駅前交番

スマホをのぞいたり、かざしたりで交番にぶつかりそうになっていた者も見かけた。

2016年9月12日、京都府警は京都・長岡京市の府道で「ポケモンGO」をしながら運転中、バイクの女性をはねて死亡させたとして自動車運転死傷処罰法違反（過失運転致死）で48歳の男を逮捕していた。京都地裁は男に禁錮1年、執行猶予5年を言い渡している。

街の風景や人々の行動など、社会現象も大いに様変わりしていた。

## 「こち亀」終了

2016年9月17日、集英社発行の『週刊少年ジャンプ』に1976年9月から連載の人気漫画、秋本治さん（63歳）の「こちら葛飾区亀有公園前派出所」、略称「こち亀」が連載40年で終了、合わせて単行本も200巻で完結となった。

漫画『こち亀』

東京・下町の交番を舞台に破天荒で人情味あふれる警察官・両津勘吉、愛称「両さん」を主人公にしたギャグ漫画で、ギャンブル、カラオケ、ゲーム、プラモデル、携帯など世相や流行に敏感に幅広い趣味を持つ両さんの多彩なキャラクターが広く読者に愛され、親しまれた。JR亀有駅近くに「両さん」の銅像が設置されている。

## 「サクラ咲く！」

2017年8月、栃木県さくら市のJR宇都宮線氏家駅前のさくら警察署、氏家駅前交番ではおまわりさんが道案内をしていた。

「盆踊りの会場はどこですか？」（浴衣姿の女子高生）

「温泉（喜連川温泉）に行きたいのですが……？」（老夫婦）

爽やかな水色の制服姿の女性警察官がていねいに応対していた。ニッポンの夏の風情があった。

そんな中、喜連川社会復帰促進センターに出所者を迎えに行くという男性が、バス乗り場を聞いていた。バスは１時間に１本程度、タクシーを使えば片道６千円ぐらいというから、遠くて長い道のりであった。しかし、さくら市でめでたくシャバ、季節外れながら「サクラ咲く！」であったろうか？

栃木・氏家駅前交番

## 9. 灰色の塀に囲まれた殺風景な環境

### グレーゾーン

　日本の刑務所の舎房はかつて、放射形が大半を占めていた。扇の形や円形である。この構造だと扇の要（かなめ）、円の中心の監視台から全方向に見渡せる。したがって管理する側にとって数少ない刑務官で済み、効率がいいというわけである。

　しかし収容者サイドにとっては不評だった。場所によっては日当たりが悪くなる。音の反響が大きくて圧迫感が強い箇所も生じる。不平等なのである。このため最近は南面並列型がほとんどになっている。つまり普通の団地かマンションスタイルである。

　ただし布団の日干し、盆栽、それに「ホタル族」は全然見当たらない。

　これは古いギャグを持ち出せば前田製菓の「当たり前田のクラッカー」だ。

### 劣悪環境の南米

　海外の刑務所となると南米のブラジル、ペルー、コロンビアなどは劣悪な環境にあるといえる。とりわけブラジルは犯罪も多いが、日本の「通痛電車」並みの寿司詰め、「災害避難所」のような雑魚寝状態である。こちら塀の中は自業自得の立場ながら不満が渦巻いている。

各刑務所ともに常時、定員が大幅にオーバーしているのであるが、これに対して看守不足がある。人手不足で面倒見切れないという現実がある。したがって大規模の暴動や脱獄が頻繁(ひんぱん)に起きている。

ブラジルの刑務所

## ノルウェーは快適

一方、北欧のノルウェーは世界でも有数の犯罪が少ない国であるが、世界で最も「囚人にやさしい国」として知られている。

ノルウェーのオスロ南方にあるハルデン刑務所では団らん室でテレビやパソコンも自由に楽しめる。トレーニング場、礼拝堂、図書館もある。ノルウェーのバストイ島にあるバストイ刑務所は風光明媚さもさることながら木造の一戸建ての舎房が敷地内に点在している。

ノルウェーの刑務所

している。まるでコテージのようである。総じてリゾートアイランドのような趣がある。それだけならまだしも、服役態度の良好な受刑者には「外出」「外泊」もたまには許可されるシステムがある。

日本でかつて法相の諮問機関「行刑改革会議」が、ノルウェーに習って服役態度の良好な受刑者の刑務所からのダイレクトな電話はもちろん、外泊や外出を認める方策の導入を提案していたことがあった。これは実現には至っていない。しかしひょっとしていずれ……。

「パパからさっき電話があって、今度の土曜日に帰って来るって──」
いや、それはないと思う。

## サンマの苦い逸話

「昔の話だけどね」と前置きして、府中刑務所の元服役者がこんなことを言っていた。

「監獄での一番の楽しみは食べること、食事だからね。オカズが均等に

盛られているかどうかはみんな、目を皿のようにして見ていたよ。ちょっとの差でも見分けるよ。しかし、あれにはしびれたなあ。ムショ仲間の苦い思い出だよ。半分に切ったサンマの頭か、シッポのほうかで殴り合いのケンカになったことがある。頭のほうかハラワタが好きか嫌いかなのだね。私はハラワタが好きで家ではサンマのハラワタ、頭、シッポだけを食って残りは女房が食べる。ゲテモノ好き？　まあ、そうだね。マグロの目玉やアンコウの胆なんか大好物だからね」（府中刑務所の元服役者）

　現在、府中刑務所の「文化祭」や「矯正展」には一般の人が数多く訪れる。「麦飯チキンカレー」「麦飯牛煮定食」「サツマイモのグラッセ」「自家製コッペパン」などの獄中グルメが楽しめる。なおサンマも一般家庭同様、ムショも丸々1匹となっている。

## 「米7、麦3」で炊く

　囚人にとって一番の楽しみ、関心は食事であろう。献立に一喜一憂はあるが、概ねむさぼるように楽しみ、食している。

　主食はご飯（米7、麦3で炊く）、1週間に1、2回はパン、麺である。おかずは3品か4品になる。カロリーや栄養のバランスは整っているが、高級食材はなく基本的にはシンプルだ。

　なお刑務所の飯のことを「臭いメシ」と俗に言うが、これは昔、精麦が不十分だった時代の名残りと思われる。現在はそんなことない。それどころか麦飯は健康食として重宝されている。

「献立がいろいろあって日々楽しみだよ」
「何となく味気ないのは病院食に似ているな」
「揚げ物とか甘い物が少ないな」
「味噌汁が割といける」
「待ち遠しいから旨く感じる」
「働いているから美味しいんだ」

　受刑者の感想は十人十色、百人百様である。

　入浴も楽しみだが、これは1週間に夏場は3回、冬場は2回程度。自慰

第1章　衣・食・住

行為、マスターベーションやオナニーは自由である。看守も見て見ぬふりをしている。

相撲部屋のチャンコと刑務所の昼食

ある相撲部屋　ある日のチャンコ
ある刑務所　ある日の昼食

## 豪華なチャンコ

　相撲部屋で師匠が「風呂！」と言うと、稽古終了の合図である。
　ホッとした雰囲気が稽古場に流れる。チャンコ場から美味しい匂いが伝わっている部屋もある。相撲部屋のチャンコ風景となるとチャンコ鍋とトレーには５品、６品が並んでいて、「デパ地下」の食品売り場みたいにカラフルさがある。そして車座になって熱い鍋などをなごやかにつつく。獄徒には味わえない光景？
　なお力士の食事の順番は上位順で、下っ端となると「具なし汁だけ」ということが昔はあった。これが出世意欲につながったが、現在は「差」がない。

## 粗末な布地で単色

　刑務所内の生活は、基本的には「身一つ」で可能である。
　衣類はパンツ、シャツの下着からジャンパー、ズボンの上衣、靴下、パジャマの寝衣、座布団、ゴム草履、作業衣、作業帽子などが貸与される。なお女性にスカートはなく、みんなズボンである。作業衣も寝衣も粗末な布地と簡素な仕立てで「霜降り」（灰色）のグレーかグリーン系統の単色であった。一定の服を着せるのは、監視の必要性や脱獄への備えのため。
　獄衣というと、白と黒のシマ模様がマンガなどでよく描かれている。逃亡しても目立つため外国には実際ある。西洋においては二種の糸で織ったもので、それは異端、反社会的な「悪魔」のシンボルという見方があった。

## 「桜」「竹」色傾向

しかし現在では海外の大多数は薄いピンクやオレンジの一色である。ピンクは収容者にとっても見た目にも「心を和らげる」効果があるからだという説がある。桜の花のようなものなのか？

日本でも女子は四国唯一の女子刑務所の西条刑務所を皮切りに栃木刑務所などピンクが基調になりつつある。男性は薄い竹色が大半を占めるようになってきている。イメージの悪い灰色を一掃したい？

栃木刑務所

ところでかつて法務省の施設機関である法務総合研究所から〈刑務所に関する意識調査〉が報告されたことがあった。それによると〈刑務所生活で辛い、苦しいと感じたことのベスト3〉は次の通りであった。

〈① 自由がない、好きなことができない〉
〈② 舎房仲間の人間関係〉
〈③ 家族に会えない〉

ある刑務所の女囚

## 「女性の喜び」も

ロシアのモスクワ近くにある女子刑務所では、夫を含めた家族が年に1回ながら3泊4日の刑務所内同居を許されるシステムがある。したがって夫婦の「獄中合体」があり得る。結果、刑務所内で出産・授乳、育児の母の喜びを期間限定ながら感じることもある。ロシアのシベリアにある女子刑務所では年に1回、美人コンテストがある。華やかに着飾って美を競っている。そこにはまた女の喜びがあるといえる。

なお日本の女子刑務所にも、ほぼ1歳時までの育児室はある。これは妊娠したままで収監されたケースなどである。近くの産婦人科病院でうぶ声

をあげている。

〈死刑囚の歌〉
　愛し子は　清く育ててと　文書きつつ　瞳は曇りきて　囚衣濡らしぬ
　　　　　　　　　　　　　　　　　　強盗殺人　H・A　福岡拘置所

## 伝統・様式美の相撲

　お相撲さん、稽古場では関取は白、幕下以下は黒のまわし姿である。連日、砂と汗にまみれた厳しく激しい練磨が繰り広げられる。それが力士の一番の仕事、原点である。
　関取ともなれば土俵上、大銀杏や化粧まわしの華麗な晴れ姿を披露する。取組では昔は濃紺一色だったが、現在はナス紺はもちろんのことアズキ色、銀鼠色、金色の締め込み（まわし）姿もある。肌艶やかな肉体美にマッチして観客を魅了する。
　場所入りの着流しや引き揚げの浴衣姿の関取にウットリと見とれている女性ファンも多い。
　「いいわ……」「ステキ……」
　鬢付け油の爽やかな香りが漂っている。

# 第2章　東・西・南・北

## 1．昔「流刑の島」も今は「朱鷺の里」

### 貴族や宗教者など

　神亀元年（724年）に佐渡ヶ島は「遠流の地」として文献に記されている。「裏日本」の日本海に浮かぶ佐渡ヶ島は、本土から35キロメートルの海の向こうにある面積850平方キロメートルの小さな島、その自然、地理的条件が「勾留」場の役目を果たしていた——。

　1220年7月、第84代天皇の順徳上皇が鎌倉幕府との争いに敗れ、1271年10月には仏教の僧・日蓮が将軍・北条時宗のおとがめにより、1325年8月には公卿の日野資朝（ひのすけとも）が討幕計画の罪、1434年5月には能楽師の世阿弥、観世元清がやはり将軍・足利義教の勘気で島送りになっている。

　順徳院は1242年9月に断食による自殺で崩御、日蓮は「法華経の行者として人生の試練」と島流しを容認していたが赦免後、鎌倉に戻っての1274年3月に死去、日野資朝は1332年6月に佐渡で処刑、世阿弥は赦免後の1455年7月に81歳で老衰死している。

　ともかく数多くの貴族や宗教者などが島流しを受けている。

### 金山で過酷な労役

　1603年、徳川幕府は直轄で佐渡金山を開山した。日本最大、いや世界でも最大級の金銀鉱山であった。徳川幕府の重要な財源になっている。「黄金の国ジパング」の発信は佐渡にあった。

　しかし反面、数え切れないほどの江戸の無宿人、博打打（ばくちうち）が幕府の役人によって島への「送り出し」になってもいる。罪を罰するというより、ならず者を追放するという徳川幕府による行政刑であった。そして流刑者の大

半は佐渡・相川の佐渡金山で過酷な労役に服していた。それどころか「死の労働」に至らしめられた者も数多くいた。罪を犯せば当然ながら相川などの牢獄に入れられている。

　1621年元旦、江戸からの流れ人の桑山左平太という男は金銀保蔵庫から金塊を盗み、2月3日に佐渡奉行より火刑に処せられている。

　〈荒海や佐渡に横たふ天の河〉――

　これは旅の人、俳人・松尾芭蕉（1644年〜1694年）の句。松尾芭蕉は越後・出雲崎で佐渡を眺めながら詠んだという。芭蕉の心には流人の島という寒々とした潜在意識があったとされる。
　その越後と佐渡の「越佐海峡」の荒海を渡って力士になった――。

## 佐渡ヶ嶽のルーツ

　宝暦年間（1751年〜1764年）の江戸勧進相撲で活躍した佐渡ヶ嶽猪之助は佐渡・両津の夷（えびす）の出身である。宝暦5年（1755年）に没しているが「佐渡ヶ嶽」は年寄名として残り、佐渡ヶ嶽部屋として代々受け継がれて来ている。現在、菩提寺は両津の春日にある安照寺で、境内にはその碑がある。また末裔の屋号・佐藤長兵衛家、菓子店の「大阪屋」にはその朱の位牌がある。

　1935年7月、世間に少し知られた「佐渡の嬰児（えいじ）殺し事件」というのがあった。佐渡・赤泊の婦人数名がそれぞれ自分の赤ん坊を殺して遺棄、隠したものである。虐待ではない。生活苦によるものであった。それも「子供に不自由させたくない」という思いなのであった。しかし理由はどうあれ子を殺めている。新潟地方裁判所は執行猶予付きの懲役1年〜2年の有罪判決を下している。

　1939年1月、佐渡・真野出身の佐々木林蔵青年は関取に出世して里帰り、その後、天下の幕内力士を5場所務めた。シコ名はズバリ「佐渡ヶ島林蔵」であった。

1964年2月、人物往来社から『流人帖——伊豆・佐渡・隠岐の流人』（森末義彰編）が出ている。その〈まえがき〉にこうあった。

〈最近観光の島として華々しい脚光を浴びてきている伊豆諸島や佐渡・隠岐などの島々も、かつては鳥も通わぬ離れ島であり、荒海の彼方に横たわる孤島であるとともに、悲しい運命を背負った流人の島であった〉

森末義彰氏は東京大学史料編纂所長であった。

### 「佐渡の怪童」大錦

1969年11月、佐渡の自衛隊基地の隊員が反戦運動をしたとして全国の注目を集めた。

1973年9月の大相撲秋場所、佐渡・羽茂生まれの大錦（本名・尾堀盛夫）は20歳の新入幕で11勝4敗、金星（横綱・琴櫻戦）獲得、三賞独占、翌場所は新小結の切符も手にしている。「佐渡の怪童」と世間に知れ渡っている。

1981年3月、新潟地裁は反戦運動を煽動したとして自衛隊法違反などに問われた自衛官に無罪を言い渡している。

### 佐渡拘置支所の now

1984年4月、佐渡・中原にある新潟刑務所佐渡拘置支所長の「イマ（今井）さん」はこう言っていた。

「私は本土（新潟）出身ですが、佐渡は犯罪が少ないですよ。人々はみんな和やかです。それで軽犯罪ですし小さな島中に知れ渡っていて、本人も沈痛そのものです。たとえ罪を犯しても、こういう塀の中に閉じ込めているのは忍びないですね……。逃げたりはしません、荒海でそれもかないませんよ」

新潟刑務所佐渡拘置支所

佐渡拘置支所は敷地面積1965平方メートル、建て面積500平方メート

ル、狭いながらも灰色のコンクリートの厚い建物にガッチリ囲まれてはいた。折しも2人の窃盗犯が収容されているとのことだった。

1986年7月、読売新聞社の訓練中の飛行機が金北山付近に墜落、乗組員4名が全員死亡するという事件があった。

## 「鬼太鼓の舞い」

1994年12月、ぺりかん社発行の『力士になるには』(山西彩子著)にこうあった。

〈二子山部屋は佐渡ヶ島の鬼太鼓みたいな雰囲気が漂っていた。若・貴らが二子山親方が見守る中、必死の形相、髪を振り乱して修業を積んでいた。荒海の向こう、厳寒の佐渡の「鬼太鼓の舞い」である——〉

2001年9月、朱鷺企画から『君は横綱玉の海を覚えているか?』(野崎誓司著)が出ている。

2003年、日本の野生産最後のトキ「キン」がケージ内で死んでいるのが発見されている。

2003年11月、朱鷺企画から『黄金と流刑の島 佐渡』が出ていた。著者・宇佐見貞夫氏は元新潟地検検事だが佐渡・沢根の住民であった。

「黄金と流刑の島 佐渡」

2005年10月の芸術の秋、元小結・大錦の山科親方の書画展が朱鷺企画主催、読売新聞社出版局共催、それに佐渡・沢根の3代目宮田藍堂(宮田宏平)の特別出品で東京・墨田区のリバーサイドホールで開かれていた。

「少しでも佐渡の島民に恩返ししたい。力になりたい」(山科親方)

山科親方(元小結・大錦)の書画展

2008年9月、中国産トキを人工繁殖させた10羽が佐渡の空に初めて放たれている。

## 宮田亮平・芸大学長

2010年3月、3代目宮田藍堂の弟の宮田亮平（りょうへい）・東京芸大学長が横綱審議会委員になっている。彫金工芸家で東京駅の「銀の鈴」なども手掛けていたが白鵬の63連勝を記念して作成した「土俵王」が白鵬に2011年1月、国技館の土俵上で贈呈されていた。

台座に「土俵王」と書かれたプレートがあり、その上に「63」という大きな数字を12頭のイルカが丸く囲む形になっている。縦30センチ、横70センチほどでジュラルミン、金、銀、プラチナを使用している。

白鵬63連勝の記念品

イルカは宮田氏の作品のモチーフになっている。

「それは『リョウヘイ（亮平）ちゃん』が希望と不安の中で越佐海峡を渡る船の伴走してくれたのがイルカだったことによるんですよ」

そう地元、佐渡・沢根の幼なじみの山西彩子さんが言っていた。

## 元魁皇の弟子・魁渡

2012年5月場所に佐渡・金井出身の萩原頌胆（しょうた）君が友綱部屋から初土俵を踏んだ。金井中学時代は新潟県の「中学横綱」になっている。あこがれは魁皇だった。その元大関・魁皇の友綱部屋からの独立に伴い浅香山部屋所属、シコ名は魁皇の「魁」と佐渡の「渡」をミックスした魁渡（かいと）となっている。

2016年4月22日、環境省は佐渡市で、ともに野生下生まれ育った国の天然記念物トキのペアから雛が誕生したと発表した。野生の親同士から雛が生まれたのは1976年以来40年ぶりであった。この時点、佐渡でのトキ

の自立生息数は148羽だという。ともかくうれしい「朱鷺便り」があった。

## 「ブラタモリ」in 佐渡

　2016年9月3日、NHKテレビの「ブラタモリ」は「佐渡」であった。金銀山の跡地、地下30メートルにある坑道を見物している。観光コースになっていて「労役」の人形の姿もある。手掘りの重労働だった。その人形の当時の気持ちを代弁するように、タモリさんはこう言って笑わせた。
　「暗いし狭い。早く外に出たい。酒飲みてえ」
　2016年10月24日、佐渡東署は佐渡市立両津病院の49歳の准看護師の女性を入院患者のキャッシュカードを勝手に使ってATMから現金50万円を引き出したとして、窃盗の疑いで逮捕している。

## 山科審判部副部長

　2017年3月の大阪場所から元大錦の山科親方（役員待遇）がそれまでの協会本部勤務の総合企画部副部長から審判部副部長に就任、「土俵のお目付け役」として登場していた。
　「オッ、大錦だよ」
　佐渡ヶ島の「テレビ桟敷」の相撲ファンの楽しみが増えた。
　その春場所は新横綱の稀勢の里の人気を反映して連日大入り満員だったが、千秋楽、手負いの横綱が大関の照ノ富士を連破しての奇跡ともいえる逆転優勝を遂げた。
　「感動した。21年ぶりの審判の場で実に思い出に残る場所になりました」（山科親方）

## 力士「朱鷺の島」？

　2017年4月27日、第50代横綱・佐田の山で第7代日本相撲協会理事長・境川、元出羽海親方の市川晋松さんが肺炎のため79歳で死去した。大錦の師匠であった。
　朱鷺企画代表の「セイ（誓司）さん」はこう言っていた。

「長崎の五島の出身で『同じ島育ちだね』と親しく接してくれた。尾堀君のシコ名について『朱鷺の島はどうですか？』と提案したことがあるけど、当時は『絶滅寸前の鳥だよ』と苦笑されたことがある。いずれは四股名に『朱鷺の島』や『朱鷺の里』があるかもしれないね」

2017年8月5日、佐渡・窪田の「サンテラ佐渡スーパーアリーナ」（佐渡市総合体育館）で夏巡業が開催されていた。その「大相撲佐渡場所」を「ケン（謙司）ちゃん」という30歳代の男性が福島から佐渡に帰省していて見物していた。

大相撲佐渡場所のポスター

「自分の名前は戦国時代の越後の武将・上杉謙信からつけられたんですが、白鵬が『白鵬新潟後援会』から贈られたという上杉謙信やトキをデザインした化粧まわしで横綱土俵入りを披露していたんですよ」（ケンちゃん）

魁渡は幕下、浅香山部屋の部屋頭になっていたが特別に参加していた。

「自分もいずれ関取になって羽ばたきたいですね」（魁渡）

真野湾の美しい入江の上空に朱鷺が数羽舞っていた――。

## 2．北朝鮮と「プロレスの父」力道山

### 「英雄」力道山の故郷

1924年11月14日、朝鮮半島北部で生まれた金信洛少年は日本の長崎に来て養子に入っている。百田性になり力士になって1946年11月場所に入幕して関脇まで張っている。得意は張り手交じりの突っ張りと上手投げだった。力道山である。

1948年8月、金日成・朝鮮労働党主席の下、朝鮮民主主義人民共和国（北朝鮮）が成立している。金日成は「建国の父」であり初代の北朝鮮の

最高責任者である。

1950年9月場所限りで力道山は力士を廃業したがプロレス界の王者として君臨、外国人レスラーを相手に「空手チョップ」で一世を風靡した。「プロレスの父」と言われていた。

1963年12月15日、若い男との東京・赤坂のナイトクラブでのトラブルで刺されたのが遠因で急死している。

力道山

## 刺した男は「東拘」

1964年～1965年ごろ、東京・豊島区西巣鴨の東京拘置所にこの傷害罪の男が在監していた。面会には連日のように美形の女性が訪れていた。男に傲慢さみたいなものはさらさらなかったが、面会所と独房との往復の通路で交差する他の未決囚たちからはまるで英雄視されているきらいがあった。

「あれが村田だよ……」

「力道山を刺した男だな」

「住吉会系の暴力団員だよな……」

「割と男前だな」

男は懲役7年の判決を受けて府中刑務所に移っている。

1994年7月8日に金日成主席が死去、代わって息子の金正日が朝鮮労働党総書記として2代目の北朝鮮の最高責任者となっている。

## モンゴル勢の確執

2003年5月場所9日目、モンゴル人同士、「蒼き狼」、横綱・朝青龍（本名・ドルゴルスレン・ダグワドルジ）と前頭2枚目の「シュウ（鷲）ちゃん」、旭鷲山（本名・ダヴァー・バトバヤル）の一戦だった

旭鷲山が微妙な勝負ながら勝って金星を上げた。朝青龍は物言いがつかないことに怒って、土俵下の審判員を土俵上からニラミつけた。さらに引

き下がる途中、旭鷲山と肩がちょっとぶつかると荒々しくサガリを引き抜いて振り回していた。

　2003年7月場所5日目、2人はまた相まみえることになった。朝青龍が旭鷲山のマゲを左手でつかんで強引に引き落とした。横綱として史上初の反則負けを宣せられている。

　「もったいないな。勝っていた相撲だったから……」（朝青龍）

　「まさか2場所続けて勝てるとは……」（旭鷲山）

　勝負後の支度部屋では淡々とした口調だった。

　しかし愛知県体育館の駐車場にそれぞれの車が並列して駐車していたのだが、朝青龍の大型バン車が先に走り去ったあと、旭鷲山の外国車の左ドアミラーが壊れていたのだった。

　「朝青龍がヒジで壊したのを目撃した」と旭鷲山の車の運転手。

　「まったくしょうがないヤツだな。あの性格を直さないと、また同じことを繰り返すんじゃあないか」（旭鷲山）

### 格闘家との因縁

　2010年4月22日、『朝鮮中央通信』が配信した報道写真には何とこの年の2月に泥酔暴行問題の責任をとって引退したばかりの元横綱・朝青龍が映っていた。平城の万寿台議事堂での記念写真には金永南朝鮮最高人民会議常任委員長らとともにチョンマゲ、紺のスーツのりりしい姿でドルゴルスレン・ダグワドルジ氏は収まっていた。

　2011年12月17日に金正日総書記が死去、代わって三男の金正恩が朝鮮労働党第1書記として3代目の北朝鮮の最高責任者となっている。

　2013年4月13日、あの力道山を刺した男は死去している。享年74歳だった。彼は1971年に出所してからは毎年、力道山の命日前後には東京・芝の増上寺に墓参りをしていたという。彼の娘の篠原光（旧姓・村田）さんは何の因縁か女子総合格闘家であった。

## 残忍な粛清の嵐

　2013年12月13日、『朝鮮中央通信』や韓国の『聯合ニュース』が伝えるところによると、北朝鮮はかつて政権ナンバー2だった張成沢・前国防委員会委員長の「国家転覆陰謀行為」に対する特別軍事裁判を12日に行い、死刑判決を下して即日執行している。

　北朝鮮にとっては国家の存続にかかわる大問題とはいえ、その政治生命を剝奪（はくだつ）するのはまだしも、いきなり「死罪」は極めて異様だった。金正恩第1書記による残忍な粛清であったのか、独裁者の猜疑心がなせるわざなのか。

　2014年2月、新たに金政権側近となっていた軍総政治局長も、自宅に護衛指令部隊員の急襲を受けて連行され即刻の処刑となっていた。機関銃によるもので一瞬のうちに政治局長の胴体と下半身が真二つに分かれたという。また元ナンバー2・張死刑囚の元愛人だった「モランボン楽団」の女性も処刑されたという。何と飢えた犬を檻の中に放ったという。

　ともかく東アジアの朝鮮半島北部に存在する社会主義の北朝鮮民主主義人民共和国は「野蛮な国」であった――。

## 「アントン」議員

　2014年3月12日、参議院予算委員会で質問に立った元プロレスラーで当時、日本維新の会の「アントン」、アントニオ猪木参議院議員が冒頭、突然「元気ですか!」と雄叫びを上げ、山崎委員長にたしなめられている。

　それはそれとして質問では力道山の名を上げ、持論の北朝鮮とのスポーツ外交や国会議員団の訪朝を安倍首相に訴えた。首相は「スポーツの力は大きい。私も子供のころ、猪木議員とハルク・ホーガンの戦いに熱中した」と応じていた。

　2014年3月16日、外務省は、拉致被害者の横田めぐみさんの両親である横田滋さん（81歳）、早紀江さん（78歳）夫妻が、めぐみさんの娘、キム・ウンギョンさん（26歳）と3月10日〜14日、モンゴルのウランバートルで面会したと発表した。この面会の場に同席していたのはモンゴルの

実業家・政治家で大統領特別補佐官のダヴァー・バトバヤル氏、元「技のデパート・モンゴル支店」旭鷲山であった。「北朝鮮と日本の虹の架け橋になりたい」としていた。

2014年8月30日〜31日、「燃える闘魂」アントニオ猪木参議院議員が提唱していた北朝鮮での19年ぶりの「平和の祭典」、スポーツ文化交流イベント「インターナショナル・プロレスリング・フェスティバル・in 平壌」が盛大に開かれていた。

### 国家的な犯罪

2016年5月、金正恩はそれまでの朝鮮労働党第1書記から朝鮮労働党委員長として弾道ミサイル発射や核実験をエスカレートしていく――。

2017年2月、マレーシアで金正恩委員長の異母兄である金正男氏が猛毒の「VX」で殺害される事件が発生した。韓国の国家情報院は「金正恩が組織的に展開した国家主導のテロ事件である」と断定している。

かつて2002年1月、ブッシュ米大統領が一般教書演説でイラン、イラクとともに北朝鮮を「悪の枢軸」と非難したが、国全体が秘密のベールに包まれた犯罪国家、まるで「塀の中の国」のような様相があった。

力道山の「空手チョップ」やアントニオ猪木の得意の「卍固め」を代わりに見舞いたい朝鮮民主主義人民共和国であった？

## 3. 宮城刑務所と歴史的な名所や記録

### 「1升瓶7本」をカラ

1955年8月の仙台巡業で羽島山（本名・山内昌乃武）は日本酒を7升も飲んでいる。相撲では「ドンデン返し」の「櫓投げ」を得意にしたし、出羽海部屋では「稽古場横綱」と言われるほど地力があった。しかし無口ですこぶるおとなしいというか控え目な性格であった。

仙台市内の料亭「みやぎ」の宴席に招かれて仲居さんとのヤリトリにこ

んなことがあった。
「関取、まあ一杯どうぞ——」
「いや、ワシはダメなんスよ……」
「そんなこと言わないでどうぞ——」
「いや……」
「関取、どうぞ——」
「いやいや……」
「さあ、もう一杯——」
「いやもう……」
これで日本酒の1升瓶、7本を空にしている。

## 「15年半ぶり」の娑婆

2001年1月17日朝、「ロス疑惑」の人は殴打事件による懲役6年で服役していた宮城刑務所を出所している。1985年9月11日の深夜、東京・銀座の東急ホテルの駐車場で逮捕されて以来のシャバであった。13年7か月の東京拘置所生活があった。銃撃事件では1994年3月、東京地裁が無期懲役の判決、しかし1998年7月1日、銃撃事件で東京高裁が無罪判決だった。

大雪が降りしきる中、白い乗用車を運転して迎えに来ていたのは、復縁した妻だった。心は晴れ晴れとしていたであろう。2003年3月、銃撃事件で最高裁が検察側の上告を棄却、無罪が確定している。

## タバコ「800本」

2005年7月、法務省仙台矯正管区と宮城刑務所は30歳代の宮城刑務所の看守数人を懲戒免職処分にしている。これは2004年6月から2005年4月にかけての宮城刑務所の暴力団関係の懲役囚数人に「ノドから手が出るほど欲しい」タバコを与えていたものだった。

「担当さん、その本、不用だったらちょっと見せてくれない？」
「ああ、いいよ」

「廃棄予定の本を見せるのは内規違反じゃあないの。上司にバラスよ」
「それは困るよ」
「じゃあタバコ１本ちょうだいよ」
「１本だけだよ……」
「すまんがもう１本」
「えっ？」
「タバコのことをバラスと、あんたは首かもしれないね」
「じゃあ内緒だよ……」
「ありがとう。仲間にも１本頼むよ」
「……」
この繰り返しがほぼ１年間続いてタバコはトータル800本になっていた──。前代未聞、横綱クラスの醜聞であった。

## 「樹齢500年」の松

〈死刑囚の歌〉

この俺を　死囚とも知らず　獄窓に来る　雀愛しく　日々パンをやる
　　　　　　　　　　強盗殺人　Ａ・Ｓ　宮城刑務所仙台拘置支所

　昔、東京拘置所に処刑場の設備が整っていなかった時代は、仙台拘置支所に送られ宮城刑務所で執行されていて、「宮城送り」が死刑の代名詞になっていた。
　青葉城下の仙台市若林区古城にある宮城刑務所は伊達正宗が築いた若林城の跡地である。

宮城刑務所 仙台拘置支所

　その敷地内には国の天然記念物の伊達政宗が植えたとされる「朝鮮ウメ」が生育している。また仙台市の保存樹木に指定されている樹齢500年の「蟠龍の松」もある。

## 「63連勝」の谷風

　宮城県出身の谷風は江戸後期の品格・力量抜群の第4代横綱（実質的には初代横綱）である。大相撲史上2位の63連勝（1778年・安永7年～1782年・天明2年）があった。「わしが国さで見せたいものは昔ゃ谷風　今伊達もよう～」という古い歌が残されている。生地である

仙台にある谷風像

仙台市青葉区の勾当台公園には立派な谷風の銅像も建っている。

　2010年11月の大相撲九州場所でモンゴル出身の第69代横綱の白鵬が63連勝を達成した。谷風といってもその逸話を子供のころに漫画で見たか講談で聞いたような記憶だけ。おとぎ話の「桃太郎」のような世界で現実感はまるでなかった。それが白鵬の連勝記録で谷風の存在も大いに報道された。谷風の228年前の偉業を思い起こさせてくれた――。

## 「M9.0」の大震災

　2011年3月11日午後2時46分、マグニチュード9.0、最大震度7の東北地方太平洋沖地震とそれに伴って大規模な津波が発生した。

　春場所は八百長問題で中止で力士、親方の大半は東京にいた。白鵬は東京・港区汐留の高層マンション44階の自宅で地震に遭遇している。この「3・11」は26歳の誕生日だった。

　「あんな地震は初めて。すごい揺れた。いくら足腰が強くても両足では立てなかった。テレビですごい被害が映し出されていた。誕生日どころではなかったよ」（白鵬）

　しかしながら早速、白鵬は被災地にろうそく数百本、カップラーメン数万食の支援をしている。

　なお仙台・若林区古城にある宮城刑務所は200人以上の遺体が発見された若林区の荒浜海岸から5キロほどの所にあるが、頑丈な建物で損壊はほとんどなく、高い塀に囲まれていて津波の浸水もなかった。所内には米な

どの食料品は大量の備蓄もあった。刑務所も「避難所」にしてもいいくらいだった？

谷風像は大きく傾いたが、背後の木に支えられて倒壊を免れている。

### 「ブラタモリ」訪問

2015年九州場所7日目、白鵬が隠岐の海を豪快な櫓投げででんぐり返ししている。解説の北の富士さんがこう言っていた。

「櫓投げといえば出羽海部屋の先輩の羽島山さんでしたね……」

あの7升酒の羽島山である。

2016年5月場所、白鵬は12回目の15戦全勝、37回目の優勝と自身の持つ史上最多の記録を更新していた。

2016年6月4日、NHKテレビの「ブラタモリ」は仙台であった。宮城刑務所でもロケしている。『蟠龍の松』を見物してもいる。しかし、スタッフはさすがに厳しいというか緊張の表情であった。塀の外に出て来たタモリさん曰く。

「やっぱりシャバの風はいい」

## 4. 青森からの新弟子と青森への囚人

### 阿佐ヶ谷の部屋

1962年9月、青森県弘前市出身の第45代横綱・若乃花が、花籠部屋から内弟子だった同郷の山中武（のち小結・二子岳）らを伴って独立し、同じ東京・杉並区の阿佐ヶ谷に二子山部屋を創設した。

1964年5月場所、青森県上北郡東北町出身の和田耕三郎が和田ノ花（のち小結・若獅子）として二子山部屋から初土俵を踏んでいる。

1964年11月場所、青森県五所川原市出身、二子岳が二子山部屋第1号の関取として登場している。

1965年5月場所には末弟の花田満（のち大関・貴ノ花）、弘前市出身が

第2章　東・西・南・北

二子山部屋から初土俵を踏んでいる。ただし実際は生まれも育ちも東京で、杉並区の東田中学時代は水泳の選手だった。

　1968年3月場所に花田は新十両、ハイティーン関取として登場している。相撲記者たちは国鉄（現JR）中央線の阿佐ヶ谷駅で降りての二子山詣でが続いていた。ローカルな印象の総武線の両国駅と比べて山の手は「ハイカラ」なイメージがあって、ルンルン気分ではあった。

　1968年6月、青森県から2人の少年、青森市浪岡の高谷俊英君（のち第59代横綱・隆の里）と青森県南津軽郡大鰐町の下山勝則君（のち第56代横綱・2代目・若乃花）が二子山親方に連れられて上京、二子山部屋に入門している。

## 「獅子の子落とし」

　1968年10月、大阪準本場所中、新入幕を決めていた花田は「霊友会第八支部」の二子山部屋の朝の稽古を二日酔いでサボろうとした。「土俵の鬼」の兄、師匠の二子山親方（元横綱・初代若乃花）が竹ボウキでメッタ打ち、布団は鮮血で染まっている。

　しかし翌日、花田はミミズ腫れの背中をあえて見せながら「どうってことないよ」であった。「獅子の子落とし」を思わせるものがあった。

## 「北から」の新弟子

　1972年3月ごろ、あの青森からの上京組はまるで昨日のことのようにこう語っている。

　「忘れもしないよ、（昭和）43年、オレ、高校1年の時の6月6日だった。その日に親方が初めて来て『相撲取りにならんか？』だった。ウンもイヤもないよ。『もう、切符も取ってある。早く、早く──』。切符なんか取っていなかったのに……。隣町の下山も一緒だという。乗った列車は青森発10時15分の寝台車だった。眠れなかった。親方が駅弁を買ってきて『食え、食え』と言った。言ったって、不安がいっぱいで食えなかったな」（幕下・高谷）

「いってみれば2人とも略奪して来たようなものだな。仙台あたりまでは看守みたいに寝ずの番をしとった」（二子山親方）

「上野駅から阿佐ヶ谷の部屋までタクシーだったけど、途中で新宿の歌舞伎町あたりを通った。そしたら親方が『こんなところへ遊びに来るなよ。怖い街だ。犯罪が多いんだ』と言っていた。それからしばらく経って自転車であちこち見物していたら中野刑務所というのがあったな。ギョッとしたよ」（幕下・朝ノ花）

### 中野刑務所があった

1972年5月ごろ、その中野刑務所と青森刑務所に服役経験のある男性がこう思い出を語っている。

「（昭和）42年8月だったかな、中野刑務所から青森刑務所に護送されている。上野駅発午後7時10分の特急『八甲田号』だった。自分の田舎が青森だからよく利用していた列車だったよ。窓から夜景を眺めていたけど、涙があふれてしかたがなかった。囚われの身となって故郷に帰るなんて、もう辛い、辛い……。だけど『宮城送り』と比べたら軽いよ。あそこの刑務所に送られるのは死刑囚か無期懲役だからね。仙台で降ろされた仲間もいたけどな」（元青森刑務所の服役者）

このころ東大卒の歌手・加藤登紀子の「知床旅情」（森繁久彌作詞、作曲）がヒットしていたが、「オトキ（登紀子）さん」は中野刑務所に面会に訪れていた。面会の相手は公務執行妨害、凶器準備集合で懲役3年8か月の刑を受けていた学生運動家、「反帝学連」の委員長だった夫である藤本敏夫受刑者、獄中結婚していた。その後、藤本敏夫受刑者は栃木県大田原市の黒羽刑務所に送られて1974年9月に出所している。

1975年春場所、大関・貴ノ花が初優勝を遂げた。優勝旗を手渡す二子山審判副部長、「鬼の目に涙」があった――。

### 二子山・鳴戸・間垣

1983年5月、東京・中野区新井の中野刑務所は廃庁となっている。

1983年12月、第56代横綱・2代目若乃花が二子山部屋から分家独立し東京・墨田区亀沢、総武線の両国駅と錦糸町駅の中間地点に間垣部屋を構えた。呼出し・永男の作詞した間垣部屋の相撲甚句には〽土俵の鬼に見い出され青森津軽のジョッパリ――とあった。

間垣部屋の相撲甚句

　1989年2月、第59代横綱・隆の里が二子山部屋から分家独立して千葉県松戸市八ヶ崎に鳴戸部屋を構えた。最寄り駅は常磐線の馬橋駅である。その豪華な外観などとともに2階の応接間に飾られていた大きな「ねぶた」が印象的だった。やはり故郷・青森への思いは大きなものがあった。

　1993年2月、新・二子山部屋は藤島部屋の当主だった元大関・貴ノ花が兄の前二子山を継承する形でスタートしている。2004年2月、次男の第65代横綱・貴乃花が部屋を継承した。一代年寄「貴乃花」をそのまま部屋名にしたため二子山部屋は消滅している。

鳴戸部屋に飾られていた「ねぶた」

　2005年5月30日、第11代二子山は貴乃花部屋の部屋付きの親方になっていたが、55歳の若さで病死した。

　2010年9月1日、第45代横綱、元二子山理事長の花田勝治さんが82歳で鬼籍の人となっている。

　2011年11月7日、元横綱・隆の里の鳴戸親方が59歳の若さで急死した。このため部屋付きの西岩親方だった元幕内・隆の鶴が急遽、鳴戸を襲名して部屋を継いだ。

　2012年12月、年寄名跡の問題で田子ノ浦部屋として東京に移った。鳴戸部屋は終わりを告げた。

2013年3月、間垣親方は定年まで5年を残して体調不良を理由に相撲協会を退職、部屋を閉鎖してモンゴル出身の若三勝（のち大関・照ノ富士）らを青森県出身の第63代横綱・旭富士の伊勢ヶ濱部屋に預けている。
　したがって「二子山」「鳴戸」「間垣」の部屋名はいったん消えていた。

### あの思い出が再現？

　2017年5月場所、モンゴル出身、日大相撲部主将で前年の学生横綱のバーサンスレン・トゥルボルド君が元関脇・水戸泉の錦戸部屋から「水戸龍」のシコ名で初土俵（幕下15枚目付出し）を踏んだ。
　この水戸龍のバーサンスレン・トゥルボルド君、大関・照ノ富士のガントルガ・ガンエルデネ君、幕内・逸ノ城のアルタンホヤグ・イチンノロブ君の3人は2009年3月26日、同じ飛行機でモンゴルから来日、鳥取城北高に「相撲留学」している。
　あの1968年6月6日、「相撲王国」青森から同じ列車で上京した高谷君、下山君の思い出が「相撲王国」モンゴル勢によってちょっと甦ってきた——。

## 5.「東海」地方と「日本海」の波乱万丈

### 「打っ棄り」の「若浪」

　1968年3月の大相撲春場所、茨城県出身、立浪部屋の若浪（本名・冨山順）は13勝2敗で平幕優勝を飾っている。
　若浪は小学生で16貫（60キロ）の米俵を担ぎ、中学で25貫（94キロ）の漬物石を運び、三段目時代には大阪場所の宿舎である大宝寺の40貫（150キロ）の墓石を移し、幕内に入ってからは48貫（180キロ）の義ノ花を吊り上げている。
　一方、土俵を離れれば斗酒なお辞せぬ豪快な飲み方、ノド自慢で村田英雄の「王将」を披露してもいた。179センチ、103キロと相撲取りとしては吹けば飛ぶような小兵だった。それが「1人で1場所5回の打っ棄り勝

ち」の後にも先にもない「記録」を残している。

そんな「怪力」「豪快」若浪も8貫（29キロ）の天皇賜杯を手にした時は「重かった……」であった。栄光の重さに足元がふらついていた——。

## 愛知沖の「土佐衛門」

1980年～1982年にかけて訓練生がヨットからコーチたちの「体罰」で落とされて水死するとか、暴行を受けた訓練生が自ら海に飛び込んで行方不明になるなどの事態が複数発生した。

愛知県知多郡美浜町にある「戸塚ヨットスクール事件」である。家庭内暴力や不登校の児童、生徒らを鉄拳制裁も含めて更生させるスパルタ式ヨット訓練だった。しかし戸塚校長、コーチたちは傷害致死罪などに問われて逮捕、名古屋拘置所に収監されている。

1982年12月、元小結の若浪は玉垣親方として後進を指導していたが、こう言っている。

「相撲界では体罰はままあるよ。訓練生にも多少の落ち度があったのかもしれない。しかし事件になるような行き過ぎたスパルタ教育はよくないよ」

そしてこう話してもいた。

「新弟子のころ、危うく力士仲間が『土佐衛門』になりそうなことがあったよ。愛知県の沖へ仲間と一緒にボートで海に出たんだ。そしたら転覆した。そいつは泳ごうともしないで『死んじゃうよ……』と泣いて

玉垣親方
（元小結・若浪）

いるんだ。必死に励まして助けてやったよ。あきらめてはいかん。そういう気持ちが相撲の土俵際の打っ棄りにもつながるんだ。最近の大相撲は打っ棄りがとんとご無沙汰だね」

大相撲界の隠語で一般でも使われるが、水死人のことを「土佐衛門」と言う。それは享保の時代、成瀬川土佐衛門という力士がいたが、色が青白く、むくんだように太っていてまるで水死体のようだったことからきている。

## 戸塚ヨットスクール

2002年2月、戸塚校長は最高裁で懲役6年の実刑が確定、名古屋拘置所での未決拘置日数を差し引いて約4年間、静岡市葵区東千代田の静岡刑務所に服役していた。

「彼、最初は雑居房だったけど、あとはずっと独居房だったね。房の仲間を教育するというか、洗脳しそうなところがあったからね。我々看守のことを『ぬるま湯につかっている』とか『低脳で腐っている』と言いふらしてもいた。ただ、縫製の作業は真面目にコツコツとやっていた。ミシンの使い方などはプロ級になっていた」（静岡刑務所の刑務官）

2006年4月29日の「みどりの日」（前「天皇誕生日」、現「昭和の日」）、静岡市葵区の塀の中から出て来ると「おめでとう」「お帰りなさい」と「戸塚ヨットスクールを支援する会」（会長は石原慎太郎都知事）の支援者から拍手、歓声が起こった。

ショルダーバッグ、左手に段ボール箱、黒のドタ靴の「おのぼりさん」のような風情、事件から20数年が経過して老けた印象の65歳になっていた。しかし目つきは変わっていなく「傷害致死なんて故意犯でしょう。とんでもない。再審を請求しますよ」「スクールの指導に復帰して若者の教育に尽力したい」「体罰は教育だ」などと語っていた。また週刊誌上などで「刑務所は現在の奴隷船」「矯正教会は搾取法人」など超過激な発言をしてもいた。

2006年11月には校長は静岡刑務所の刑務官の実名を出して、ズバリ『静岡刑務所の三悪人』と題する著書を飛鳥新社から発行してもいた。東海の海の男は沈没するどころか、飛ぶ鳥を落とす勢いなのであった——。

2007年4月16日、元玉垣親方の冨山順さんは没している。

## 珍島沖でセウォル号

2014年4月16日午前、乗員乗客476人を乗せた韓国の旅客船「セウォル号」が韓国南西部の珍島沖で沈没して高校生ら294人が死亡、10人が行方不明になった。

イ・ジュンソク船長ら十数人の船員の乗客の救護措置の怠りが大いに指摘された。「セウォル号は海の中の拘置所か？」という評が韓国メディアにあった。海の男の風上にも置けない。

2015年11月12日、韓国の最高裁（大法院）は船長に船内の乗客が死んでもかまわないという「（殺人の）未必の故意」があったとして殺人罪を認定、無期懲役の判決をしている。

## 日本海に浮かぶ「竹島」

韓国と日本の間には日本海（韓国名「東海」）に浮かぶ隠岐諸島「竹島」（韓国名「独島」）をめぐる領土問題がある。

その隠岐の島の生まれ育ちが島根県出身、八角部屋の隠岐の海（本名・福岡歩）である。

「子供のころ、海で3回ぐらい溺れ死にそうになったことがあるんですよ。泳ぎは得意なんだけど、サザエを獲った時に岩場から手が抜けなくなったり、シュノーケルが藻に絡んで浮き上がれなくなったりしてね。海は怖いですよ。でも大好きですね。字もいいですね」（隠岐の海）

島根・隠岐水産高の出身。船舶操縦士や海技士、潜水士など10種の免許や資格を得ているが、大海原より土俵に勝負を求めて入門している。

## 判定に泣く「隠岐の海」

2016年1月場所5日目の隠岐の海―豊ノ島戦だった―。

隠岐の海は豊ノ島の寄りに俵に詰まったが、右からの得意の突き落としで豊ノ島を沈没させた。隠岐の海は勝ち名乗りを受けようとして蹲踞している。しかし軍配は豊ノ島に上がっていたのだった。おまけに物言いもつかなかった。

「勝っていたと思うけど、自分より近い（位置で審判の）親方が見ていたからしかたがない」（隠岐の海）

「負けたと思ったから、瞬間『クソーッ』と叫んでいた。それが軍配はこっちで物言いもつかなかった。『サプライズ白星』ですよ」（豊ノ島）

「攻めていた豊ノ島に分があると思った」（元関脇・逆鉾の井筒審判長）判定に泣いた隠岐の海だった。

## 元立浪部屋の「若い浪」

2017年1月24日、警視庁は元幕下力士の冨山剛史容疑者（41歳）ら6人を、「アマゾン」のギフト券25万円ぶんを横浜市の58歳の女性からだまし取ったとして詐欺の疑いで逮捕している。少なくとも十数件の詐欺事件に関与しているという。

立浪部屋の元幕下力士「若い浪」で、あの元若浪の甥っ子である。若浪同様に吊り、打っ棄りの豪快な相撲を得意としていた。それが一般社会に出てとんだ荒業をしでかした。

「喝！」

草葉の陰から叔父さんの声が聞こえる。

## 函館に「少年北海丸」

2017年3月の春場所限りで46歳の北海道函館市出身、山響部屋（前北の湖部屋）、序ノ口の北斗龍（本名・丸山定裕）が31年の現役生活に別れを告げた。

「あの大横綱の北の湖（2015年11月逝去）が函館の家に迎えに来てくれた。出世はかなわなかったけど（最高位三段目）、北の湖さんを慕った人生に悔いなしです」（北斗龍）

その函館にある函館少年刑務所には、矯正施設で日本では唯一の海上職業訓練船「少年北海丸」がある。

「自分が函館にいた時、檻の中では悲しく泣きたい気分になったことがある。でも塀の外の美しい函館の夜景や津軽海峡の雪景色を眺めると、そんな気分は吹っ飛んだね。楽しかった。何よりも将来、大海原に出る夢があったからね。今

海上職業訓練船「少年北海丸」

は1等航海士として4万トンの船の操縦桿を握っています。遠洋航海で世界の海を回っていますよ」(函館少年刑務所の元服役者)

刑務所作業製品「キャピック」では函館少年刑務所の小物袋や巾着袋などが人気を集めている。

ところで石川啄木の『一握の砂』に〈東海の小島の磯の白砂にわれ泣きぬれて蟹とたはむる〉がある。その「東海」というのは愛知県などの東海地方と思われ勝ちだが、実際は北海道・函館の大森浜を念頭に啄木は詠んだものだという説がある。韓国では日本海を「東海」と表記している。

CAPICの刑務所作業製品カタログ

### 朝鮮半島近海に風雲

2017年4月、北朝鮮が繰り返す核実験、弾道ミサイルの試射などの暴発、挑発行為を受けて、これを警戒、阻止するために米軍による原子力空母「カール・ビンソン」、原子力潜水艦「ミシガン」、韓国海軍のイージス駆逐艦「世宗大王(セジョン)」、我が国の海上自衛隊の護衛艦「いずも」「あしがら」「さみだれ」の共同訓練が南シナ海、フィリピン海、朝鮮半島近海、対馬沖、日本海にあった。

「風雲急、波高しですね」(吉木誉絵(のりえ))

彼女は「佐久弥レイ」名義で歌手、舞台、作詞活動をしている「可愛すぎる作家」の評があったが、慶応大学大学院法科の修士生で海上自衛隊幹部学校の客員研修員であった。

### 「海の王子」の♥慶事

2017年5月、北朝鮮はアメリカ国籍の教授を数人拘束していたが、弾道ミサイル「火星」や「北極星」など3発を日本海に向けて発射、うち1発は佐渡ヶ島から約500キロ沖の日本の排他的経済水域に落下している。

そんな中、日本発のホットニュースもあった。秋篠宮ご夫妻の長女・眞

子さまの婚約に関する報道である。相手の男性は眞子さまの国際基督教大学時代の同級生で、法律事務所に勤める一方、神奈川県の藤沢市観光協会でPRする若者「湘南江の島海の王子」の称号を与えられていた。

英国の公共放送BBCのサイトでは「プリンス・オブ・ザ・シー」とあったが、折り目正しい好青年ということもあって既存の「海の女王」に勝るとも劣らない流行語に「海の王子」が浮上していた。

⌒ふたりを　夕やみがつつむ──『君といつまでも』（岩谷時子作詞、弾厚作作曲）

あの爽やかな「海の若大将」加山雄三さんの歌声が聞こえてくる。


## 6. 府中刑務所も国技の殿堂も国際化

### 「3億円事件」

1968年秋の10月、メキシコシティ五輪で日本はアメリカ、ソビエト連邦に次ぐ3位の金メダル10個（金銀銅で25個）を獲得、そしてまた『伊豆の踊子』や『雪国』で知られる川端康成が日本人初のノーベル文学賞を受賞している。

1968年晩秋の11月、大相撲九州場所は「王者」が代名詞のようになっていたグランド・チャンピオン（横綱）大鵬が「真っ白」の15戦全勝で28回目の優勝を飾っている。

その場所後だった──。

1968年12月10日、大半の関取は九州巡業を前にして福岡市の宿舎に在住していた。

「東京で3億円事件があったんだよね」

そう言っていたのは福岡市の百道の海岸沿いにある片男波部屋で「シマ（島）ちゃん」の愛称のある玉乃島だった。チャンピオン（大関）である。東京の武蔵野・多摩地域にある府中刑務所の北側外塀監視台付近で「3億円事件」が起きている。

玉乃島は数日間、事件を伝える西日本新聞などを食い入るように見つめていたものである。事件発生時のコンクリート塀の外脇に犯行に使われた「11－29」ナンバーのオートバイが乗り捨てられ、重苦しい雰囲気を伝える現場写真に空しくも強烈な印象を持った。ところが至極

府中刑務所

残念ながら捜査は難航、事件は迷宮入りとなっていく――。

1971年秋の10月11日、横綱になっていたシマちゃん、玉の海は27歳の若さで急死している。横綱は「日本人」北の富士1人になっていた。1972年春の4月16日、川端康成はガス自殺をしている。1975年12月10日、3億円事件は未解決のまま時効を迎えていた。

## 作家人生の原点

1986年秋、府中刑務所は全面改修工事に着手している。

このころ府中刑務所の「囚人OB」で作家の安部譲二さんの『塀の中の懲りない面々』(文藝春秋社刊)が人気、話題を集めていた。この著作の影響で刑務所のことを「ムショ」「別荘」の俗称が「塀の中」と表現することがポピュラーになっていく――。

安部譲二さんは暴力団・安藤組の構成員を経験していて、拳銃不法所持などで1975年秋から4年間、府中刑務所に服役していたことがある。「2舎6房」の囚人だった。まさに「塀の中」に作家人生の原点があった？

## カラフルな壁画

1987年の秋、府中刑務所の北側のコンクリート塀のカラフルな壁画が話題になったことがある。

これは多摩美大の田中一教授(建築科)、竹内成志教授(デザイン科)らのグループが手がけたもので「ケヤキ」(府中市の木)や赤トンボが図案化して描かれていた。道行く人々をメルヘンチックな気分にさせていた。

なお福岡・百道の浜はコンクリートの高い防潮堤で海の美しい風景は閉ざされていた。砂浜での稽古も見られなくなっていた。それどころか、海の家「ピオネ荘」に宿舎を構えていた花籠部屋など数部屋が百道から撤退している。「潮風と波の音の中で稽古をしたり昼寝をしたりしていたのが懐かしい」と花籠部屋力士たちは振り返っていた。

　1991年暮れにはソビエト連邦は崩壊となっている。

　1999年の春、府中刑務所は新庁舎が竣工となっている。舎房は「東1舎」～「東6舎」、「西1舎」～「西4舎」、仮出所予定者の「誠心寮」の11棟である。

### 歴代総理初の視察

　2004年4月30日、当時の小泉純一郎首相は東京・府中市の府中警察署の留置所、府中刑務所の受刑者の居室などを視察している。

　府中刑務所ではドア越しに独居房や雑居房を見ながら、職員から「独居房に2人、雑居房(定員6人)に8人を収容している房がある」などと、過剰収容の実態に関する説明を受けていた。「それでケンカをしないのか?」と首相。そしてまた「(職員の)苦労が改めてよくわかった。現場の声をもっと聞いて現実的な対応をしなければならない」と述べていた。

　刑務所の視察は歴代総理で初めてのことで、例年なら外遊のゴールデンウイーク期間中だったが、治安重視を大いにアピールしていた。

　21世紀に入ってとにかく外国人受刑者は急増していた。2005年、日本での外国人の人口は1％だが刑務所内の外国人の割合は7.7％、5千177人になっていた。1993年の1千424人から約4倍にもなっていた。

### 国技は「国際技」?

　2005年12月17日、両国国技館で「財団法人日本相撲協会設立80周年記念祝賀会」が開かれ、小泉首相が次のような祝辞を述べている。

　「相撲は今、朝青龍と琴欧洲の外国出身の活躍で盛り上がっていますが、複雑な気持ちもあります。相撲は国技から『国際技』になったと言えるの

ではないでしょうか。日本人力士も負けないように頑張ってほしい。また、大相撲の世界にも改革は必要であります――」

## 「異色」のプリズナー

2006年2月から2011年4月まで府中刑務所に服役していたのは、銃刀法違反などで懲役6年の司忍（本名・篠田建市）、指定暴力団・山口組の6代目組長だった。塀の中での呼称番号は「5100」で「後藤組みたいだな」と語呂合わせの駄洒落を飛ばしていたという。

2011年7月、田代まさしが府中刑務所入りしている。覚醒剤取締法違反である。過去に同罪で栃木・黒羽刑務所に服役経験があり2度目のムショ入りだった。通常、こういう有名人は独房だが満杯で雑居房暮らしであった。

「ヤツはトイレの清掃を黙々とやっていた。おかげで便器は金ピカになっていた」

処遇は犯罪傾向の進んでいる再犯者ということで、府中刑務所では大半を占める「B級」であった。

## 「F級」の外国人

長い歳月を経て3億円事件は化石化したようなきらいがあったが、塀の中の事情も3億円事件発生時と比べて大きく様変わりしていた。とりわけ服役者の多国籍化であった。「F級」であった。Fはforeigner（フォリナ＝外国人）の頭文字である。

府中刑務所西側の塀の内側の「西4舎」は外国人受刑者専用の3階建ての居室があるが、中国、韓国、北朝鮮、ブラジル、イラン、ベトナム、フィリピン、コロンビア、モンゴル……と40数か国、約500人とありがたくない「満員御礼」が続いていた。

「大相撲界で外国人パワーが日本の国技の土俵を席巻しているのは結構だが、塀の中は迷惑この上ない。国籍は40か国以上で使用言語は30を下らない。したがって何人もの通訳、翻訳の専門家を常駐させなければなら

ない。宗教上の理由で食事も作り分けなければならない。言葉が通じないことや文化、宗教の理解が当方にとって難しいこともあって、意思疎通が欠ける。とても矯正教育とまではいかない。むしろ外国人受刑者とのトラブルは多い」(府中刑務所の看守長)

　東京都府中市晴見町4丁目10番地にある法務省東京矯正管区に属する府中刑務所は敷地26万2000平方メートル、周囲を高さ5メートル50センチ、総延長1.8キロメートルの塀に囲まれている。収容定員は2千842人だが、常に定員オーバーの3千人前後が服役している。職員約600人、国内最大規模の超ビッグ刑務所である。

## 「蒙古人パワー」

　2013年の風薫る5月場所には白鵬、日馬富士、そして新横綱の鶴竜と3人の横綱、グランド・チャンピオンがすべてモンゴリアンとなっていた。

　2015年12月6日、天皇杯全日本相撲選手権が両国国技館で開かれ、バーサンスレン・トゥルボルド選手（日大3年）が優勝した。64回の長い歴史を誇る大会で外国人として初めての栄冠「アマ横綱」がモンゴル人によって成し遂げられた。

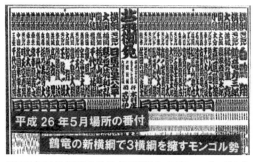

2016年5月場所の番付（三横綱全てがモンゴル勢に）

　2016年1月の大相撲初場所の番付で横綱は日馬富士（伊勢ヶ浜部屋、31歳）、白鵬（宮城野部屋、30歳）、鶴竜（井筒部屋、30歳）、大関は照ノ富士（伊勢ヶ浜部屋、24歳）、前頭には逸ノ城（湊部屋、22歳）、旭秀鵬（友綱部屋、27歳）、玉鷲（片男波部屋、31歳）、貴ノ岩（貴乃花部屋、25歳）、十両には青狼（錣山部屋、27歳）、荒鷲（峰崎部屋、29歳）、鏡桜（鏡山部屋、27歳）、朝赤龍（高砂部屋、34歳）、時天空（時津風部屋、36歳）、東龍（玉ノ井部屋、28歳）、千代翔馬（九重部屋、24歳）と15

人のモンゴル出身関取がいた。

日本の相撲にもっともよく似た格闘技としてモンゴル相撲の「ブフ」がある。チョッキのような上衣とブーツをはいたスタイルで60種類もの技を繰り出す。毎年7月には首都・ウランバートルでの国家の祭典「ナーダム」

モンゴル相撲「ブフ」

で全国大会が盛大に行われている。モンゴル相撲の起源は紀元前3世紀ごろとされている。彼らの先祖のほうが格闘技の「先輩」かもしれない。日本の相撲の源流はモンゴルにある——という説が大勢を占めている。

モンゴル出身力士が日本の国技の土俵を席巻しているのは当然かもしれない。

## 「ミスター刑務所」

ところでこのころ「ミスター・プリズン」というニックネームをつけたいくらいだったのが、府中刑務所から出所したモンゴル生まれの男であった。この男、1997年10月、22歳の時に窃盗で京都刑務所入りして以来、広島、大阪、名古屋、横浜の刑務所などを転々、2016年1月時点、通算15年のムショ暮らしを余儀なくされていた。

「ワシはシャバにいるより、ムショのほうが暮らしやすい。それで日本各地を転々だよ。今度は四国か九州だな。北海道も行ってみたいな。食べる物もタダ、家賃もいらない。それで働き賃（作業賞与金）は1か月に4千円を超えたよ。大相撲？ 刑務所の午後の5時半からのテレビで見ているよ。モンゴル出身が多くいて頑張っているな。みんなを応援しているよ。たくさんのお金の束（懸賞金）をもらうのを見るとうらやましく思うけどな、ハハハッ」

こちらはとんだモンゴリアンパワー、蒙古襲来ぶりなのであった——。

### 「純」の「府中散歩」

2017年1月、テレビ朝日の高田純次の「じゅん散歩」は「三億円事件と街の今昔」と銘打った「府中散歩」であった。70歳の「古希」を迎えようとしていた高田だが、「府刑」に隣接する都立府中高校出身でそこに青春の思い出があった。

府中刑務所の北側の道路は拡張整備され、壁は全面ホワイトブルーの美しい風景に変わっていた。番組の中で画才のある高田は言っていた。

「きれいだね。昔のイメージ払拭だね」

また囚人による神輿などの刑務作業製品展示を見物していた。

「この技量を生かしてもらいたい」

「Mr適当」どころか、適切な「純ちゃん」コメントがあった。

この1月の大相撲初場所は大関の稀勢の里が悲願の初優勝を遂げて、1998年夏場所後の3代目若乃花以来19年ぶりの「日本人横綱」の誕生となっている。

## 7．大阪・浪花の春の陣に花と嵐があり

### 「船頭小唄」の「王者」

1971年3月、大阪府立体育会館での春場所は、横綱の大鵬が14勝1敗で31回目の優勝を遂げている。その春場所後、桜花の下の春巡業の旅先、滋賀県長浜市の旅館で「不死鳥」大鵬に「百の質問」をしている。憧れの存在に恐れ多い気持ちもあった。しかし大鵬さんは実に誠実な受け答えぶりであった。

「ヨシ、一杯やって歌でも唄おう」（大鵬）

大阪府立体育会館（上）／大阪刑務所（下）

旅館のカラオケでマイクを手にした。

♪己は河原の枯れススキ　同じお前も枯れススキ　どうせ2人はこの世では　花の咲かない枯れススキ——。

「王者」が代名詞のようだった大鵬の愛唱歌は「船頭小唄」(野口雨情・作詞、中山晋平・作曲)であった。そしてまた旅館の仲居さんが差し出した色紙に揮毫したのは華やかなイメージとは裏腹に「忍」の文字だった。

その胸の内、心情がむしろ大輪の花を咲かせたのだと思った。

「船頭小唄」が愛唱歌の大鵬

大鵬が色紙に揮毫した「忍」の文字

## 獄中「紅白歌合戦」

1981年3月、大阪刑務所で女性歌手と男の歌い手による「紅白歌合戦」があった。女性歌手は「この世の花」や「からたち日記」を歌い、男性歌手は「霧の中のジョニー」や「さすらい」を熱唱した。

女性は刑務所慰問の島倉千代子さん、男性は1976年5月の女性ファン殺人罪で懲役10年の刑を受けていて「囚人代表」で歌った克美しげる受刑者であった。1983年10月、克美しげるさんは大阪刑務所を仮出所している。

## 暴力団「山一抗争」

1985年2月、暴力団・山口組の分裂に伴う山口組と一和会による「山一抗争」の最中、山口組の「ドン」竹中組長を射殺した「ヒットマン」の一和会系組員が大阪府警に自首している。大阪拘置所に収監されている。これはしかし報復から逃れる一番の安全地帯だったからであろう？

1985年3月、大阪拘置所で「拘置所覚せい剤シンジケート」事件が発覚している。暴力団関係の収容者が拘置所内で密売組織を作り、外部の密

売組織と「白い粉」で結ばれていた。麻薬中毒者にとっては必死の思いであの手、この手と巧妙な手口を使って入手しようとするが、この時は郵送の書籍の背表紙の部分に隠されていた。

「職員が見つけたので大阪地検、大阪府警に捜査を依頼した。恒常的に持ち込まれてはいなかったと信じたい」（大阪拘置所の管理部長）

## 新旧の「大阪太郎」

1985年3月のこの大阪場所、「白い粉」ならぬ白星を13個ゲットして初優勝したのは高知県出身、近畿大学卒、高砂部屋の大関・朝潮太郎であった。師匠の元横綱・朝潮太郎の高砂親方から祝杯を受けた。師匠は通算5回の優勝があるが、内4回が大阪場所、大関昇進、横綱昇進を決めたのも春場所だった。「大阪太郎」と言われた。

「大阪太郎」と呼ばれた二人の朝潮

その春場所中に「大相撲と刑務所」というテーマで改めて大阪刑務所に赴き、教育部長を取材している。

「私は小兵の栃剣のファンです。受刑者に相撲好きも多いようで相撲雑誌と日刊スポーツが入っている。相撲大会はないですが受刑者はふだんは房内にこもっていますし、室内の工場で座ってやる仕事が多い。ですからバレーボール大会、ソフトボール大会、運動会などを実に楽しみにしていますね。元来、体を動かすのが得意な人、スポーツ好きの者が多いせいもありますね。年配者も相当数いますが、みな小、中学生のようにハッスルしています。スポーツというのは本当にいいですね。ただ、頭がハゲたり、私のようにゴマ塩頭になっている年配の人が、子供のようには無邪気にはしゃいでいるのを見ると、ほほえましいというよりも、何となく哀愁を感じるのですね……。私の名前は『禿げ』、いや『柘植』です。ハハハッ」（大阪刑務所の教育部長）

なおこの大阪刑務所では矯正教育用の放送も行っていた。ちょうど元横

綱の大鵬親方自身が朗読しCDに収録した「私の生き方」が流れていた。

## 「黒船」に濡れ衣

1986年3月の春場所中、「黒船」と恐れられていたハワイ出身、高砂部屋の「サリー」、小結・小錦に暴力団との黒い交際問題が報じられていた。小錦ハワイ後援会長と前年3月、兵庫県下の料亭での会食の場に暴力団・山口組の相談役が同席していて、祝儀十数万円を渡されていたというもの。この相談役は高砂親方の遠縁にあたるとも伝えられている。

「ただ呼ばれて行っただけ。（相談役は）知らなかった。全然関係ないよ」（小錦）

米連邦麻薬取締局のオトリ捜査に利用されていたものだった。小錦のその存在感、知名度をハワイ後援会長を通じて利用されたのであった。

1986年3月場所限りで「大ちゃん」朝潮は現役を引退した。結果的には優勝1回であったが、初土俵は1978年3月場所、最後の場所も1986年3月場所、唯一の幕内優勝も1985年3月場所とこちらも「大阪太郎」ぶりであった。恵夫人は大阪出身でもある。

## 「さすらい」の人生

2010年11月8日、島倉千代子さんが肝臓がんのため75歳で死去している。多額の借金問題もあって「人生いろいろ」であった。

2013年2月27日、克美しげるさんが栃木県内で脳溢血のため75歳で亡くなっている。大阪刑務所を出所後、埼玉県の川口市の1人住まいのアパートで女性被害者の仏壇に冥福を祈るとか、カラオケ教室を開いて楽しんでいたこともあるが、覚せい剤取締法違反で実刑判決を受けたこともある。「さすらい」の人生であった。

## 「昭和枯れすゝき」

2015年11月19日、テレビ東京の「木曜8時のコンサート」でさくらと一郎が「昭和枯れすゝき」を熱唱していた。一郎は徳川一郎、67歳、

さくらは2代目で山岡さくら、59歳であった。「平成枯れすすき」をリリースしてもいた。

　♪貧しさに負けた〜　♪いいえ世間に負けた〜——。

　元気いっぱいであった。逆に栃木刑務所や和歌山刑務所の年老いた車椅子の女囚などは「枯れ薄」そのものの風情である。こちらは見るにしのびなかった。

## 8. チリ人妻の東北ムショ巡りの珍道中

### 津軽の「相撲ロード」

　2007年1月の大相撲の正月場所後、休日を利用してドライブ旅行、東京からマイカーを運転して青森に向かった——。若の里、高見盛、安美錦、岩木山、十文字、海鵬、武州山、安壮富士……現役関取は相変わらず都道府県別断トツ最多の8人いて、まだ「相撲王国」と言えた。

　東北自動車道を北上、大鰐・弘前インターからの津軽の「相撲ロード」、名力士たちの故郷のゆかりのウオッチングするのは楽しみだった。高見盛の実家の「加藤りんご園」、海鵬の父が所有する漁船でシコ名の由来の「海鵬丸」岩木山はソノママ、津軽富士と言われる「岩木山」……などである。思い浮かべるだけでワクワクしていた。

高見盛の実家の「加藤りんご園」

　「それはいいな。オレと高谷と二子山親方が夜行列車で一緒に東京に来る時（1968年6月）に食事した寿司屋が青森駅前にある。『大黒寿司』……今もありますよ」

　そう言っていたのは間垣理事（元横綱・2代目若乃花）だった。高谷とは鳴戸親方（元横綱・隆の里）、二子山親方は「土俵の鬼」の元横綱・初代若乃花である。親方に「大黒寿司」で「食え、食え」と言われたが不安

第 2 章　東・西・南・北

いっぱいで食えなかったらしい。
　「故郷の一番の思い出？　岩木山とリンゴ園ですね」(高見盛)

## 「ムショロード」

　ところが思いもかけない「ムショロード」のニュースが待っていた——。2007年1月31日午後、南米のチリから成田空港に降り立ったのが34歳のアニータ・アルバラードさんだった。

　15歳年上の夫は青森県住宅供給公社の約14億6千万円横領事件で懲役14年の服役の身であった。アニータさんは貢いでもらったとされる約8億円でお国に御殿を建てたり、ディスコを経営したり、はたまたレコード歌手としてチリで知名度抜群で

チリの豪邸

あった。そこでチリの有名人の行動を追跡するというチリのTV局「チレビシオン」の番組企画で白羽の矢が立てられた彼女が、テレビクルーを伴ってはるばる地球の裏側からやって来たのであった。

## 「追っかけ」

　これに日本のマスコミも大いに便乗して「追っかけ」、カーレースを展開した。アニータさんは2月1日午前には小雪舞う青森刑務所に「サムイ〜」と到着した。ところが「マチガッタ。ここにはいません」、山形刑務所と知らされた。

　すると事件の舞台となった青森県住宅供給公社や夫と過ごした自宅跡地を訪ねた。青森朝日放送では「ワイド！スクランブル」に生出演している。市内の焼肉店では「一番スキ」な焼肉をパクパク食ってもいたそうだ。そして東北自動車道の青森インターから山形方面に向かった。

　2月2日午前には、約6年ぶりに夫婦再会を山形市あけぼのの山形刑務所で果たした。面会後の記者会見で地元記者の「(夫は)元気だっけが？」に「彼、元気、彼、元気」、そしてスペイン語でこう言っていたそうだ。

「私、10年経ってもチリで待っています。『あなたを待っているのは私だけです』と彼に伝えたよ」

2日午後には秋葉原の電気街をウォーキング、そしてまた東京タワー、六本木ヒルズなど観光名所をロケ。3日午前には成田空港から「ハイ、サイナラ」と帰国の途についている。

暖冬異変の日本でまさに大はしゃぎ珍道中、完全に観光モード、コミカルなムショ巡りであった。

### 山形刑務所の今昔

山形刑務所の元受刑者だったという78歳のお年寄りに話を聞いた。

「テレビで盛んにやっていたが、今のことはしゃね（知らない）。私の場合、昔のことだけど、あそこ（山形刑務所）での楽しみといったら毎日3食、食べることだったな。週2回、風呂に入ってサッパリするのも気分よかったな。たまにだけど年老いたカカア（女房）が面会に来た時もうれしかったな。今いる（アニータさんの）夫もそうだろう。しかし何よりもうれしかったといったら、工場での仕事がうまくいって担当さんにほめられることだったかな。やっぱり男はいくつになっても、真面目に働くのがいいとわがったね」

彼が山形刑務所に入っていた当時、教育房で行われていた「出羽学習塾」の塾訓には〈自分の名前ぐらいは　りっぱにかけて　正直に働いて　三度のおまんまに　事かかず　大手をふって　社会の大道を　どうどうと歩き　どんな時でも　ひくつにならないで　生きてゆけ〉とあったそうだ。

### 人気力士の原点

相撲の話題はちょっとお預けだった。

しかし舞の海の実家の近所にある舞の海の相撲の原点ともいえる「正八幡宮」の土俵には、写真を撮りながら感慨深いものがあった。また高見盛のお母さんはリンゴ園の写真を手にこう言っていた。

「精彦（高見盛）は子供のころ、家業のリンゴ園を毎日よく手伝ってく

れました。リンゴのもぎ取りから篭にいっぱいにしてせっせと運んでくれたんです」

高見盛は右差し、かいなを返しての寄りや背筋力を効かしての逆転技を得意としていたが、リンゴ園での手伝いが土俵に大なり小なり反映しているのではないかと思った。

青森・鰺ヶ沢の「正八幡宮の土俵」

## あゝ「十年一昔」

2017年正月場所、青森県出身関取は幕内に宝富士1人、十両に阿武咲、安美錦、誉富士の3人、合計4人と「普通」になっていて「相撲王国」は衰退していた。都道府県別現役関取数は鹿児島県の6人が最多だった。

このころ2017年1月、アニータさんは「別件」でチリを訪れた『週刊新潮』の記者にこう答えていた。

「あれから10年経つのですね。夫は昨年、刑務所を出所して日本で隠遁生活をしているそうです。手紙をいただきました。夫に会いたい」

2017年6月29日号の『週刊新潮』に〈アレッ!? あの「アニータ」がニッポンに〉とあった。

〈来日の目的は千田氏との再会か。「その通りよ。それに今の家族にも、私が昔暮らしていたのがどんなところなのか、見せたいと思って。京都観光もしたいし、昔、夫と行った小樽にも行きたい。日本は特別」〉

〈滞在初日の6月16日のディナーは、アニータの希望で焼肉。またたく間に山盛りの肉を平らげた。肩も胸元も露わな、体つきの逞しい肉食系女子は健在だ〉

ドスコイ、ドスコイ、梅雨空を吹っ飛ばすようなパワフルさがあったらしい。

## 9. 名古屋に野球賭博問題で「都落ち」

### 大関の琴光喜啓司

　2006年9月10日、皇太子ご一家は両国国技館を訪れ、大相撲秋場所初日の幕内取組をロイヤルボックスから観戦された。敬宮愛子内親王、5歳の愛子さまは初めて「生の大相撲」をご覧になっている。

　愛子さまは「力士の名前については正直、私もかないません」と皇太子さまが話されたことがあるほどの大の大相撲ファン。幕内全力士のフルネーム、出身地を暗記しているそうだ。「愛知県岡崎市出身　琴光喜啓司」のファンとのことだった。この日、一番一番、ジッと土俵を見つめ、勝負がつくごとに鉛筆で取組表に勝敗をつけるなど熱心に観戦されていたが、関脇・琴光喜の出島を下手投げに破る白星には内心、拍手喝采であったろう。

　その後、皇太子さまがご用務で愛知に向かうと知らされると「琴光喜関の故郷ですね」と言われたという。

### 家康ゆかりの岡崎出身

　2007年8月に発行のベースボール・マガジン社『相撲』（秋場所展望号）の「読者のさじき」欄に次のような投稿文が載っている。琴光喜の大関昇進記念号で琴光喜に対して〈最後に天下を取れ〉と題している。

　〈今年の4月22日、千葉県船橋市の船橋アリーナで開催された春巡業を孫と一緒に見物した。朝稽古で土俵に向かう琴光喜関を見て、「このお相撲さん、優勝したことがあるのだよ」と小学2年生の孫にも教えていたところ、その会話が琴光喜本人にも聞こえていたようでニコッと笑みを見せてくれた。

　思い起こせば平成13年秋場所、琴光喜関は新入幕から9場所目というスピードで平幕優勝を遂げている。鳥取城北高時代は高校横綱、全日本選手権2位、日大経済学部時代は2、3年でアマ横綱、3、4年で学生横綱を含む史上2位の27タイトルを獲得している。名門、一流ブランドでもま

れたエリートはプロでも幕内最高優勝、ナンバーワンとなっている。なお栄光を手にしたが、「9・11」の米中枢同時テロの影響で優勝パレードは中止になっている。

　ところでこの夏場所前の「船橋場所」時点で、私自身は歯がゆい思いをしていた。関脇を連続9場所務めていたが、うち8場所が8勝7敗、パッとしない「ハチナナ」ぶりだった。おまけに朝青龍に25連敗中だった。年齢も30歳を越えていた。技巧派で相撲センスは抜群のものがあったが、本人も認める「ノミの心臓」とかで迷い、消極性が相撲ぶりから垣間見られた。

　ところがどっこい。7月の尾張名古屋場所は素晴らしい相撲だった。出し投げや内無双の得意技も発揮していたが、何よりも勢い、迫力があった。まさに「力戦奮闘」ぶりが魅力になっていた。来たる秋場所は2度目の優勝を期待している。千葉県には鳴戸、松ヶ根、阿武松、佐渡ヶ嶽の4部屋があるが、優勝パレードや昇進の使者が来たことがない。松戸市の佐渡ヶ嶽部屋への優勝パレードを、孫とともに一日千秋の想いで待っている。

　昭和51年4月生まれの琴光喜関は8か月か9か月の早産だったそうだが、先代佐渡ヶ嶽親方（元横綱琴櫻）の鎌谷紀雄さんも9か月で産声を上げているそうだ。32歳で横綱になった琴櫻同様、遅咲きの花を咲かせてもらいたい。琴光喜関の出身地でご両親が現在もお住まいの三河・岡崎は、「最後に天下を取った」家康のゆかりの地でもある。（千葉県・西秋幸雄・60歳）〉

　千葉県船橋市に住む西秋幸雄さん、「ニシやん」は東京・深川の生まれである。深川には江戸勧進相撲の聖地・富岡八幡宮があるが、ここの境内には歴代の横綱の名を刻んだ横綱碑もある。その横綱碑に琴光喜の名が刻まれる日を夢見ていたものでもあった。ところが待っていたのは綱どころではなかった──。

## 野球賭博問題で解雇

　2010年5月、大相撲界に野球賭博問題が勃発、琴光喜は夏場所中にも

かかわらず警視庁で任意の事情聴取を受けるなどした。

大関は日本相撲協会の看板力士ということもあって、マスコミは「主犯格」扱いして大騒ぎになった。7月には相撲協会から解雇され、ご当所の7月・名古屋場所を迎えるどころか角界から去る羽目になった。琴光喜の岡崎後援会も解散、鳥取城北高、前師匠の元琴櫻の出身県という縁もあって鳥取県の「ふるさと大使」を委嘱されていたが、解嘱となっている。

栄光から転落の人生模様、ニシやんはお孫さんにどう伝えていたのだろうか。それにも増して愛子さまのご心情はいかがであったろうか……。

## 名古屋で焼肉屋開店

2011年3月、琴光喜は野球賭博問題に関する「賭博開帳図利容疑」で書類送検されたが、容疑不十分で不起訴処分になっている。

これを受けて力士としての地位確認を求め、相撲協会を提訴している。琴光喜のファンだというデヴィ・スカルノさんは琴光喜現役復帰の著名活動をしていた。

2012年4月、元琴光喜の田宮啓司さんは名古屋市西区で焼肉店「焼肉家・やみつき」をオープンした。店の看板文字は横綱の白鵬が書いている。

「解雇直後は自分の人生はもう終わったと思った。今はこの店で頑張るだけです。自分の息子には相撲を教えて将来は力士にさせたいですね。賭け事？　たまにG1とかの競馬ぐらいで他はまったくやっていません」

ところが、2013年12月、タイ人の不法滞在者を雇った疑いで愛知県警に逮捕されている。店長の元幕内・駿傑の石出祐二容疑者も逮捕されている。田宮容疑者は野球賭博問題の際などと同様に当初は否認するという「潔さのない」ところがあった。

結局、名古屋区検は略式起訴、名古屋簡裁は罰金50万円の略式命令を出し、田宮さんは納付している。

焼肉家「やみつき」

## 「第二の人生」に幸！

2014年2月、琴光喜側の解雇の無効を訴えた訴訟の控訴審判決で東京高裁は「解雇は正当」と東京地裁と同じ判断、琴光喜側は係争を断念している。

2015年2月7日、元琴光喜の田宮啓司さん（38歳）の断髪式が東京・品川のTKPガーデン・シティで行われた。マゲを断ち切り、名実ともに「第二の人生」のスタートを切っていた。

2016年4月6日、岡崎市で大相撲春巡業が行われ「関取衆と子供たちの稽古」に田宮啓司さんの長男、小学2年生の愛喜君も参加していた。

「大きくなったらお相撲さんになりたい。得意技？　パパがやっていた『出し投げ』です」

その前途に幸あれ！


# 10. 京都は観光人気も「京刑」は汚名

### 琴欧洲もヒイキの古都

2008年10月18日、大相撲の「京都場所」が京都市体育館で行われた。周囲の風光明媚な環境の中、なかなか立派というか豪華な体育館で力士もお客さんも大いに相撲気分、旅気分を満喫していた。

「京都は歴史ある街でブルガリアの古い都と似ているので好きだね」

そう話していたのは欧州出身初の大関の「角界のベッカム」こと琴欧洲（本名・カロヤン・ステファノフ・マハリャノフ）だった。カロヤンはブルガリアの古都・ベリコタルノボで青春時代を過ごしている。レスリングで欧州ジュニア王者になっているし、アマ相撲でも活躍していた。それを見ていた佐渡ヶ嶽部屋の関係者の勧誘で力士になっている。

### 「力士ひでり」の土地柄

しかし大相撲界にとって京都は古今を通じて「力士ひでりの土地」とい

われるくらいに力士の数が少なかった。有名関取も出ていない。したがって京都出身、同志社大卒の元幕内力士・大碇の甲山親方には「おこしやす大相撲界」という思いがあった。
　「京都は竹林が多いのですが、力士は少ない……」（甲山親方）
　なお「大碇」は遠い昔の京都相撲のゆかりのシコ名である。元小結・大錦の年寄名「山科」も同様である。

## 「京刑」イコール「醜名」

　その京都市山科区東野井ノ上町にあるのが京都刑務所。日本でも指折りのきれいなプリズンである。この通称「京刑」の秋祭り矯正展には近くの住民が訪れて、地元高校生のブラスバンドの演奏なども含んだいわば文化祭を楽しんでいる。

京都刑務所

　ところが、京都刑務所の刑務官には悪評タラタラの汚名が着せられるのであった。力士名のシコ名、本来は醜名と書く。これは自分を卑下する意味のほか古代には強いという意味が含まれていたが、「京刑刑務官」イコール「醜名」であった――。

## 受刑者に「菊花賞」予想

　2009年9月、京都刑務所は、受刑者に競馬の予想をさせたなどとして看守部長を減給の懲戒処分にしている。看守部長は2人の受刑者にメモ用紙や日本中央競馬会（JRA）が発行する冊子などを不正に渡して、競馬の統計データなどを作るよう指示、2008年の菊花賞など重賞レースを予想させていたのだった。
　さらに京都刑務所の看守2人のこんな頓馬もあった。
　「うちの懲役の食事はうまいと評判らしい。気になるな、食べてみようぜ」
　「うん、確かにいい味だ。またいただこう――」

これを30歳代と20歳代の看守が繰り返していた。受刑者のために用意されていた竜田揚げやシューマイなどをかすめ取って食べていたものだった。「不正な看守がいる」という服役者からのチクリで発覚している。

## 風呂に熱湯の悪ふざけ

2011年11月、今度は京都刑務所の副看守長がとんでもないことをしていた。服役者の入浴時間帯、機械室で湯の温度を故意に0度や70度にしたもの。この悪ふざけはトータル7回を数えたという。
「ウヘッ、冷てえ！」
「ウオッ、熱い！」
そのたびに京都刑務所に悲鳴が渦巻いていたのであった。

2014年2月11日、京都刑務所の30歳代の受刑者が午前7時20分の起床・点呼の時刻に姿を見せなかった。そこで午前7時半ごろ独房に看守がうかがうと、男は洗面台の蛇口に靴下を結んで首を吊って死んでいた。20分ごとに巡回していて午前7時には受刑者は頭まで布団をかぶって寝ていたという。間隙をつかれてアッサリと自殺されている。

「今後とも受刑者の動静の視察や心情の把握を徹底し、再発防止に努めたい」という京都刑務所長の当たり前のコメントがあった。

## 「そうだ京都、行こう」

逆に観光都市としての京都の人気の高さは、日本一どころか世界一であった。アメリカの権威ある観光雑誌『トラベル＋レジャー』による2014年世界人気都市ランキングで京都市が1位に選ばれていた。日本の都市からは唯一のランク入り、米国のチャールトン（2位）、イタリアのフィレンツェ（3位）やローマ（5位）を押しのけて堂々の横綱であった。

外国人観光客はドンドン京都に押し寄せていた。

## 琴欧洲の「引退相撲」

2014年10月4日、この年の2014年3月に現役を引退した元大関・琴

欧洲の琴欧洲親方の断髪式が両国国技館で行われていた。

「大勢の人が来てくれて世界一、幸せな男だと思います。みなさん、ありがとうございました」（琴欧洲親方）

大銀杏を切り落として整髪、スーツに着替えた。すでに帰化していて本名は日本人の妻・麻子さんの旧姓を取り安藤カロヤンになってもいた。将来は佐渡ヶ嶽部屋から独立して部屋を構える夢を持っていた。

琴欧洲の断髪式のポスター

「自分が日本に来た当初、ごはん（白米）が食べられず参った。部屋のおかみさんから『明治ブルガリアヨーグルト』をいただいて助かった。以来、ヨーグルトは欠かせない。ブルガリアから新弟子が入ったら、まずヨーグルトを与えるよ」（琴欧洲親方）

「そうだ京都、行こう」――は京都観光のキャッチコピーだが、「そうだ相撲、日本へ行こう」というブルガリアの少年が現れることであろう。

### 奈良には刑務所なし！

2016年10月2日、奈良県は歴史上初めて天覧相撲が行われた地として、「相撲発祥の地・奈良を巡る」バスツアーのイベントを桜井市、葛城市などで行っている。大相撲の人気に便乗して、古都の魅力を体験してもらいたいところであったろう。

なお法務省はこの年限りで奈良市般若寺町18、JR奈良駅からバスで「般若寺」バス停下車、徒歩3分の奈良少年刑務所を老朽化に伴って閉鎖し、建物は重要文化財として保存することを発表している。

100年の歴史があり1908年に建てられた当時（奈良監獄）は千葉、長崎、鹿児島、金沢とともに「明治の五大監獄」と呼ばれた。煉瓦造りの荘厳なイメージ、歴史的な洋風建造物である。設計したのは山下啓次郎さん（司法省営繕課）で、ジャズピアニスト・エッセイストの山下洋輔さんの祖父

である。

　今後は単なる史料館、博物館ではなく、民間施設として「チサン」ブランドなどのホテルを運営する「ソラーレホテルズアンドリゾーツ」などの共同事業体によってホテル、飲食店などが入った複合施設として生まれ変わる。ここには殉職刑務官の慰霊碑もあることから「監獄ホテル」や「プリズンレストラン」のネーミング案もあるとかないとかだが、2019年に古都・奈良の新名所が誕生する――。

　なお「力士ひでりの土地」は奈良県にも言えるが、46都道府県で唯一「刑務所のない県」となった。

## 「鳴戸部屋」スタート

　2017年4月1日、元大関・琴欧洲の鳴戸親方が率いる鳴戸部屋の部屋開きが東京・墨田区の同部屋で行われ、佐渡ヶ嶽親方（元関脇・琴ノ若）、関脇の琴奨菊ら約100人の関係者が新たな門出を祝福している。

　「日本人の心を持って自分を超える力士を育てたい。自分は難しい漢字の勉強です」（鳴戸親方）

新序出世披露の虎来欧

　3人の新弟子が紹介されたが、その中の1人に親方と「国もん」のベンチスラフ・カツァロフ君、20歳がいた。ブルガリアのレスリングジュニア王者で「将来の夢は横綱」と師匠の思いを代弁していた。

　2017年7月場所、カツァロフ君は「虎来欧」のシコ名で初土俵を踏んでいた。

　その7月場所後、京都刑務所を訪れると正門脇の掲示板に「2017刑務官募集」の貼紙があった――。

刑務官募集の貼り紙

京都といえば遠い昔、安土桃山時代の大盗賊・石川五右衛門は1594年8月24日、京都三条河原で我が子とともに釜煎り(かまい)の刑に処せられている。辞世の句はこうだった。

　〈石川や浜の真砂は尽くるとも世に盗人の種は尽くまじ〉――。

# 第3章　心・技・体

## 1．特異体質が役立ち「塀の外」へドロン

### 「怪力」白鳥由栄

　昭和の戦前から戦後にかけて窃盗罪で服役中の東北、北海道の各刑務所から通算4度のプリズン・ブレイクを果たしたのが白鳥由栄であった——。

　その①　1936年、青森刑務所から脱獄した際は針金で手製の合鍵を作って解錠すると、そのままスンナリ逃げている。

　その②　1942年、秋田刑務所から脱走した時は板塀から引っこ抜いたクギやブリキの破片で金切りノコを作っている。そしてそのノコギリで鉄格子を日々少しずつ切断する時は「貧乏ゆすり」で看守をごまかしていたという。

　その③　1944年、網走刑務所を破獄の場合は鉄格子や錠前を1年余かけて大便を塗りたくるとか、味噌汁をかけて錆びつかせているという。

　その④　1947年、札幌刑務所を逃げた際は金属片で床を切り、食器で地下トンネルを掘って逃走している。看守が見回りに来るたびに何食わぬ顔して天井を眺めていたという。

　1961年、府中刑務所を「模範囚」のまま出所すると、建設作業員として真面目に働いていた。1979年2月24日、心筋梗塞のため72歳で死んでいる。故郷からの引き取りはなく、工事現場で知り合った少女が無縁仏として埋葬したそうである。

　青森に生まれた由栄少年は片手でリンゴを握り潰すなどはお手の物、米俵を両手に持ってそのまま水平にする村で評判の怪力の持ち主だったというが、ともかくその「脱獄王」ぶりはレジェンドとなって現在も名を残している——。

## 「華麗な救出劇」

1985年の12月、米国サウスカロライナ州の連邦刑務所では殺人犯など3人の受刑者が上空に向かって逃げている。

ヘリコプターをハイジャックしたシャバの仲間によって奪取されたものだった。そのまま舞い上がって去ってしまった。この空からの「華麗な救出劇」のヘリをスリリングに操縦する犯人は、目を見張るような筋肉質の体の赤毛の美女だったという。心・技・体そろった「ランボー」(米映画)ような女だった。看守もウットリ、いや、お手上げのポーズであったか？

## 「肛門に針金」利用

1986年10月、福島の会津若松拘置支所に入所した男だった。長さ23センチの針金を肛門に隠し入れて入ったが、身体検査の場でスルリと抜き取ると、今度は口から飲み込んでいる。

「えっ、どういうこと……？」

調べの刑務官が緊急入院の手配をしているその間隙を狙って男は脱走を遂げている。刑務官は口をあんぐりさせていたという。

## 「プリズンの満月」

1995年6月、新潮社から『プリズンの満月』(吉村昭著)が出ている。東京・西巣鴨の「巣鴨プリズン」(のち東京拘置所)を舞台にした看守の物語である。

「獄窓から角度によって月光が見える。月の光は平等ですからね。でも閉ざされた立場で見る思いは複雑ですね」(東京拘置所の刑務官)

このころ東京、三鷹市の吉村昭さん宅にお邪魔している。「私と大相撲」というテーマであった。稽古のこと、相撲甚句のこと、醜名(しこな)のこと、升席のこと、チャンコのこと……と実にいろいろなことを話し「私、相撲が大好きです」と何度も話された。傍らで夫人のやはり小説家・津村節子さんが微笑んでいた。井の頭公園の散歩仲間に隠居の身の初代若乃花の二子山元理事長がいるとのことだった。

## イラン人の「離れ業」

 1996年2月12日未明、東京拘置所でイラン人の集団脱走があった。同所からの脱獄は40年ぶりのことであり、一度に大挙7人などというのは日本のどこの刑務所、拘置所でも前代未聞のことであった。
 彼らは何らかの方法で手に入れたと見られる糸ノコで鉄格子を切るとか、寝具シーツによる即席ハシゴでヒョイ、ヒョイと塀を乗り越えたものだった。まさに離れ技的な脱走劇であった。「やってくれるぜ、イラン人——」と思わせた。
 「ノーコメントです」(東京拘置所の刑務官)

## 釈放原因は「体臭」

 1996年4月、窃盗罪の男がアルゼンチン北部のミシオネス州の警察署から釈放された。それは同房者の「あの男、体臭がすごい。臭くてたまんないよ。とても一緒にいられない」という苦情によるものだった。「出してやる。その代わりに二度と盗みをせず、とにかく毎日、体を洗いなさい」という裁判所の苦渋というか温情の免罪判断もあった。
 ところがこのスカンク男、すぐにまたコソ泥を働いている。しかし教会の中に隠れていたところを捕まっている。その強烈な匂いの発散が逮捕のきっかけにもなっていた。

## 「気力」の中国籍男

 1996年6月27日の午後8時40分ごろ、東京・中野署に道交法違反で逮捕されて留置中の中国籍の男が、中野警察署の2階東側、廊下窓の鉄格子の錠を「ヤア!」の気迫と怪力で壊して開け、ホイサッサ、チョイナ、チャイナとばかりにトンズラしている。「中国人も負けちゃいない」なのであった。
 このニュースを知って元府中刑務所の中国人服役者がこんなことを言っていた。
 「彼は中国の秦城監獄で服役の経験がある。中国の刑務所は過酷な労働

と軍隊的教育がある。中国の刑務所で養った気力、体力があれば日本での脱獄もあり得る」

### 「忍び足」元北朝鮮兵士

2004年2月23日午前10時ごろ、強制わいせつなどの罪に問われて公判中の41歳の会社員の男が宇都宮市小幡の宇都宮拘置支所からトンズラしている。

宇都宮拘置支所の4階建ての屋上にある運動場の金網を素手でグサリと破ると、壁をズルズルと伝うなどして地上に降り立った。そしてヒョイヒョイと忍び足で平行歩行して正門にたどりつく。あとはそのままスタコラサッサと駆け足で逃げ去ったものである。グサリ、ズルズル、ヒョイヒョイ、スタコラサッサ――というわけであった。

ただ者ではないこの男は元北朝鮮兵士で、「脱北」で日本に入っている。その経歴からするとトンズラもお手の物だったのだろう。

### 超スリムの韓国女

2012年9月、韓国の大邱(テグ)にある拘置所の縦15センチ、横45センチの食器口からスルリと抜け出して脱獄を果たした女性がいた。

そもそも超スリム体型だったそうだが、ダイエットを重ねていた。さらに獄中で教本を見ながら日々習得したヨガのスキルを発揮したのだという。さらにまた脱獄実行の際には上半身にオイルを念入りに塗っていたという。

見事、いやたまげたコリアンガールのパワーがあった。

### 見事「土俵の魔術師」

2016年初場所3日目、対横綱鶴竜戦の東前頭筆頭の安美錦(本名・杉野森竜児)は立ち合い、「向こうは見ながら当たってくる」と読み、頭からあえて突進すると、絶妙のタイミングで横綱の頭をはたき、鶴竜がバランスを崩すところを間髪入れずに押し出した。

「相手を見過ぎた。失敗……。うまく速くやられた」(鶴竜)

安美錦には「土俵の魔術師」の評があるが、非凡な相撲センス、勝負勘、百戦練磨の業師の真骨頂がそこにあった。

安美錦は鶴竜から初金星、現役最多の通算8個目を獲得したが、金星は2009年5月場所の朝青龍戦以来6年半ぶりだった。支度部屋での「話の土俵」もいつもの通り面白かった。

「DAIGO風に言うと『KY』だね。金星、やったね」(安美錦)

前日に女優の北川景子と結婚したロック歌手の表現を真似てニッコリだった。「金星」の絵莉さんとは2013年2月に結婚してからは初めてで「ちょっとは恩返しできたのかな」と稀代の異能力士は照れていた。

## TVドラマ「破獄」

2017年3月、東京・荒川区に「吉村昭記念館」がオープンしている。津村節子さんが亡き夫の作品『戦艦武蔵』や『漂流』『破獄』などを偲んでいた。

2017年4月12日、テレビ東京開局記念日ドラマ特別企画「破獄」があった。1985年4月、NHKで放送されて以来32年ぶりのドラマ化であった。天才的な脱獄犯役は俳優の山田孝之、人情派ながら脱獄阻止エキスパートの看守部長役はビートたけしであった。

吉村昭の『破獄』

「ドラマの収録直前の昨年末に真夏のオーストラリアにゴルフに行ったのだが、1月から雪国の看守役をやるのに日焼けはまずいとホテルにこもりっきりだった。そしてまた収録現場の北海道、長野ともにあんなに寒いのに参った。『破獄』の気持ちがわかったよ」(ビートたけし)

ドラマ「破獄」のモデルはあの「脱獄王」白鳥由栄である。

TVドラマ「破獄」

## 2. 深刻な「虐め」に打っ棄り勝った!?

### 「浦安のチビ」星甲

　1940年代〜1960年代に千葉県浦安市（当時は東葛飾郡浦安町）出身に星甲という力士がいた。

　1926年2月5日生まれ、本名・小川良夫。魚屋の二男坊で家が貧しかったため12歳で奉公に出された。周りから「チビ、チビ」といじめられた。しかし好きな相撲でイライラを発散した。母親の腰ヒモをまわしにして夜相撲に飛び入り参加したこともあった。そして何か有名人になって皆を見返してやろうと思った。ついては俳優になろうと浅草の「笑いの王国」に入った。しかしカゴ屋の雲助など端役ばかりに嫌気がさして一転、今度はチビながら力士になった。

　1942年5月場所に初土俵を踏んでいる。

　「浦安の田舎から来たショッパイ相撲取り」

　そういう陰口があった。

　無理難題のついでに幕下のころに結婚した。結婚式は実家の魚屋の2階で行っている。生活費を稼ぐために質屋に奥さんの帯や着物を持って行った。そしてまた浦安で採れたアサリやシジミを浅草あたりに売って歩いた。

　恥ずかしいので頭に手ぬぐいをかぶりチョンマゲを隠していた。

　稽古熱心さは誰にも負けなかった。イの一番に土俵を占拠したいから前夜から土俵の脇で毛布をかぶって寝ていた。力士仲間からは「あのチビ野郎」と白い目で見られた。しかし「ビックリしたけど感嘆したよ」は横綱の若乃花である。

　1955年5月場所に29歳で新入幕を果たしている。その化粧まわしには「忍」の文字があった。治子夫人はこう言っている。

　「喜びも悲しみも幾年月とか申します。私は、ひとりの平凡な力士の妻となったことを、そしてその平凡な力士が幕内力士になったことを、心から喜べる幸福な女だと思います」——。

## 「ヘイトスピーチ」

このころ矯正施設で人種差別があった。

「オレたち父が韓国人の少年3人が車座になって母国語でたわいのないヒソヒソと話していたんです。それを見とがめた教官が3人に『オイ、チョーセン野郎』と言って1回ずつ平手打ちしたんです。人種差別の虐待だよ。上司に訴えてやった。その教官は減給処分になったみたいだわ」（大阪少年鑑別所の元収容者）

大阪少年鑑別所（左）／前橋刑務所（右）

「自分は在日コリアンだけど、民族差別の憎悪言葉の『ヘイトスピーチ』には何とも言えない怒り、悲しみ、悔しさがあった。日本の刑務官の『官僚攘夷論』が前橋刑務所のムショ仲間の同胞からあったよ」（前橋刑務所の元服役囚）

## 「玄関払い」五郎

1962年4月14日、三重県松阪市の鎌田中学3年生の石山五郎（後の三重ノ海）は松阪市本町の「ひょうたん湯」で浜口昭吾氏と会っている。

「あの……、力士になりたいのですが……」（五郎）

浜口さんは松阪市魚町の割烹「両国」を経営していたが、出羽海部屋の地方世話人であった。

石山家は父の韓国人の金太郎さんが2年前に死去、母のしんが4人の子供を育てていた。末っ子の五郎は新聞配達や牛乳配達をやって家計を助けていた。五郎は出世して「オフクロを楽にしてあげたい」と力士志願したのであった。浜口さんによると五郎は銭湯でお母さんの腰巻の赤いヒモをベルト代わりにしていたそうだ。

翌日、浜口さんと五郎は松阪駅前の「松屋」旅館に巡業の先発で宿泊している出羽海部屋の松ヶ根親方（元関脇・羽島山）を訪ねた——。

「いやー、浜口さん、とんでもないですわ。このちっこい体、フニャっと

した体つきではとてもとても……。坊や、大きくなったらまたおいで——」
（松ヶ根親方）

　門前払い同然だった。167センチ、70キロの五郎は顔を真っ赤にして引き下がっている。

　1963年4月、中学を卒業すると五郎は集団就職で東京・江東区の「五十鈴アルミ」という鋳物工場に就職している。夜中までの残業もあり火傷も負ったりしたが、この仕事でいくらか体がたくましくなった。

「大きくなりました——」

　1963年7月の名古屋場所、五郎は出羽海部屋から初土俵を踏んでいる。二番出世であった。

　しかしコロコロ負ける弱い新弟子だった。無口でおとなしく稽古場の隅で目立たなかった。「どうした五郎！」の兄弟子に必死にぶつかっていった。頭が腫れてボコボコになっている。「いじめ」に遭っている。1か月で逃げて松阪に帰った。

　母のしんは涙を流して我が子を抱きしめた。だが五郎は母の涙を見て「頑張るよ、母さん。泣かないで……」と再び上京した。以来、関取になるまで家の敷居をまたぐことはなかった。

　1979年秋場所、三重ノ海は新横綱として登場、純白の綱をしめて雲龍型の土俵入りを披露している。まさに「家貧しくして孔子あらわる」、そしてまた「ひょうたんから駒」であった。


### サモアンに差別

　1982年6月20日、サモアンのサレバ・アティサノエ（小錦）がハワイから初来日している。Tシャツにラバラバというサモアの民族衣装の巻きスカート姿であった。都心へのクルマの中から外を見渡してビックリしたのは建ち並ぶ高層ビルと大勢の人の波だった。

「ウワーッ、すごい都会なんだ」

　来日第一夜は東京・飯田橋のホテル「グランドパレス」に泊まったが、恐る恐る窓のカーテンを開けて色とりどりのネオンサインに目をチカチカ

させていたものである。

ハワイといえば「太平洋の楽園」で明るく華やかなイメージがあるが、「サリー」の住環境はだいぶ違っていた。オアフ島の海岸沿いのやや辺鄙な地域である。一家はサモアから移住してそのナナクリに居住していた。貧しい人々の集まりで治安もよくなかった。ホノルルでタクシーの運転手に「ナナクリ」と言うと「ノー・サンキュー」と尻ごみしたそうだ。それでも無理やり訪れると「当局はここで起こる危険の責任を負いません」という看板が立っていたそうだ。

初来日時のサリー（後の小錦）

両親、兄4人、姉2人、そして妹1人の大家族が高床式住居で雑魚寝のように寝起きしていた。

「白人、ハワイ人にだいぶいじめられたよ。兄弟ゲンカなんか遊びみたいなものだったよ」（サリー）

サリーは弁護士志望の賢い少年だったが、そこでかえって鍛えられているといえる。新弟子時代にサリーは毛色の変わった外人ということで兄弟子にいじめられたことがある。しかし翌日の稽古場でその兄弟子をコテンコテンにやっつけて病院送りにしている。

### ディズニーランド

1983年3月、千葉・浦安に東京ディズニーランドが開園している。

1987年7月場所に小錦は当時史上初の外国人大関になっている。

1991年2月、元幕内の星甲は東京・平井に陸奥部屋を構えていたが、65歳で定年退職をしている。

「華やかな賑わいのあるディズニーランドとは月とスッポンの寂しい貧乏部屋で弟子に申し訳なかった」（陸奥親方）

「いや、狭いながらも楽しい部屋でしたよ。私の商売道具は実家が新潟の燕で刃物を作っているから、ただで手に入る」（床山・床大）

「私の子供のころ、家の近所で星甲をよく見かけ、その力士姿の肖像画が近くの稲荷神社に飾ってあったのを記憶しています。その他のいろいろなエピソードは後年、人に聞いたりして知ったことですが、普通の人だったら『いじめ』を受けた途中で誤った道に進んだり自滅したのではないかと思います」

そう話していたのは1944年、千葉・浦安生まれの「スー（鈴木）さん」という男性だった。

## いじめが辛くて脱走

1996年2月20日、愛媛県今治市の松山刑務所「大井造船作業所」から20歳代の服役囚が「トイレに行く……」と言ってそのまま脱走した。しかし1時間半後、付近をウロウロしているところをアッサリと身柄確保されている。

ここは模範的な受刑者を対象に全国的に数か所設けられた「開放処遇施設」の1つで「塀のない刑務所」であった。そのせいか同作業所からの脱走例は1961年以降、この時点、この男で15件目、18人目を数えていた。ただしいずれも単純逃走容疑で簡単に「呼び戻し」となっている。

それはそれとしてこの「18番目の男」の逃げた動機はこうだった。

「皮膚に病気があって、悪いヤツから冷たくされるとか、いじめを受ける。それが辛くて……。逃げて捕まって元の松山刑務所に戻りたかった……」

2000年12月5日、小川良夫さんは呼吸不全のため74歳で逝去している。

2001年9月、東京ディズニーシーがオープンしている。このころ元横綱・三重ノ海が率いる東京・荒川区の武蔵川部屋は、横綱・武蔵丸、大関に武双山、出島、雅山の「最強軍団」を誇っていた。武蔵川親方は稽古場では「男は黙って……」の鋭い視線を送っていた。2階の自宅応接間には数々の栄光のトロフィーや写真が飾られていた。

武蔵川親方（元横綱・三重ノ海）

「自分の子供のころは家が貧乏で、松坂牛の本場だけどもスジ肉しか食ってなかった。カメラもなかったから家族のスナップ写真など1枚もないよ」

そう言って笑っていた。

## 「仲間外れ……」

2003年12月6日の朝、栃木の喜連川少年院の高さ3メートルの有刺鉄線付き金網フェンスを乗り越えて脱走したのは、16歳の少年だった。この日、個室の棟から集団寮に移される予定だった。「オレは集団生活に向かない、仲間外れにされていじめられる」と逃げた。

少年は同日夕刻、近くの廃屋にうずくまっているところを少年院の教官に身柄を確保されている。

「その院生のデリケートな心情を理解しなかったことを反省している。今後も個室棟に入れて相談に乗っていきます」（喜連川少年院の教官）

2008年9月、武蔵川親方は日本相撲協会「トップ」の10代理事長になっていた。

## 「いじめ防止対策法」

2013年9月、子供をいじめから守るための「いじめ防止対策推進法」が施行されていた。これは前年2011年10月、いじめを受けた大津市立中学2年生の男子生徒が自殺した問題を受けて制定されたものであった。

「社会的な問題ですね」（スーさん）

スーさんは千葉県八千代市に本社のある警備会社に勤めていて、新人教育の講師も担当、警備現場では「隊長」だった。プライベートでは浦安市で子供たちに合気道を教えていた。会社の社訓は「誠実」「責任」「奉仕」であるが、教えのポイントもそこにあるという。

これらすべて「真逆」ならば解雇どころか檻の中かもしれない。

## 「デブ」の逸クン

 2014年9月場所は東前頭10枚目、モンゴル出身、湊部屋の「逸クン」逸ノ城が大活躍、「逸ノ城旋風」が吹き荒れていた。

 本名・アルタンホヤグ・イチンノロブ、1993年4月7日、モンゴル、アルハンガイ県生まれ。住まいはウランバートルから約400キロ離れた遊牧生活、「ゲル」というモンゴル伝統の移動式住居だった。

「ゲルから学校まで20キロぐらいいつも通っていた。冬はマイナス30度くらいまで下がる。耳が凍る。狼に襲われそうになったこともある。家畜泥棒を防いだこともある」（逸クン）

 日本とはだいぶ温度差がある。

「日本では幼い生徒がいじめに遭うとか連れ去りに遭うという事件が目立つね。自分は鳥取の高校の時、『女みたいな顔だな』とか『デブ』と言われたことがある。ぶん殴ってお返ししたけどもね」（逸クン）

## 「塀のない刑務所」

 2016年8月15日、あの「塀のない刑務所」、愛媛県今治市の松山刑務所「大井造船作業所」から23歳の男性受刑者による20年ぶり19人目の失踪があった。

 午前8時35分ごろ、この男性が大井造船作業所の寮での朝食時に姿を現さないことに別の受刑者が気づき刑務官に伝えた。捜したが見つからず逃走の可能性があるとして午前9時15分ごろ今治署に通報している。警察が出動したりマスコミが報道ヘリを飛ばしたりと騒然となった。

 午前11時40分ごろ、寮の屋上に男が1人ポツンといるところを刑務官が発見、身柄を確保されている。

「……」

 押し黙ったままだという。大騒ぎすることなかったんじゃない？

## 「日常茶飯事です」

「刑務所内での収容者同士のいじめの問題はどこの施設でも大なり小な

りよくありますわ。この（2016年）8月、『あんたのイビキが大きいと同房者からいじめられている』と訴えてきた女性受刑者がいました。この程度のことは日常茶飯事ですわ。本人は『めっちゃきつい、ハアー、ダメだ……』と嘆いていましたけども。あの……、私も上司の厳しい指導に逃げ出したくなることがありましたよ。『めっちゃきつい、ハアー、ダメだ……』と涙しましたよ」
　そう福島女子刑務所の若い女性刑務官は話していた。
　2017年1月7日、NHKテレビの「ブラタモリ」は「浦安」だった。
　「見ました。かつての盛んな漁師町時代を振り返っていたのはうれしくも懐かしかったですね。アサリの串焼きをタモリさんがおいしそうに食べていましたね」（スーさん）
　浦安の星甲の逸話は誰も知らない昔物語となっていた——。

## 3．土俵の裏方さんの「闘争心」に明と暗

### 「ヒゲの伊之助」

　1958年9月の大相撲秋場所初日、横綱・栃錦と前頭の北の洋の一戦は北の洋が寄り立て土俵際、栃錦が右へ打っ棄る。微妙な一番だった。
　19代式守伊之助（本名・高橋金太郎）の軍配は栃錦に挙がった。物言いがつき、栃錦は「死に体」として北の洋の寄り倒しの勝ちとなった。立行司の「差し違え」となった。これに「ヒゲの伊之助」は俵を叩いて「涙の抗議」をしている。そもそも行司は物言いの審議に口を挟むことができないが、これを「物言い」の挙動と見なされて伊之助は翌日から出場停止となっている——。
　しかしその凛とした所作と白きヒゲは純粋に勝負を裁く行司の象徴のように見られていて世間は伊之助に味方していたようである。
　〈白き髯　正直に物言ひて　秋深きかな〉（作家の久保田万太郎）

## 「63歳の闘魂」

1998年11月の大相撲九州場所6日目、ハワイ出身の191センチ、223キロの「西郷ドン」武蔵丸と、九州男児で184センチ、160キロの「怪力」魁皇が5戦全勝同士で対戦した。「怪獣大決戦みたいだな。ゴジラ対キングギドラとかね」と言っていたのは197センチ、167キロの貴ノ浪。

武蔵丸が魁皇を向こう正面の土俵下まで押し飛ばした。控えにいた29代式守伊之助（本名・池田貢）に魁皇が高さ60センチの土俵からもんどり打って落ちてきている。伊之助の左足の白足袋が天井に向いている奇妙な光景があった。しかし伊之助は何事もなかったように土俵に上がった。そして貴ノ浪—海鵬戦、続く貴乃花—巖雄戦も裁いている。

第29代式守伊之助（本名・池田貢）

打ち出し後、救急車が福岡国際センターの非常口前に駐車された。

「何しよると？」

「お客さんに急病人でも出たんだ。しょんなかろーもん」

暗闇の外景色の中で帰途につく博多っ子はささやきあっていた。

運び込まれたのは伊之助だった。福岡市中央区の秋本外科病院に搬送された。診察結果は「左前腕部両骨骨折、全治3か月」。左腕の尺骨、とう骨が粉々に砕けていて手術が必要、即入院となった。

「ジャッジのイノスケ・シキモリは160キロのレスラーをよけきれず腕を骨折。それでも自分の仕事をやり遂げた」

英ロイター通信は世界に向けて打電している。

63歳の闘魂に涙の出る思いだった。


## 親方VS床山

2009年3月、大阪・堺市の追手風部屋の宿舎で部屋所属の床山・床翔（22歳）が数年前から若手力士にいじめの暴力を繰り返していたのが大きく展開した。

第3章　心・技・体

　この床山は元力士で体もごつかったが邪心を発揮していたということらしい。追手風親方（元幕内・大翔山）がこれを察知、その都度注意をしていたが、治まらないので猛省を促すために殴ったという。いじめの暴力を受けていた5、6人の力士を1人ずつ部屋に呼んで床翔の頭を「お返し」で叩かせたという。
　床山は暴行を受けた直後、実家のある熊本に帰郷している。退職した。元床山は地元の警察に訴え出ている。しかし捜査の進展もなく、どっちともつかずの「痛み分け」になっている――。

## 「DVレフェリー」

　2010年3月29日、幕下格の行司・木村林之助が千葉県警印西署に傷害の疑いで逮捕されている。千葉・印西市の家庭で数年前から長男の背中を蹴るとか顔を平手打ちするなどの暴行を働いて、妻が同署に何度も110番通報していた。林之助は大相撲春場所のため大阪・堺市の出羽海部屋の宿舎にいたところを千葉・印西署員によって身柄を拘束されている。
　こちらは32歳のとんでもない「DV（ドメスティックバイオレンス）レフェリー」であった。

## 「三等床山」の裏芸

　2010年5月末に発覚した野球賭博賭事件で阿武松部屋の札幌市出身の「三等床山」床池（29歳）が火付け役、キーマンだったことが判明、解雇されている。自分の部屋はもちろん、大銀杏を結っていた佐渡ヶ嶽部屋の大関・琴光喜らに誘いをかけて暴力団関係の胴元との仲介をしていた。元力士の床池は図体もデカイが土俵の外のあくどい賭け事、勝負事に執念を燃やしていた。

## 自殺の髷結いさん

　2016年3月、相撲協会の理事長選があり八角理事（元横綱・北勝海）VS貴乃花理事（元横綱・貴乃花）の様相の中で八角が6対2で勝利した。

両理事を除く8人の理事の投票によるものであった。この時、貴乃花側の「選対本部長」という陰のウワサがあったのが、東京都出身、東関部屋の「三等床山」床泉（34歳）だった。

「負けて大変だよ。追放されるな」

そうこぼしていたそうだ。うつ病を患っていたともいう。2016年6月3日、この床山は自宅で首を吊って自殺をしている。

「何もしゃべるなと言われています。遺族の意思です」（元幕内・潮丸の東関親方）

役者や人形の髪を結うのと同様に力士の髷を結うのが「床山<sub>とこやま</sub>」である。

「一般の理髪店と同様に世間話をしながらの力士とのコミュニケーションがある。それが心の宝になっていますね。もちろん、結い上げた大銀杏姿をお客さんに『立派だね』とか『きれいだね』と見

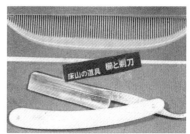

櫛と剃刀（床山の道具）

ていただけるとうれしい。脇役だけどやりがいがありますよ。そういう心構えで髪結い一途にやっていればいいものを余計なことをして……」

ある古参の「一等床山」は言っていた。

## 女子刑務所に美容室

「うちの拘置所に職員用の理髪室があって、経験のある懲役に世話になっている。なごやかな雰囲気ですが、カミソリを当てられる時は一瞬、ヒヤッとします」と東京拘置所の刑務官。

栃木女子刑務所は受刑者のために美容教室がある。美容技術のコンテストも和服やドレス、チャイナ服の女囚をモデルに行われている。そしてインターンの資格を得ると刑務所の敷地内にある美容室「ニューあさひ」で外来の本物のお客さんを相手にしている。「65歳以上に限られていますけど、安くて、きれいにしていただけるからうれしいワ」とある近隣のご婦人のお客さんはそう言ってニッコリだった。

和歌山女子刑務所の美容室「白百合」なども同様である。
「憩いのひと時になります。でも、どうしてこんなやさしく感じのいい人が刑務所に入っているのかしらとも思います……」
近隣のご婦人のお客さんはそう言って微笑みながらもちょっと首をかしげていた。

## 4.「蔵前の星」と「小菅の教祖」の語録

### 片やユーモア

1973年7月場所から1981年1月場所まで綱を張ったのは第54代横綱の輪島大士（本名・輪島博）であった。

「蔵前の星」「天才横綱」「黄金の左」のキャッチフレーズがあったがこんなユーモア語録というのもあった——。

「今朝は何をした？ 起きたよ。決まっていること聞くな」

「自分は下手投げが得意だけど、投げは上手からのほうがいいですよ。だって上手は上手、下手は下手と書くでしょう」（そういえばそうですね）

第54代横綱「輪島大士」の手形サイン

「兄弟？ いません、妹が1人います」（なるほど、兄、弟と書く。姉妹が必要？）

「九州場所の宿舎はピオネ荘というんだ。ピはね、パピプペポのぺよ」（ピである）

「サチコアカルイフトイコって何？」（博多の街角で「辛子明太子」の広告看板を見て）

「オレのコンピューター相撲も曲がるときがある」（通常、コンピューターは狂うであろう）

「ねえ、『天下を取る』の『か』ってどんな字だった？」

「オレのシコ名の下の名前の大士(ひろし)は大きいに土(つち)と書くんだよ」（字が違う）

「デリケート、ドライ、のん気、神経質、これが自分の性格よ」（どんな性格？）

「今、29歳だけど精神年齢は21歳だと思って頑張っているよ」（精神年齢？）

「バカだチョンだと言われてもいい。いつわりのない人生を歩みたい」（これはいい）

「好きな女優？ 山本富士子だよ。なぜ？ 日本一だからだよ」（ミス日本、「富士」山から？）

それではと山本富士子さんとの対談を東京・両国のチャンコ店で設定したが当日、期日を間違えたそうで輪島は来なかった——。

女優「山本 富士子」との対談を予定していたが…

## 「ワジー（輪島）」

1982年4月、輪島は現役を引退して花籠親方になっていたが五月(さつき)夫人（先代花籠親方の長女）の自殺未遂問題で降格処分、そのあとの1985年11月、「年寄名跡担保問題」で角界から追われている——。

1986年8月から1988年12月まで全日本プロレスのレスラーとしてリングに上がっている。その後、アメリカン・フットボールのクラブチーム「ROCBULL」の総監督の傍らタレントとして日本テレビの「とんねるずの生でダラダラいかせて‼」に準レギュラー出演していた。「ワジー（輪島）」の天然ボケぶり、滑舌は悪いながらもほほえましい笑いを誘っていた。

「好きな女性のタイプ？ 金髪」

「好きな魚？ マグロ」

## 此方チンケ

　1995年6月から東京拘置所に収監されていたのは日本の安全神話を根底から揺るがし、世界を震撼させた地下鉄サリン事件など計27人が死亡した13事件の首謀者、オウム真理教の麻原彰晃教祖であった。
　「ここの食事は教団にいた時よりいいよ。動物園みたいだ」
　「果物ではメロンが好きだが、一番うまいのはスイカです」
　「歌はうまいけど、残念ながら私は音痴ですよ」
　「本名は松本智津夫だが、その名前は捨てています」
　「出身地はあるけど、どこだったか覚えていない」
　「私は完全に発狂している。精神病院に入れてくれ」
　「青酸カリを入れてくれないか。使いたいんだ」
　こちらユーモアなどさらさらないチンケな迷語録であった。

## 「麻原を撮った!」

　1996年4月25日号の『週刊文春』に〈衝撃のスクープ・麻原を撮った!〉が載っていた。東京拘置所の舎房と面会所の間には囲いがない数メートルの「渡り廊下」がある。この「通過」を塀の外からの望遠レンズで見事にとらえていた。近くの高速道路、あるいは高層マンションから特別に工夫されたキャタツを利用したものと思われた。撮影の技術そのものもさることながら、カメラマンの忍耐、執念、根性には当局も脱帽するしかなかったであろう。大相撲じゃあないが「殊勲賞」「金星」のゲットというところであった。
　この「麻原を撮った!」のはフリーカメラマンの宮嶋茂樹さんであった。1961年5月生まれ、兵庫県明石市出身、日大芸術学部卒、『FRIDAY』専属を経てフリーになっていた。
　「現場から2キロメートル離れた地点から2000ミリの望遠カメラを構えて張り込んでいた。10日目の4月11日に撮れた。その瞬間、震えた」(宮嶋茂樹さん)
　2006年9月に麻原彰晃教祖は死刑が確定して松本智津夫死刑囚となっ

た。その後、病を患っていて東京拘置所の病舎に移されていた。
「ア……ウ……」
ただ口をモグモグさせているだけであるという。

### 輪島に憧れる…遠藤

2014年2月発売の『NHK G-Media 大相撲ジャーナル』(イースト・プレス発行)の平成26年春場所展望号の〈砂かぶり〉欄に〈遠藤の本名としこ名に思う〉と題する投稿文が載っていた。

〈私は本名で力士のしこ名をとらえています。私の好きだった寺尾（錣山親方）の本名は福薗で、亡き母の旧姓を名乗ったのは、母

遠藤の手形サイン

親への思いがあったからです。現在、幕内で本名をしこ名にしている力士は、高安と遠藤の二人。遠藤が憧れているのは同郷（石川県）で同学（日大）の先輩の輪島です。そのため本名で通しているのかなと想像しています。「師匠（元大翔山）と輪島をミックスして大翔輪はどう」と言ったのはデーモン閣下。いかがなものでしょうか。高安の兄弟子は稀勢の里ですが、夢と希望がいっぱいだった幕下時代の萩原がなつかしいです…（千葉県　小畑章）〉

この投稿者の60歳代、宮崎県出身の「オバッ（小畑）ちゃん」はこう言ってもいた。

「小暮さん（デーモン閣下）の相撲通ぶりには感嘆しています。それから、恐れ多くも輪島とライバルだった小畑敏満さん（北の湖理事長）と私は同姓です」

2014年7月16日、フジテレビの「ノンストップ」という番組で輪島博夫人が夫は2013年12月に咽頭がんの切除手術を受け、声を失っていることを明らかにしている。自宅療養を続けているとのことだった。なお輪島家と遠藤家は遠縁にあたるが、遠藤は輪島さんの病状を当然ながら心配し

ているとのことだった。

### 本名シコ名のブーム

　2017年7月の大相撲名古屋場所の番付に新大関の高安（本名・高安晃）の名が「大関」として初めて載った。大関以上で本名をシコ名にしたのは輪島（本名・輪島博）、北尾（本名・北尾光司、横綱時は双羽黒）、出島（本名・出島武春）以来4人目であった。

　この7月場所の番付の関取では他に正代（本名・正代直也）、遠藤（本名・遠藤聖大）、宇良（本名・宇良和輝）、石浦（本名・石浦将勝）、山口（本名・山口雅弘）、里山（本名・里山浩作）も本名をシコ名にしていた。2017年9月場所に新十両の矢後（本名・矢後太規）も本名をシコ名の関取さんに加わっていた。

　「トンボの幼虫の『ヤゴ』を連想するが、トンボになって羽ばたいてもらいたいね。高安以外はいずれも学生相撲出身であるが、本名シコ名のちょっとしたブーム到来があるね。学生相撲の大先輩の輪島さんはどう思っているかな」（オバッちゃん）

## 5．火災発生に速攻対応の大相撲の力人

### 「ファイヤーマン」

　1976年10月10日の朝、東京・江東区森下町の富士ヶ根親方（元幕内・時葉山）の自宅前のアパート「ポプラ荘」から出火があった。親方は素早く消火器を持って駆けつけ、1人で火の中に飛び込んでいる。布団とカーテンだけを燃やしただけで消し止めた。その後に消防車がやって来ている。現役時代、闘志あふれる仕切り姿で「ファイトマン」のニックネームがあったが、見事な「ファイヤーマン」ぶりであった。

## 立浪部屋でボヤ騒ぎ

1985年1月17日、大相撲初場所5日目の夕刻、東京・墨田区両国の立浪部屋から出火があった。1階稽古場の外壁が燃えていた。出入りの溶接業者が老朽化した配電盤を取り外そうとして、使っていたガスバーナーの火花が外壁の板に燃え移ったのであった。2階の部屋にいた幕下・立富士や序二段・立田仲ら4力士も出火に気づきバケツリレーで水をかけた。ボヤで済んでいる。

オープンしたばかりの両国国技館から至近距離ながら、駆けつけた立浪親方(元関脇・羽黒山)は「ビックリした。でもこの程度でよかった。力士たちの迅速な対応は立派だった」とホッと胸をなでおろし、弟子たちを褒めてもいた。

## 芸術の「パリ、燃ゆ」

1995年10月11日午後5時ごろ、パリのドゴール空港近くにある日本通運の倉庫から、漏電によると見られる出火があり建物を全焼した。このため大相撲のパリ公演を控えて保管されていた明け荷、化粧まわし、締め込み、行司装束、軍配などが焼失している。

当時、締め込みは1本60万円ぐらい、化粧まわしも100万～150万円、行司の装束も150万円はしていた。総額2億円以上が灰になった。

東京で留守居役だった陣幕広報部長(元横綱・北の富士)が一報を受けて深夜、国技の殿堂の塀を乗り越えて事務所に入った。そして各部屋の親方衆を急遽(きゅうきょ)招集、明け荷やまわしをかき集めて日航機で急送、10月13日の開幕に間に合わせている。現役時代の速攻よろしく臨機応変、スピーディーな対応だった。

「火事場の馬鹿力だよ」

なお陣幕広報部長は当時、中日スポーツ紙で相撲の評論を連載してもいた。原稿は手書きの直筆であった。それもすこぶる速筆であった。

「書くのが早い? ウン、オレのは早漏原稿」

## 「囚人消防士」活躍

2007年10月、米国カリフォルニアで大規模の山火事が発生している。焼失面積は2032平方キロメートルに達した。この消火活動には一般の消防士など約1万2千人が従事したが、このうち3割の3千570人は刑務所の服役者だった。消防服は囚人服と同じオレンジ色で一般の消防士と区別できるようになっていた。囚徒は火の手が拡大しないように電動ノコギリを使って樹木を伐採したり、カマで下草を刈り取ったりの「屋外労役」をこなしている。

「やりがい、生きがいがありますね」と「囚人消防士」たちは口ぐちに話していたそうだ。

## 「全焼」と「全勝」

2011年4月2日、九重部屋の幕下の千代丸（本名・木下一樹）と千代鳳（本名・木下祐樹）兄弟の鹿児島県志布志市の実家が火災にあった。コンセントから火が出た漏電によるもの。両親と姉、祖母がいたが、必死に逃げて幸いケガはなかった。しかし消防車が来た時には完全に家屋は焼け落ちていた。

「知らせを聞いた時にはエイプリルフールかと思ったよ」（千代丸）

「出世して、関取になって家を建ててあげようと思った」（千代鳳）

地元の南日本新聞には「家は全焼、相撲も全勝でいってほしい」というダジャレの入った記事があった。

## 「火事場の馬鹿力」

「火事場の馬鹿力」という慣用句がある。緊急事態、窮地に追い込まれた時に普段では考えられない、通常は発揮できない、出ない力をいう。

「火事の時、いざ、となるとおばあちゃんが金庫を持ったりすると言うでしょう。自分の相撲もそうでしたよ。いざとなると突き、押しが2倍にも3倍にもなった」（元関脇・麒麟児の北陣親方）

「稽古場ではあまり勝てなかったけど、真剣勝負の土俵に上がると自分

でも信じられないようなパワーが出た。特に大事な一番になると何が何だかわからないくらいにカーッと燃えた」（元小結・高見盛の振分親方）

なお日本相撲協会は毎年秋に消防訓練をしている。

「避難、誘導、消火器はもちろん消火栓やホースの扱い、AED 使用方法なども徹底的にやっていますよ。冷静、沈着に対応することです」（元幕下・羽黒海の協会世話人・田中憲二さん）

こちらはあの立浪部屋のボヤの時の火消役、立田仲であった。

国技館の消火栓

### 「社会貢献部」新設

2017 年 1 月末、日本相撲協会は前年 12 月 22 日に新潟県糸魚川市で発生した 150 棟を焼き払う大規模火災の被災地に対し、支援金 100 万円と初場所中に募金で集まった約 29 万円を送っている。また相撲協会は協会内に理事長直属の「社会貢献部」を新設している。大震災の被災地などへの募金活動や慰問などを主に担当し竹縄（元関脇・栃乃洋）、放駒（元関脇・玉乃島）、振分（元小結・高見盛）ら若手親方 14 人が任命されていた。

「いつも相撲を見て応援してくださっている方々への恩返しのつもりですよ。当然です」

そう事実上の責任者の春日野広報部部長（元関脇・栃乃和歌）は言っていた。

## 6. 非凡な相場師は「非凡な囚人」 か？

### 「ウルフスペシャル」

1986 年、昭和 61 年の風薫る 5 月、国技の殿堂、東京・両国の国技館で

の大相撲夏場所は初日、イギリスのチャールズ皇太子、ダイアナ妃ご夫妻がロイヤルボックスで観戦する中で向こう15日間の幕を開けた。

「ステキだったわね」

さらに中日・8日目は大の相撲ファンと伝えられている天皇陛下がご観戦された。天覧相撲であった。

「ありがたかったな……」

一緒に観戦できたお客さんにとってはこの上ない喜びであった。

この場所はグランドチャンピオン（横綱）の千代の富士が16回目の優勝を遂げている。国技・大相撲の第一人者、国技館を背負っている観があった。

「カッコイイ！」「左からの上手投げ」「ウン、『ウルフスペシャル』だよ」「神業だよ」「芸術品だね」

ＪＲ総武線両国駅のホームでお客さんの声があった。

横綱「千代の富士」の手形サイン

両国駅のホームから見える「両国国技館」

## 「兜町の風雲児」

このころ世界でも最大級規模の「マンモス拘置所」、東京・小菅の東京拘置所には大阪で「北浜のライオン」、東京で「兜町の風雲児」と称された相場師の男がいた——。

小菅駅のホームから見える「東京拘置所」

この男は巨額詐欺罪による被告の身で収監されていた。シャバでは酒池肉林、放蕩三昧のライフスタイルだったが、塀の中では実に質実剛健な生活ぶりだった。差し入れの贅沢食品はノーサンキュー、狭い独房内を土俵

のように使っての「円運動」のシェイプアップ。「外」ではむさくるしい印象だった長い髪も「中」ではショートカットにして、そしてそれはまるでチョコンと髷をつけた大相撲の新弟子のようなあどけない容貌に変わっていた。何よりも看守たちを感心させたのは、「この獄中のチャンスを生かして株の勉強をし直す」とのことで、株式投資に関する専門書を読みふけっていることだった。転んでもただでは起きない「非凡な囚人」ということになるか？

しかし交際相手で「7千万円の新居をプレゼントされた」と報じられた人気アイドルの倉田まり子さんは芸能界引退に追い込まれていた。この元「投資ジャーナル」会長は懲役6年の判決を受けて服役している。

### ムショの中で大金持ち

1988年12月、海の向こうの塀の中には実際に非凡な相場師がいた。アメリカのニューヨーク州の重罪犯刑務所に収監されていたマイケル・マシーという受刑者だった。シャバの父親に売買を指示、その指示を受けた父親はインターネットを通じて売り買いをしていた。約90万ドル（約1億350万円）の売却益を得ていたという。ムショの中で大金持ちになったというわけ？

1989年1月7日、天皇陛下は87歳で崩御されている。

1997年8月31日、36歳のダイアナ元妃はパリで交通事故により不慮の死を遂げている。

### 「地球一の億万長者」

2005年3月の大阪・春場所はモンゴル出身の「蒼き狼」朝青龍が3場所連続11度目の優勝を遂げている。このころ東京拘置所に3週間収監されていたのが西武鉄道株をめぐる証券取引法違反事件の70歳の前コクド会長だった。海外メディアは「地球一の億万長者の逮捕！」「プリンスホテルからいわばプリズンホテルへ――」と伝えていた。

塀の中では白髪がボサボサに乱れ、やつれた様子だという。大物の野球

第 3 章　心・技・体

選手や女優、ミュージシャンから激励の手紙が拘置所に届いているとのことだった。これにはうれしそうだったが、差し入れの食品にはあえて手をつけなかったそうだ。名実ともにスッテンテンを自覚していたようだ。保釈金は「たった」の 1 億円だった。

## 「兜町のお化け」

2006 年、平成 18 年 5 月、大相撲の夏場所はモンゴル出身の大関の白鵬が初優勝を飾っている。

その翌 6 月、ジメジメとした梅雨空の下、私立灘中・灘高、東大、通産省官僚というエリートコースを歩んだ「モノ言う株主」、「村上ファンド」の元代表はニッポン放送株を巡るインサイダー取引事件の容疑者として東京拘置所入りしていた。不正にゴッツァンで得た利益は約 30 億円というから、こちらも恐れ多かった。ニックネームは下の名前を取った「せしょう」だそうである。「よしあき」と呼んでくれないので「せしょう（世彰）」としているとのこと。「兜町のお化け」というアダ名もあった。

「あそこに入っている」「差し入れの弁当は残さず食べているそうだ」「ウン、甘い物が好物で菓子パンやチョコレートを子供のように喜んで食べているらしい」「差し入れの経済書も読みふけっているらしい」「さすがは仕手戦の鬼だな」

そんな会話が東武伊勢崎線の小菅駅のホームの通勤客からあった。

## 「ボケ老人」

2006 年 9 月の実りの秋、52 歳になっていた「兜町の風雲児」は滋賀県近江八幡市の自宅放火未遂の現行犯で近江八幡署に逮捕されている。

「ボケ老人みたいにあちこちウロウロしていました。汚い身なりでコンビニのゴミ箱から残飯をあさっていました。近くの布団店の毛布を燃やしたのもあの人でしょう」

近所の人はそう囁いていたらしい。乞食のような老人には、かつての風雲児の面影はなかった。中江滋樹というただのボケ老人になっていた——。

### 「兜町の帝王」

2015年11月17日、東京地検特捜部は大手仕手集団「誠備グループ」の74歳の元代表を金融商品取引法違反（相場操縦）容疑で逮捕した。東京拘置所入りしている。この元代表は1970年〜1980年代に投機的な株売買を繰り返して、やはり新「兜町の風雲児」とか「兜町の帝王」言われた。一時は表舞台から姿を消していたが、70歳から活動を再開していたという。「般若の会」と称する団体を主宰してもいた。

2016年7月31日、元横綱・千代の富士の九重親方は膵癌のため東京都内の病院で死去した。61歳だった。

2016年12月26日、仕手グループの加藤あきら元代表は保釈中だったが、都内の大学病院で死去している。中江滋樹氏は「金と女と相場人生」と題するブログを開設していたが、そこで加藤氏を旧友としての弔辞があったが、「オレ、しくじらなければ3兆円は稼いでいたんだが……」と天を仰いでもいたらしい。

### 「天覧相撲」「九重」

2017年、平成29年初場所初日の1月8日、天皇、皇后両陛下は国技館で幕内後半戦の取組を八角理事長（元横綱・北勝海）のご案内で観戦された。天皇陛下は83歳、前年8月、ビデオメッセージで「生前退位」の意向を示されて以来初のご観戦に、客席から惜しみない拍手があった。

「ロイヤルボックスを見上げたらお2人で話をされていました。いい相撲が取れてよかった」（白鵬）

横綱の白鵬は関脇の正代を引き落としに一蹴、天覧相撲は5戦全勝。

2017年7月場所10日目、白鵬は九重部屋の千代翔馬を寄り切りに破って千代の富士超えの通算勝利1046勝を達成、単独2位（1位はこの時点、魁皇の1047勝）となった。

「（九重親方の弟子に勝って）巡り合わせかな。恩返しができたのかな」（白鵬）

天空にキラ星の輝く「ウルフ」千代の富士も祝福していたであろう。

# 第3章 心・技・体

〽君が代は　千代に八千代に――元号が代わろうとも天覧相撲は永遠である――。

## 7.「ウッシッシ…」「アレ？」「ウオッ！」

### 労せずして「お出まし」

1992年11月の台湾、勾留中の男が別の保釈を前にした男に「替え玉代金」を約束、その男の保釈の日に「ハイ、私です」と返事して塀の外にドロンしている。

1994年1月、米カリフォルニア州の連邦刑務所に服役中だった終身刑の男は、ゴミ箱にもぐり込みゴミ収集トラックに乗ってラクチン脱獄、塀の外に出た。投棄場に捨てられ、圧縮でやや身動きが取れなくなった上に骨折だらけとなったが、心はウッシッシッだった。ところがそうは問屋が卸さないだった。そこに現れ、近寄って来たのはゴミを押し潰す巨大なブルドーザーであった。

「エッ、何だい？　助けてくれ！」

1996年6月、米国ワシントン州の郡刑務所で看守から仮釈放を告げられた窃盗罪で服役中の男だった。渡された所持品のネームを見ると自分と同姓の囚人の物だった。間違いとわかった。だが「エッ、オレのことかい？」と一度聞き返しただけでそそくさと出ている。

### 双葉山の必殺技応用？

2005年7月28日午後2時ごろ、名古屋地裁の法廷であった。傷害事件の被告は手錠や腰縄を外されて被告席にいたが、その両脇にいた3人の名古屋拘置所の刑務官がポカーンとしている間にヒョイと飛び出して、証人尋問席の被害者の主婦をゴツンと殴ったのである。当時世間を震撼させた愛知県安城市の乳幼児殺人、主婦傷害事件の34歳の被告であった。

「アレ」「ウオッ」

傍聴席からそんな悲鳴、驚きの声があったであろう。

その昔、大相撲の「無敵」「相撲の神様」双葉山の上手投げは格段の力の差を見せつけるものがあった。サッと左で上手まわしを取り、右は差し込み相手の左脇腹にピタッとつける。一呼吸のあと、左上手をグイッと引きつけて、コロリと土俵中央で投げ飛ばす。サッ、ピタッ、グイッ、コロリ——というわけであった。

「立ち上がる前、仕切りの時から相手の細かい動きを見極めていた。微妙な呼吸を感じ取っていた」(双葉山)

「相撲の神様」双葉山

刑務官はこの双葉山の「必殺技」を応用したらどうか?

## 夢の中のような出来事

2009年5月、茨城・水戸署の2階の取調室の窓から20歳代の窃盗未遂犯が逃げている。調べ官の巡査長が急須を使って湯のみ茶碗に入れた2人分のお茶の片方に、隠し持った睡眠薬を入れて「居眠り」状態にさせてコッソリと出ている。調べ官が目を覚ました取調室には使用済みの薬の包装紙がソノママ置き土産のように残されていた。

2015年2月、ブラジル・マトグロッソ州、田舎の田園風景が広がるノバムツムの刑務所に警察官と称する制服姿の2人の女性が現れた。そして「任務の一環」とか「憩の場の提供」と言って監獄内でパーティーを開いた。コーヒーなどの飲料も持参していた。「一緒にやりませんか」と2人の看守も房内に招き入れた。セクシーなコスチューム姿だったという。ウッシッシッと喜色満面に参入している。翌朝、看守2人が目を覚ますと丸裸にされ、おまけに手錠がかけられていた。その傍らには睡眠剤の入ったウイスキーの瓶があったという。房内はもぬけの殻、隣の房もそのまた隣の房も解錠となっていた。合計26人の男性受刑者が姿を消している。

当局にとってまるで夢の中のような出来事があった。

## 懸賞金にまつわる珍事

2010年3月の春場所2日目、嘉風戦の白星による懸賞金を受け取って花道を引き揚げる霜鳳に呼出しが呼び止めた。

「ちょっと……」

「エッ？」

「間違えて渡しました。返してください」

霜鳳はヒザがガクッとなっていた。

4本の懸賞金袋を回収されるという珍事があった。1本3万円で12万円の現金が入っていた。その2番後の垣添─豪風戦にかけられていた懸賞金を担当の呼出しが「豪風」と「嘉風」を間違えていたものだった。お気の毒なのは霜鳳だった。それこそ花代として万札1枚ぐらいは抜いて、霜鳳の髪に挟んであげたい花道だった？

## 白鵬の変化技も参考？

2015年9月28日、愛知県警春日井署は春日井市のラーメン店「うま屋ラーメン春日井朝宮店」の店員殺害事件の27歳の容疑者を春日井署で任意聴取していた。ところが夜になって容疑者は制止を振り切って署から外に出たのである。捜査員1人が一緒に歩いて説得を続けている。ところが途中で男に突然走り出されて逃げられている。見失っている。警察官は「アレ？」「ウオッ！」であったろう。

2015年九州場所10日目、白鵬は栃煌山戦で立ち合い、パチンと「猫だまし」を見せてから左へ変わり、栃煌山が空を切って前のめりながらも土俵際で向き直ると再び猫だましを見せて、たじろぐ栃煌山を寄り切っている。

「ああいう技もある。一度はやってみ

白鵬の「猫だまし」

たかった」(白鵬)

「あれは頭になかった。悔しいです」(栃煌山)

白鵬は通常、右四つ盤石の寄り、あるいは左からの豪快な上手投げの「必殺技」で無敵を誇っていた。

この予期せぬ変化技、奇襲は警察官もちょっと参考にしたらいい？

# 8. 突っ張り野郎の「青春プレーバック」

### 大分の「カミソリ龍二」

1976年4月29日、北海道千歳市に生まれた廣嶋龍二は3歳時に父を病気で失った。したがって母親の美恵さんとともに母の実家がある九州の大分市に移り住んでいた。龍二は中学時代、空手で九州大会3位になっている。中学卒業後、鳶職も経験している。掌底突きを得意にしていた。しかし龍二は大分ナンバーワンを誇る暴走族「十二一単」に加わって暴れまくってもいた。「カミソリ龍二」と恐れられた。喧嘩、暴行などの悪さを繰り返しては大分県警の白バイやパトカーに追っかけられる日々だった。美恵さんは龍二と心中も考えたことがあった。

大分の「カミソリ龍二」
(後の千代大海)

龍二は「迷惑をかけた母さんに親孝行したい」と元横綱・千代の富士の九重部屋の門を母親と一緒に叩いている。剃りを入れた茶髪だった。「何だ、その頭は。まず床屋に行って来い」と九重親方。丸坊主になったところで入門OKになっている。そして空手や鳶の経験が相撲技の突っ張り、土俵の円をうまく利用して逆転するという軽快なフットワーク、バランス感覚に繋がって出世していったと見ている。

第3章　心・技・体

## 「野獣と化す」タイソン

　1994年5月4日、アメリカはCNNの人気トーク番組「ラリー・キング・ライブ・ショー」の中でプロボクシング元WBA・WBC統一世界ヘビー級チャンピオンのマイク・タイソンが獄中からの録画出演をしていた。タイソンは「野獣と化す」婦女暴行罪で懲役6年の判決を受けて、インディアナ州立刑務所に服役中の身であった。

　「若気の至り……と深く反省している。今のボクは自分自身の心からわき出る自分自身への叱咤(しった)、激励の声を1日に何百回も聞いている。古典小説を読むとか文章も書いている。まだボクは27歳と若い。人生のやり直しができる。出所したら、これまでと違った考え方、スピリットでボクシングに取り組むでしょう」（タイソン）

　塀の中ではあの獣のような顔が仏様のようなおだやかな表情になっていた。服役中にイスラム教に改宗してもいるが、塀の中で何かを得たのであろう。少年時代、ストリートマッチなどで逮捕歴数回、ニューヨークのトライオン少年院に収監されたことがあるが、そこでボクシングと出会ってもいる。

　1995年3月に仮釈放になってリング復帰、1996年3月にはWBC世界ヘビー級王者に再びなっている。その後来日、九重部屋で稽古見学もしている。


〈死刑囚の歌〉
　一匹の　蚊を殺す気も　今はなく　人を殺めし　吾が手を見つむ
　　　　　　　　　　　　　　　　　殺人　K・N　神戸拘置所

## 「突っ張り」千代大海

　1998年名古屋場所9日目、関脇・千代大海と前頭2枚目の武双山戦、新・旧の大関候補の対決はまるでストリートマッチを見ているようであった。激しい突き合いから武双山の右「フック」がクリーンヒットすると壮絶な張り手合戦へとエスカレートした。足を止めての2度のニラミ合いを

はさんで武双山10発、千代大海7発のヘビー級の大乱打戦となった。最後は武双山が土俵下へと千代大海を突き出し、32秒1、「リングアウト」勝ちを収めている。武双山は正面の観客席を見据えながら土俵の中で血のまじったツバをピューと吹き出していた。

　1999年初場所千秋楽、千代大海は若乃花を本割、優勝決定戦と連破して初優勝、大関昇進も決めた。大分での凱旋パレードには白バイが先導してくれた。偶然にもかつて龍二を白バイで追っかけた警察官だった。

　なお大分市住吉町の実家の隣は村山富市元総理の実家である。かつて千代大海は「オレの家よりもっとボロ家なのですよ。でもそれでかえって感心した」と言っていたことがあった。

### 「トラッシュ中沼」

　2004年1月3日のWBA世界フライ級タイトルマッチのチャレンジャーは28歳の日本王者トラッシュ中沼（国際ジム）だった。

　「オレは1歳で両親が離婚、母の顔は写真でしか知らない。父は飲んだくれのアルコール依存症だった。オレが17歳の時に咽頭ガンで死んだ。オレは極貧生活に耐え切れず万引きを繰り返していた。それで18歳と19歳の時の2度、東京の『練鑑』にお世話になった。もうゴミ屑みたいな存在だったね。哀愁漂う『練鑑ブルース』を歌って泣き崩れていたよ。だけどあれをバネにして頑張ろうと思った。ボクシングで更生しようと決めた。あれがオレの原点。だからリングネームもトラッシュ（ゴミ）とした」

　この夜、世界初挑戦には敗れたが、その「平成のあしたのジョー」の奮闘ぶりは関係者に熱い感動を与えていた。

### 「練鑑ブルース」

　「練鑑」とは東京・練馬区にある東京少年鑑別所のことである。〽人里離れた塀の中　この世に地獄があろうとは　夢にも知らない娑婆の人──『練鑑ブルース』。

　作曲家の曽根幸明さんは若いころ、戦後の混迷時に愚連隊に身を落とし

ていて練馬の少年鑑別所に数か月世話になったことがある。♪いやな看守ににらまれて　朝もは早よからふきそうじ　作業終わって夜がくりゃ　夢は夜ひらく――

　後に採譜、補作を繰り返し歌手も何度も替えながら藤圭子によってヒット曲になっている。♪十五十六　十七と　私の人生　暗かった　過去はどんなに　暗くとも　夢は夜ひらく――『圭子の夢は夜ひらく』（石坂まさを作詞、曽根幸明作曲）

## 水府学院 OB の宇梶

　2005 年 7 月 29 日放送の NHK テレビ「鶴瓶の家族に乾杯」でロケ地の茨城県茨城町の「水府学院」に訪れた俳優の宇梶剛士は番組の中でこう話していた。

　「今から 25、6 年前、17、8 歳のころに国のお金で生活をしていた。茨城の国立の学院で 4 か月ほど修行していた。生き方に失敗して中に入り、院内でまたタバコを隠すなどの失敗をした。善良な寮生ではなかった。塀の外でも中でも不良続きだった。しかしそれが糧になってかえってよかったんじゃあないかな」

　この番組の中では少年院生時代にスポットをあてた「青春プレーバック」で本人が笑顔交じりに面白いエピソードも披露していた。

　「農作業で梅の栽培をしていたんです。肥やし、黄色い尿をいっぱい運びましたね。そういう日に限って、昼食がカレーだったりしたんですよ、ハハハッ」

　このテレビを見たという元暴走族で懲役の経験がある 62 歳の男性、「ヤマ（山田）さん」はこう言っていた。

　「少年院は『幸せの黄色いハンカチ』ならぬ、幸せを呼ぶ黄色い何とかだったね……。それこそ心の肥やしになったんじゃない。彼、宇梶剛士さんは暴走族の『ブラックエンペラー』の総長も経験している。その世界では伝説の人でしょう。彼は 190 センチぐらいあって強かったらしいね。怖い者知らずなんだけど、唯一の苦手は昆虫、特にゴキブリらしいね」

## 「褐色の弾丸」と格闘

そしてヤマさんは自分自身のゴキブリの思い出話をしていた。

「オレが昔、懲役で西巣鴨の東京拘置所の炊事場で働いていた時、ヤツ（ゴキブリ）を相手にしたよ。早い動きで逃げ回った。そこで、ゴム長靴で踏んづけるかゴム手袋でたたきつけようとした。すると、スノコや冷蔵庫の下にもぐり込むヤツとか、飛んで天井に貼りつくヤツもいた。我々も世間から嫌われる犯罪人だったけど誰もが嫌う生物だよ。しかしあの『褐色の弾丸』との格闘がオレの一番の面白い思い出かもね」（ヤマさん）

〈死刑囚の歌〉
命ある　ものと思えば　畳這う　蜘蛛の子さえも　われには親し
　　　　　　　　　　　　強盗殺人　H・N　東京拘置所

## 少年鑑別所 OB 力士

2010 年 5 月場所に大嶽部屋から初土俵を踏んだ佐賀県武雄市出身、17 歳の森将貴君は千代大海にあこがれて力士になっている。

「少年時代にツッパリだった千代大海関——今の佐ノ山親方にあこがれて力士になりました。自分も中学卒業後、遊びほうけて悪さもした。空手をやっていたけど、それを使ったケンカで鑑別所（佐賀少年鑑別所）に入っていたこともある。でも改心した。これからは千代大海関のように出世して親孝行をしたい」

残念ながら相撲人生は成人式、20 歳前にリタイアしている。シコ名は「鬼勝」だった。

しかしながら人生の勝負はこれから、勝つも負けるも、これからなのであった——。

第 3 章　心・技・体

## 9. IT 業界の寵児「ホリエモン in 東拘」

### 「出し投げ」優勝

　2006 年の大相撲正月場所は 1 月 8 日〜 22 日、国技の殿堂・両国国技館で 15 日間の熱戦を展開、大関・栃東が 3 度目の優勝を遂げている。その初場所千秋楽の翌日の 1 月 23 日、文化放送の朝の番組「吉田照美のやる気マンマン」で吉田アナが興奮気味にしゃべっていた。

揮毫は元横綱・栃錦の春日野理事長

　「いやー、昨日の相撲には興奮しましたね。栃東が朝青龍を上手出し投げに破って決めました。出し投げです。春日野部屋伝統の出し投げです！」
　吉田アナはかつて同局の「大相撲熱戦十番」を担当していたこともあり相撲通である。大相撲千秋楽の余韻が冷めやらぬその月曜日、「ホリエモン in 東京拘置所」があった──。

### 六本木ヒルズから

　2006 年 1 月 23 日、33 歳の「IT 業界の寵児」、午前中はリビング 43 畳の自宅がある六本木ヒルズの住人だったが、証券取引法違反で午後には東京地検特捜部の任意聴取を受け、そのまま異例のスピード逮捕、そして午後 9 時半ごろ、報道陣約 150 人、野次馬約 50 人が見守り、テレビ朝日が実況生中継する中、東京・小菅の東京拘置所

六本木ヒルズ

の「塀の中」にゴールインとなっている。居間兼寝室 3 畳半の独居房生活があった──。

　「あの人は拘置所の中ではよく読書をしていました。割と静かでしたね。『ここはゆっくりできますよ……』とつぶやいていました。あの人にとっ

ては房の中は天変地異のような静寂の時間があったんじゃあないでしょうかね」（東京拘置所の刑務官）

「1人で壁に向かってしゃべるしかないです。拘禁病の恐れがありますよ。ともかく拘置所のことなら私にお・ま・か・せ――。東京拘置所に13年7か月いましたからね」

2006年2月13日のTBSテレビ「サンデージャポン」でマイク片手に拘置所前からレポートしていたのは、あの三浦和義さんだった。

### 東京拘置所 Live

2006年4月27日、ホリエモンの東京拘置所から「OUT」の際には報道陣約300人、野次馬約100人と「IN」当時の2倍が待ち構え、今度はテレビ東京を除く民放各局がヘリコプターでの空撮も含めての「東京拘置所Live」があった。午後9時40分すぎ、水色のトレーナーに黒いズボン、短かった髪は耳が隠れるほどのロン毛に変わり、頬がこけて痩せたホリエモンが出て参った。

「世間をお騒がせして申し訳ありません。ライブドアの株主の皆様、従業員の皆様、関係者の皆様、ご心配をおかけいたしました。また、大勢の方に励ましていただき、ありがとうございました」

カメラのフラッシュやテレビの照明の放列の中でそう大きな声で叫ぶと、3度大きく頭を下げながら迎えのワンボックスカーに乗り込んだ。報道各社のヘリ数機、車、バイク数十台が追跡する中、「主役」の乗った車は午後10時5分ごろに六本木ヒルズの駐車場に到着している。上空からカメラで東京拘置所の敷地、建物全体をとらえてのニュースが全国津々浦々にテレビで流れていた。Tokyo Detention House――東京拘置所の存在を幸か不幸か世間に広く知らしめていた――。

東京拘置所は東京・葛飾区の北西部に位置していて、東に首都高速6号線と綾瀬川、西に首都高速中央環状線と荒川放水路が流れている。最寄り駅は東武伊勢崎線の小菅駅で、駅から徒歩5、6分のところにある。21世紀に入って最新ビル、最新設備に生まれ変わったが、X状に広がる南北収

容棟で地上12階、地下2階、中央管理棟屋上にはヘリポート、延べ床面積約9万2千平方メートル、収容人員は約3千人、総工費約423億円、世界でも最大級規模の拘置所となっていた。日本における「モダン・ムーブメント建築」に選定されてもいる。

## 国技館で大相撲観戦

2011年4月、ホリエモンは最高裁で懲役2年6か月が確定、東京と比べたら静かな環境の長野刑務所で服役、2013年3月に満期を待たずに仮出所している。文化放送の朝の番組は「吉田照美のソコダイジナトコ」に変わっていたがこの3月で終了、4月から午後の「吉田照美の飛べサルバドール」がスタートしていた。

2013年5月13日、国技館での大相撲の夏場所2日目、旧ライブドアの元社長・ホリエモンは格闘家のボブ・サップとともに「たまり席」で観戦していた。ホリエモンは横綱の日馬富士とツイッターを通じての交流もあり「仲良しです」と明かしていた。小兵・技能派の力士をヒイキにしているようであった。

この日、日馬富士は妙義龍の押しにアッサリ屈して金星献上、横綱在位4場所目で早くも5個目の配給だった。「またコロッと負けやがって。波が激しいよ」とホリエモン、あるいは「たかぽん」こと堀江貴文氏は苦言を呈していた。

## 10年ぶりの日本人V

2016年1月場所で大関・琴奨菊があの栃東以来10年ぶりの日本生まれの日本人の優勝を飾っている。佐渡ヶ嶽部屋の伝統ともいえる「がぶり寄り」を効かして初Vを遂げている。

その翌日、1月25日、文化放送の「吉田照美の飛べサル」は早速、「私にとっての〇〇年ぶり」をテーマにしていた。折しも元大関で歌手になっていた増位山太志郎がゲスト出演していた。増位山は琴奨菊のVの要因にはその「体幹」の充実を上げ、照美アナは琴奨菊の体を反って気合いを入

れるルーチン、「琴バウアー」に関心を示していた。歌手として地方公演の合間にかけつけるという境遇の変化にある増位山は、番組の中でこう言ってもいた。

「生まれ育った三保ヶ関部屋も今は『チャンコ店増位山』になっていますよ。美味しいですよ」（増位山太志郎）

増位山の「男のコップ酒」

新曲の「男のコップ酒」が流れてもいた。なおチャンコ店になっているが稽古土俵、鉄砲柱はそのままである。修業の場の思い出、原点として残しているのであろう。

# 10. 獄徒の匠の技で人気の「CAPIC」商品

### 「縁の下の力持ち」

2008年7月、名古屋城下の大相撲名古屋場所が展開されていた。

大相撲の裏方さんに呼出しがいる。土俵上、タッツケ袴で白扇をサッと開き、独特の調子で「ヒガ〜シ〜」「ニ〜シ〜」とシコ名を呼び上げる。文字通りの「呼び出し」業務である。

呼び出しの扇子

その表舞台での美声と立ち居振る舞いは実に「粋（いき）」である。しかしその場所前の舞台裏には一般に公開されることのない地下足袋をはき、軍手と作業着をまとい、クワ、スコップ、タタキ、タコなどを使って砂と汗にまみれた「土俵築」がある。

15日間、毎日の土俵の清掃や亀裂箇所の補修作業もある。まさに「縁の下の力持ち」である。

第3章　心・技・体

## 「粋な別れ」かな？

　呼出しの仕事は種々雑多だが、やはり表芸といえるのは「太鼓打ち」でもある。ヘテンツク、テンテン……櫓の上から流れる清々しい音色の「撥(はね)太鼓」がお客さんを送ってくれていた。高さ17メートルほどの木製の櫓があったが、これは例年どおり呼出しさんたちが業者と一緒に組み立てたものだった。ここにも「縁の下の力持ち」があったわけだが、そのテッペンで2人の若い呼出しが太鼓を打っていた。

　「熱くて汗だくだくです」「見下ろすと怖くてヒザが震える」

　その名古屋場所中のある日、浴衣姿の粋筋と思われる女性が、扇子と紙切れに書いたメモをヒョイと竹製の梯子(はしご)に引っ掛けて帰って行った。メモには「お疲れさん」と書いてあった。

　この2008年7月、アメリカの塀の中でこんなエピソードがあった。米アーカンソー州クロウフォード郡の拘置所であった。メキシコ人のルイス・カマチョ・メンドーサという麻薬容疑の男が塀の外に出ている。ドライバー2本を利用したオリジナル道具で拘置所のあちこちの鍵、少なくとも3箇所のキーを壊して脱獄を果たしている。もぬけの殻の彼の独房をのぞいた看守は落胆の表情とともに苦笑いもあったらしい。

　〈perdon（ペルドン）〉（すみません）、そして〈regalo（レガロ）〉（贈る）というスペイン語のメッセージともにトイレットペーパーで造ったバラの花があったという。粋な別れであった？

## 堂々㊙マーク

　2015年6月5日と6月6日、東京・千代田区、北の丸公園内の科学技術館で「全国矯正展・全国刑務所作業製品展示即売会」があった。

　「外で職人さんだった人が手間、ヒマをかけて作ったんでしょうね。いいものがいっぱいあるんですね。それに安いですし……」

　公益財団法人・矯正協会（刑務作業協力事業）、「プリズン・ブランド」こと「CAPIC」商品である。例年、「心をこめた手づくりの逸品」をキャッチフレーズにした洋服、家具、革製品、家庭用品などで全国の各矯

正施設やデパートなどでも定期的に展示即売会が開かれている。

　青森刑務所の伝統工芸、漆器の「津軽塗り」や宮城刑務所の「鎌倉彫風伊達タンス」、秋田刑務所の「桜皮タンス」、栃木刑務所の「思川刺繍」、黒羽刑務所の「日光彫タンス」、千葉刑務所の「お神輿」「総桐タンス」、徳島刑務所の「特製革靴」などは素晴らしい工芸品・芸術品といえるだろう。堂々㊙マークをつけて常にヒット商品、ネット上でも売れまくっているのが函館少年刑務所の前掛けや小袋で、こちらは法務大臣より表彰されてもいる。あなたも「CAPIC」商品はいかがかな？

　問い合わせは　〒165-0026　東京都中野区新井3-37-2
　　　　　　　　公益財団法人　矯正協会　刑務作業協力事業部
　　　　　　　　☎03（3319）0621である。

函館少年刑務所の作業製品

## 「よい一日を！」

　この2015年6月5日から6月6日のアメリカ時間の同日、米ニューヨーク州のクリントン刑務所で脱獄事件があった。

　ともに殺人犯の48歳のリチャード・マット受刑者と34歳のデビット・スウェット受刑者で、それぞれ服役中だった。それぞれのベッドにはトレーナーやスウェットの衣類が盛られたダミー人形で寝ているように見せる偽装工作がなされていた。房の金属製の壁板と外の路上に通じるパイプには何らかの道具で穴が開けられていた。そのパイプの穴の横には「あかんべえ」のようなイラストと〈Have a nice day!〉（よい一日を！）と書かれた黄色い貼紙があった――。

　やはり粋な別れであった？

「Have a nice day」と書かれた貼り紙

# 第4章 生・死

## 1. あゝ「フグは食いたし 命は惜しし」

### 大関目前の逸材
1933年9月30日、福岡県出身の関脇・沖ツ海（本名・北城戸福松）の巡業先、山口県萩の伊勢ヶ濱一門のチャンコ場だった。この日は露天でのフグ鍋だった。沖ツ海の大好物だった。

「もう、だいぶ減っているな。そんなに食うと当たって死ぬぞ」

食卓に沖ツ海よりやや遅れて着いた同じ一門の幡瀬川が鍋の中身を見て苦笑しながら言った。これに沖ツ海は胸元をさすりながら答えている。

「ちょっともう当たっている。医者に行ってくる」

そのまま帰って来なかった──。

沖ツ海は182センチ、116キロの均整のとれた体で強烈な下手投げを得意としていたが、21歳の若さで大関目前と見られていた。「もし生きていれば双葉山の69連勝はなかっただろう」とさえ言われて惜しまれている。

### 自殺未遂の理事長
1957年3月の衆議院予算委員会で社会党の辻原弘市・衆議院議員が灘尾弘吉・文部大臣に「相撲協会は財団法人として本来の事業を忘れ、営利的になり過ぎているのではないか？」と質問している。これに端を発して「蔵前の伏魔殿」と騒がれた。翌4月の参議院文教委員会でも取り上げられ「国会初のチョンマゲ参考人」として若瀬川らが文教委員の質問に答えている。

1957年5月4日、この問題を苦にして当時の出羽海理事長（元横綱・常ノ花）が蔵前国技館の理事長室でガスを充満させた上、「鎧通し」とい

われる短刀で首と腹を割って自殺を図っている。発見が早く割腹自殺は未遂に終わっている。幸い一命は取り止めた。しかし理事長職は元横綱・双葉山の時津風に譲られた。

1960年11月28日、福岡県での大相撲の九州場所千秋楽の翌日、その前理事長で出羽海親方の山野辺寛一さん、64歳は福岡県の二日市温泉の旅館で「胃潰瘍のため死亡」と新聞報道されている。しかし食卓に出されたフグによる中毒死が真相であった。

### チャンコ番の災難

1963年11月11日の大相撲九州場所2日目の午後9時ごろ、佐渡ヶ嶽部屋のチャンコで「若い者」（幕下以下の取的のこと）6人がフグ中毒症状を訴えて病院に緊急搬送された。翌12日に18歳、三段目・佐渡ノ花、14日に同じ18歳、三段目・斉藤山の2人が死亡した。相撲部屋でフグ中毒死というショッキングなニュースがあった。

師匠の佐渡ヶ嶽親方（元小結・琴錦）は悲痛な表情で会見していたが責任を取って検査役（審判員）を退いている。なお関取衆のチャンコが終わったあと鍋にフグの胆を入れたものだが、当時、胆は食用として禁止されておらず、フグの調理師免許制というのもなかった。

### 東富士さんの笑話

1969年11月の九州場所中、日刊スポーツなどの専属相撲評論を務めていた第40代横綱、元プロレスラーの東富士さんが宿舎の旅館で記者雀たちにフグのチャンコ鍋を振る舞ってくれた。東富士さんは料理上手であるが話し上手でもあった。そのほんのさわりを再現するとこういうことになる――。

「ワシの自慢のフグチリだ。さあ、もう煮えているから箸を入れてもいいよ」（東富士）

「ゴッチャンデス」（記者）

「どうだい、味は？」（東富士）

「こりゃ、うまい」（記者）

「そうだろう。それをつまみながら、ワシのつまらない話でも聞いてくれ——」

「……」（記者）

「昔、ある時な、新弟子に兄弟子が言ったんだ。『坊や、相撲というのは勝ちさえすれば褒美が入るのだ。あの土俵の中に金もダイヤモンドも埋まっているんだ』って——」（東富士）

「なるほど」（記者）

「そしたらな、翌朝になって兄弟子がビックリした。土俵が掘り起こしてあったんだ」（東富士）

「おかしな新弟子だね。しかしそれ『イイトコ』（相撲界の隠語で冗談のこと）」（記者）

「いや、その坊や、『キン（謹一）坊』というのはオレだからね」（東富士）

「ヘエー。アハハハッ」（記者）

「さ、どんどん食べてよ」（東富士）

「いやー、一息つきますわ」（記者）

「ン？　大丈夫のようだな。それじゃあ、ワシも食べるとしようか——」

記者雀たちは抱腹絶倒で笑い転げていた。

## 「人間国宝」中毒死

1973年7月31日、東京・銀座のサラリーマン金融「ファイナンス・フジ」社長、元横綱・東富士の井上謹一さんが51歳で結腸がんのために亡くなっている。

1975年1月16日、「人間国宝」の歌舞伎役者、8代目・坂東三津五郎（本名・守田俊郎）が京都・南座での公演中、料亭で好物のトラフグの胆を食して中毒死している。「食べ過ぎ？」「板前のミス？」裁判になった。京都地裁は調理師に業務上過失致死罪で執行猶予付きの禁錮刑を言い渡している。

## 小説「巨錦殺人事件」

フグチリ、てっちりは福岡県を代表する冬の味覚でアンコウ鍋の茨城県とで「東の鮟鱇、西の河豚」と言われている。

1985年3月に発売された『大相撲殺人事件』（岡田光治著、三一書房）は「11月」、「九州場所」、「フグ鍋」と三拍子そろった殺人事件の推理小説であった。モデルは「黒船」と言われたアメリカ出身の「サリー」小錦だった。日本相撲協会の「謀殺説」を追って物語は重苦しく展開する。疑心暗鬼のストーリーだった。しかし結末は「巨錦」は元気に回復したこともあってちょっと安堵したのだった。

『大相撲殺人事件』
（1985年発売）

〈巨錦が食べたチャンコ鍋にビニール袋に捨ててあったフグの胆をこっそり混入したのは恋のもつれの相撲ギャルだった──〉

〈河豚は食いたし　命は惜しし〉

〈ふぐ食はぬ　顔とは見えず　角力取〉

## 「毒殺？」の奇妙な死

1996年4月14日未明、元関脇・高鉄山で元大鳴戸親方の菅孝之進さんは愛知県豊明市の藤田保健衛生付属大病院で重症肺炎のために死んでいる。享年53歳だった。さらに同日午後4時45分、同じ病院で親交のあった橋本成一郎さんが肺炎のために56歳で亡くなった。4月16日の午後には橋本氏が経営していた名古屋市天白区のチャンコ「国技館」で2人の合同葬が営まれている。

元大鳴戸親方は1996年の2月の上旬から『週刊ポスト』誌（小学館刊）で〈角界粛正手記〉と題して親方株取引、八百長、脱税問題、さらに横綱・北の富士の女性問題など、それまで例をみないような暴露記事を13弾にも及び連載中であった。そして元横綱・北の富士後援会副会長の橋本成一郎さんがこの一連の記事の証言を繰り返していた。そんな2人が同じ日、

同じ病院、同じ病名で死んでいる。

「病院食にフグの胆が入ったのか？」

「細菌でも混入されたんじゃあないか……」

「誰かが殺し屋を送ったんじゃあないか」

そういうヒソヒソ話があった。

大鳴戸親方による暴露本
『八百長〜相撲協会一刀両断〜』

当時、日本相撲協会の陣幕広報部長（元横綱・北の富士）のコメントはなかった。

1996年5月10日、鹿砦社から『八百長〜相撲協会一刀両断〜』（元大鳴戸親方著）が出ている。期せずして菅孝之進さんの遺稿となっている。

## 2. 親の死より仕事優先ハワイアンボーイ

### 「ジェシー」高見山

1964年2月23日、ハワイ・マウイ島で生まれ育った19歳のジェシー・クハウルア少年が来日している。最初に覚えた日本語は「サムイ」（寒い）だった。以来、厳しい稽古に「刑務所みたい」と泣きべそをかくなど辛抱、努力を重ねながら、土俵上は「ゴー・フォー・ブローク」をモットーにプッシュ、プッシュの進撃をしている。

プライベートでは俳優・勝新太郎の「座頭市」の大ファン、趣味は五目並べ、そして納豆巻きが大好きでどこにでもいそうな普通の日本人、当時は「変な外国人」なのであった。1971年9月、その「ジェシー」高見山と「勝新さん」が東京・両国の老舗ちゃんこ店「かりや」で対談をしていた。当然のごとくハワ

「ジェシー」高見山
（ハワイのビーチで）

イ談議、布哇(はわい)賛歌、アロハ！ハワイがあった。

## マウイ島に仏壇

1972年2月、大相撲のハワイ巡業の際に、日系人の柏ドクター宅を訪れた高見山は「母が大変お世話になりましたのにお礼が遅くなって申し訳ありません……」と仏前で大粒の涙をポロポロと流している。柏さんは高見山の母・リリアンさんの糖尿病と腎臓病の治療をしていた。

それから5か月経ったある日、燦々(さんさん)とした陽射しのマウイ島・ワイルク港に日本から大きな荷物が到着した。連絡を受けた柏未亡人が梱包を解いてビックリ。アラン・ドロンの映画「太陽がいっぱい」は遺体だったけどもデッカイ仏壇であった。

「柏さんのところで拝んだ時、ジーンときたの。写真だけの小さな仏壇なのヨ。もう胸がキューッと痛くなって……」（ジェシー）

## 「義理」と「人情」

1976年5月6日、高見山の母・リリアンさんは闘病の末に亡くなった。高見山は悲しくて一晩中、泣いていた。しかしもうすぐ夏場所、みんなに心配かけては……と師匠と和寿江夫人以外、誰にも話さなかった。

「力士は親の死に目にも会えないのヨ……」（ジェシー）

これに「けなげなやつ……」と師匠の高砂親方（元横綱・朝潮）は目をしばたかせていたものである。5月8日、ハワイ発の外電が流れて日本の新聞で報道されたが……。ハワイ連邦刑務所の日系人の看守、「カネダ（KANEDA）さん」はこう言っていた。

「ジェシーは我々に日本の義理と人情を教えてくれた」と──。

ところでこのころハワイ連邦刑務所の麻薬事犯の日本人受刑者はこう言っていたそうだ。

「タバコも自由に喫えるし、食事もデザートつきで豪華なものだ。テレビもあるし、シャワーも24時間使える。日本とは天と地の差だ。庭にはハイビスカスの花も咲き乱れている。あんなムショが日本にあったら、わ

第4章 生・死

ざわざ入って行きますぜ、ハハハッ」

## 「勝新さん」逮捕

1990年1月、「勝新さん」はハワイのホノルル空港で下着にマリファナとコカインを隠し持っていたとして現行犯逮捕されている。「誰がパンツに入れたのかい？」ととぼけていたそうだ。入手先については口を閉ざしたままだった。

その後、麻薬取締法違反で警視庁の月島署や東京拘置所に数か月収監されていた。独房で風流な私小説を書くとか、花や鳥を鉛筆でデッサンするなどの日々であった。懲役2年6か月、執行猶予4年で釈放されている。

## 「日本人の心」の曙

1993年1月場所後、元高見山の東関親方の弟子の曙、ローウェン・チャド・ジョージ・ハヘオが第64代の横綱になった。大相撲史上初の外国人のグランド・チャンピオンであった。ハワイ産の「日下開山」であった。こちらも日本語を上手に話していた。「英語を話すほうが緊張するよ」と苦笑していた。食べ物は「納豆もいける。シバ漬け大好き」、日本酒は「冷や」がいいだった。テレビは「水戸黄門」のファンだった。

横綱になった初めての外国人力士「曙」

1993年7月21日、曙の父のランディさんは53歳で亡くなった。曙はハワイに急遽帰国したが、オアフ島のハワイアン・メモリアルパーク墓地での葬儀に出席しただけの1日滞在でUターン、翌朝の埼玉・上尾巡業に参加している。

「お母さん（ジャニスさん）も泣いてばかりいたし、父のためにもっと祈りたかった。でも日本は遠くにいても親のことを思えばいい、仕事を頑張るのが親孝行という考えでしょう。だからすぐに戻って来た」

憔悴しきった表情ながら話していた。「曙関には日本人の心がある。日本人を目覚めさせてくれるものがあります」と語っていたのは歌舞伎俳優の市川団十郎であった。

### 「ひとでなし」邦人

2001年1月場所限りで曙は現役を引退、2月4日、国技館での「アルゼンチンの星」星安出寿の断髪式でハサミを入れるとハワイに向かった。

ホノルル空港近くのハラワにあるハワイ連邦刑務所の建物は空から見ると舎房が中心から6方向に突起状になっていた。海底に棲む海星（ひとで）、スターフィッシュ（starfish ひとで）のような形をしている。

「ジェシーもチャドもエンペラーカップ（emperor cap 天皇賜杯）もさることながら日本人のデューテイ（duty 義理）とヒューマニティ（humanity 人情）、それにブレイブリイ（bravely けなげさ）とスィンパスィ（sympathy 思いやり）を教えてくれた。ところが語呂合わせになるが最近は『ひとでなし』の日本人がプリズンに入っています——。最近の日本人の若い観光客の中には『旅の恥はかき捨て』のような振る舞いがある。ブルート（brute ひとでなし）がいるのです」（カネダさん）

## 3. 玉の海、龍興山、剣晃…現役の死

### 虎の門病院の玉の海

1971年10月11日、東京・赤坂の虎の門病院はいつものあわただしい朝だった。それぞれの病棟では当直の看護婦が入院患者の様子をチェックし、まもなく交替する日勤担当者に申し送りができるようにしていた。何人分もの朝食を積んだワゴンがガラガラと移動する音が響いた。外科病棟でも重症の患者と手術後間もない者を除けば、ベッドから起き出していた。

「おはようございます——」

洗面所では儀礼的なあいさつの声が聞こえた。

それより5日前の10月6日に虫垂炎の手術を受けていた横綱・玉の海は術後の経過も良好で、この日は午前7時半ごろに目が覚めている。付け人の蕨川に付き添われ、車椅子のままトイレに行き、玉の海はさっぱりとした顔で414号室に戻った。177センチ、135キロの体をベッドの上にゆっくり沈めた。1分も経っていただろうか。
　「横綱はベッドの上で胸のあたりをかきむしっていた。顔は真っ赤だった」（蕨川）
　18歳の少年にも、その様子がただごとでないことはすぐにわかった。血相を変えて看護婦詰め所に駆け込んだ。時計は午前8時半を回っていた。

## 「玉は砕けた！」

　当直医がかけつけた時には血圧は最高50にまで下がり、呼吸は止まっていた。チアノーゼ状態が見られ、心臓疾患であることはすぐにわかった。容体は一刻を争うものだった。すぐに麻酔科、胸部外科、循環器科の医師が集められ、病室での緊急手術が始まった。この時点ですでに横綱・玉の海の力士としての将来は断たれていたといってもいい。それどころか谷口正夫という27歳の青年が生死の境をさまよっていた。
　病室の白い壁には緊急手術による血が飛び散り、床には苦しみのあまり、自分で引きちぎったと思われるチョンマゲが散乱している。すでに心停止の状態で、開胸して直接心臓マッサージを行った。一時は持ち直したが次第に収縮力が弱くなっていく……。心電図のモニターは3時間近く緩やかなカーブを描いていた。だが、やがて一直線のまま微動だにしなくなった。
　1971年10月11日午前11時30分、横綱・玉の海は心臓動脈に発生した血栓症のため27歳の生涯を閉じた。玉は砕けた！外は、冷たい、糸のような雨が降り続いていた――。

## 稽古直後に…龍興山

　1990年2月2日の朝、東京地方には大雪が降った。
　新入幕で勝ち越した龍興山（本名・宮田一人、22歳）はいつものよう

に東京・両国の出羽海部屋の稽古場に降りている。若い衆に胸を貸したあと十両の西乃竜と40番近い「三番稽古」、最後に両国(現・境川親方)の厚い胸を借りてのぶつかり稽古で切り上げた。

そのあとだった。「気持ちが悪い……」と言ってしゃがみ込んだ。さらに「耳が聞こえなくなってきた」と言い残して意識を失った。救急車で両国駅そばの墨東病院に運ばれ、1時間にわたり治療が施されたが、正午に死亡が確認された。東京・大塚の東京都監察医務院で解剖された結果、死因は虚血性心不全だった。

葬儀は出羽海部屋で行われ、雪でぬかるむ道を一門外の新十両の貴花田(現・貴乃花親方)も足取り重くやって来ていた。出棺の棺には彼女からプレゼントとされていた赤いマフラーが入れられていた。

稽古後に死亡した龍興山の葬儀

「アイツとは兄弟弟子で新幕下、新十両、新入幕とも一緒の仲良しライバルなんだよ。それが……」と小城乃花(現・出羽海親方)。

目もうつろに遠くを見やっていた。

### 「汎血球減少症」剣晃

1998年3月10日、春場所3日目の午前11時55分、闘病中の元小結でこの時点は東幕下55枚目の剣晃(本名・星村敏志、30歳)が大阪・狭山市の近大付属病院で死去している。「汎血球減少症」という聞き慣れない病魔であった。最期の言葉は「もう眠りたい」だった。

「春場所前に『会いたい』と電話をかけると『治療があるから』と断られた。それが自分と交した最後の言葉です」と親友の小城錦(現・中立親方)。

その後小城錦はこう言っている。

「自分の家には剣晃さんと2人並んで桜の下で撮った写真を飾ってあります。それから剣晃さんは大阪の飯山霊園に眠っているんですが、春場所前にはいつも墓参りしています」

## 玉の海の父の存在

2000年7月、故・玉の海の実家を訪れると91歳になる父親の善竹吉太郎さんがいた。玄関の表札には何故か「谷口正夫」とあった。

「正夫が作ってくれた家だからね」（吉太郎さん）

玉の海の現役中、「父は戦後まもなく死去」と報道されていたし、玉の海死去の時も父の存在はなかった。陰の身であった。

「妻は14年前の4月28日に79歳で死んでいる。長男は8年前に死んでいる。次男はヤクザだった。瀬戸一家との抗争の関係で8年間、三重刑務所に入っていた」

楽しみといえば趣味の盆栽をいじるとか相撲のテレビを見ることだという。

「魁皇の大関が決まったな。活躍を期待したいな。ワシは早く死んだ女房や息子のためにも長生きしたいんや」

## 「玉乃島」が蘇った！

2001年2月26日に発表された大相撲春場所の新番付で玉ノ洋改め玉乃島（本名・岡部新）の名が番付に載っている。故・横綱・玉の海が大関時代までに名乗っていたシコ名である。約31年ぶりに「玉乃島」が蘇った――。

この2001年春場所後の5月5日の「子供の日」には「蘇った玉乃島」をキャッチフレーズに東京・江東区の書店・有隣堂亀戸店でサイン会が開かれていた。

## 「ヤクザと横綱」執筆の兄

その後、このサイン会の企画者に故・玉の海の実兄・谷口秀一さんから、お礼とともに次のような内容の手紙が送られて来ていた。

〈昭和三十五年、私は人を殺し殺人犯として三重刑務所に服役しています。その時、所内で玉乃島（玉の海の大関時代までのシコ名）の活躍を聞き、私は一刻も早く出所しなければと頑張りましたが……。それからまた

昭和四十五年の抗争の時、組員が1人殺され、組長の私と数人の組員が負傷しました。しかし弟が死んだ時、私は相変わらずヤクザでした……。父は朝鮮人です。だから弟は私や父の存在について計りしれないコンプレックスを持っていました。「チョーセン」の父親と「ヤクザ」の殺人犯……。玉の海の心の病い、胸の内を詰めらせて殺したのは私達です〉

　2007年10月、その谷口さんが執筆した『兄弟血の挑戦　ヤクザと横綱』が「第29回新風舎出版賞」の特別賞を受賞している。お兄さんは碁会所を営んでもいたが、執筆途中に脳梗塞で倒れ、右半身麻痺になりペンが持てなくなった。そのため必死で覚えたパソコンを左手1本で打ち上げてもいる。400字詰原稿用紙に換算すると450枚になっていた。

故・玉の海の兄から届いた手紙

　2008年9月、元横綱・三重ノ海の武蔵川親方が日本相撲協会の理事長に就任した。

　「大相撲界のトップの座に就いたのだから素晴らしいですね。亡き弟も草葉の陰で喜んでいると思う。互いに父が朝鮮人、兄がヤクザで三重刑務所の獄徒だったという共通性がありますし……」（谷口秀一さん）

### 蒲郡の天桂院に眠る

　2014年の秋、玉の海の「10・11」の命日に久しぶりに墓参りに訪れた。JRの名古屋駅から在来線の上り電車に乗って約30分。愛知県蒲郡市は人口10万人の小さな港町だ。その北のはずれに曹洞宗の天桂院がある。「シマ（島）ちゃん」の愛称で親しまれた第51代横綱の玉の海はここに眠っている。

　天下取りの横綱にふさわしい大きく立派な墓碑である。訪れた日は雨に濡れてにぶく光っていた。献花はなかった。最近に

玉の海が眠る「天桂院」

なって誰も墓参りに訪れた様子は見当たらなかった。かつての命日には墓碑は黄菊、白菊、ききょうなどの花が飾られ、周囲のはぎ、すすき、なでしこ、ふじばかま、おみなえしなどの秋の七草と彩りを競っていたのであるが……。

「その墓を訪れる人はもういないよ。玉の海というのは有名な力士だったんだよね」

毎日のように妻の墓を掃除に来るという老人がポツリと漏らしていた。時の流れはいや応なしに、あらゆるものを風化させてしまう。

あなたは横綱・玉の海を知っているか？

玉の海の墓

## 4．その時、いったい何を食べたのか？

### 「最後の晩餐」

1971年12月23日、好物の「どら焼き」をおいしそうに食べて宮城刑務所の死刑台の露と消えたのが「吉展ちゃん誘拐殺人事件」の小原保死刑囚だった。「真人間になって死んでいきます。昨晩のナスの漬物おいしゅうございました」と仙台拘置支所の看守に言い残している。

このころの死刑執行は数日前に本人、家族に告知することがあって、その前夜は「最後の晩餐会」。親族と一緒に何でも好きなものを食べさせている。当時の死刑囚の希望の1番は寿司、次いでラーメンであった。寿司はネタが生物、ラーメンは麺が「伸びる」ということで日常の献立にないこともあった。これは何も死刑囚に限らない。日本人にとってもNo.1、No.2クラスの好物であったといってもいいだろう。あなたは最後に何を食べたい？

現在では当日の朝、執行の約30分前に告知している。家族には「事後」報告である。

## 「人食い事件」

　1994年4月、経済苦境にあえぐロシアでは何と飢えた囚人による人食い事件が起きている。カザフ・セミパラチンスクにある刑務所で囚人5人が同房者の1人を殺し、肉をシャブシャブにして食べたという。
　「人間しか食べる物がなかった……」（囚人）
　当局の事情聴取にそう答えていたらしい。
　1996年1月11日、「ペパローニピザとコカコーラ、それにラークを1本吸わせてくれ」と最後の飲食、喫煙を所望、あの世に送られたのは米国カリフォルニア州連邦刑務所の36歳の死刑囚、少女暴行殺人犯だった。
　1999年11月ごろ、大相撲の武蔵川部屋のお相撲さんに聞いたことがあった。
　「もし明日死ぬとしたら、あなたは今晩何を食べたい？」
　しばらく考え込んでこう答えている。
　「好きなレゲエを聞きながら馬刺しをバシバシ食べるよ。オレのジョークわかるかい？」（横綱・武蔵丸）
　「何でもいい。平凡でいい。家族と一緒に食事できればそれでいいですよ……」（幕内・和歌乃山）

## 「腐っても鯛」

　2001年7月からほぼ2年間、世界的なベストセラー作家のジェフリー・アーチャーは政治家として活動時代に偽証罪でイギリスのテムズ南岸の刑務所に収監されていた。その「プリズン・ディリー」（獄中記）にこうあった。
　〈海にいた時間より油の中にいた時間のほうが長そうな魚料理〉
　腐ったような魚ということだろうが、さすがは作家らしい表現であった。あなたは腐っても鯛であった？

## 「人肉入りパイ」

　2002年7月、アルゼンチンのブエノスアイレス郊外にある刑務所では

受刑者24人が暴動を起こした際、これに反対した別の囚人7人を調理室のオーブンで焼いて殺した。そして「人肉入りパイ」にして人質の神父らに無理やり食べさせたという。

「食わないと殺されるから食った……」（神父）

正直に告白している。

2004年9月14日朝、執行を伝えられると「タバコを吸いたい」と話し、ゆっくり吸い終わると今度は「ジュースを飲みたい」と言ってリンゴジュースを飲み干し、大阪拘置所で処刑されたのは大阪教育大付属池田小学校児童殺傷事件の宅間守死刑囚だった。

### 「ばい菌恐怖症」

2005年6月号の米国の男性誌『GQ』でフセイン元大統領の看守や世話を担当した若い米兵がこう語っていた。フセイン元大統領は2003年12月13日、イラク政府から「人道に対する罪」で裁判を受けることになりイラクの米軍施設に身柄を拘束されていた。

〈食事を楽しむという風情はなかった。おいしさを感じていないみたいだった。私たちと握手したあとは必ず手を洗っていましたし、食事前には食卓や盆をウエットティシュでていねいに拭いていた。まるで「ばい菌恐怖症」とでも言うべき潔癖症です〉

毒殺を警戒していたのか？

2006年12月30日、イラク政府はフセイン元大統領をバグダッド市内で処刑した。その執行に立ち会った関係者によると元大統領は聖典コーランを持参して処刑室に入り、恐怖を取り除くために使用される目隠しの黒いフードを被ることは拒否、シーア派の執行官の「死ね」の罵倒には「この雑魚」と罵声を浴びせたともいう。そして「神は偉大なり。イラク国民は勝利する。パレスチナはアラブのものだ！」と叫び、その最中、処刑台は落下している。

「刑務所に行く」

　2014年9月27日の深夜、東京・北区、田端のラーメン屋で座席をめぐって口論となった相手男性を厚底のブーツで踏みつけて殺すという事件があった。店員の110番通報で駆けつけた滝野川署員に傷害容疑で現行犯逮捕されたが、「刑務所に行く。最後の晩餐だ」と警察が駆けつけるまで注文した味噌ラーメンと半チャーハンのセットを平然と平らげていたという。店員は開いた口がふさがらなかっただろう。

　2015年3月19日、東京地裁は東京拘置所に勾留中のこの男に傷害致死罪で懲役7年を言い渡している。法廷に登場した男は丸坊主になっていたが、高校時代はラグビーをしており175センチ、120キロと力士級の巨体をゆすって平然とあたりを見渡していた。

　彼の護送や法廷で警備を担当した東京拘置所の刑務官は苦虫を噛み潰したような顔をしていた。厄介なタイプの被告であろう。法廷には被告の母親らしきお年寄が傍聴していたが、嗚咽を繰り返していて救急車で病院に搬送されていたという。

「ゴッツアンでした！」

　2015年6月20日、元大関・貴ノ浪の音羽山親方が急性心不全により、43歳の若さで死去した。

　告別式の棺には陽子夫人が故人の愛用していた眼鏡とともに納豆を入れた。心臓、肝臓、胃などに持病があったことから服用する薬の関係で食べられなかった納豆だったが、親方の大好物であった。出棺の際には世話になった親方、力士衆から一斉に掛け声が飛んでいた。ありがとうの気持ちだった。

　「大関、ゴッツアンでした！」

# 5. 死刑を免れた「仁義なき」ペルー人

## 無期か死刑か？

「被告人を無期懲役に処する——」

2006年7月4日、広島地裁は2005年11月、広島市の小学1年生・木下あいりちゃんが殺害された事件で殺人、強制わいせつ致死、死体遺棄、入管難民法違反の罪に問われていたペルー国籍のホセ・マヌエル・トレス・ヤギ被告に対し、異例のスピード結審で無期懲役の判決を下している。この裁判は生か死か——つまり無期か死刑かが最大の焦点になっていた。

それは1983年7月、最高裁が死刑適用の基準を示した「永山則夫判決」以降、被害者1人で死刑判決が出たのは、身代金目的の誘拐殺人か、仮出獄中の殺人再犯が大半を占めている。つまり強盗殺人やわいせつ目的の殺人でも被害者が1人の場合、大半は死刑に至っていなかった。ヤギ被告もこの例外とはならなかったわけである。

「あいりは性的暴行を受けて一度、死ぬ思いをした。それに耐えて我慢していたら次は首を絞められた。それなのに死刑ではなく、非常に残念……。（判決は）負けたようなもの。あいりの敵を討てず、悔しく思います……」

被害者のお父さんは言葉を詰まらせうなだれていた。あいりちゃんは出血するほどの手荒い陵辱を受けて涙を流していたという。その最中、ヤギ被告は射精をしていたのだという。ヤギ被告は広島拘置所にまるで凱旋したかのような顔付きで戻って来たらしい。

「ここ（広島拘置所）にヤギが入っているんだ」

「腸が煮えくり返る思いだな」

広島市中区上八丁堀にあるその塀の外を行き交う人々からそういう声があった。

## 「仁義なき戦い」

2010年8月、広島高裁はあいりちゃん殺害事件の地裁判決を支持、検

察が上告を断念してヤギ被告は無期懲役者として広島市中区吉島町にある広島刑務所に服役することになった。

広島刑務所

2010年11月、横綱の白鵬が5場所連続17回目の優勝を遂げた大相撲九州場所のあと博多駅から山陽新幹線に乗り広島駅下車、駅前からタクシーで広島刑務所に向かった。

「刑務所まで行ってくれない？」

「……」

しばし無表情だった「はとタクシー」の運転手は「実は取材なのですよ」に一転して笑顔を見せてくれた。

「いやー、組の人が来んさったと思いましたよ。ここで数十年仕事していますが『刑務所に行ってくれ』と言われたのはお客さんで2人目です。1人目はヤクザの情婦みたいだったね。普通の人は近くの建物を言って、そこから歩いて行くみたいじゃけんがのう……」

運ちゃんはそう言っていた。

折しも出会った広島刑務所を出所したばかりの坊主頭の50歳代の男が近くのお好み焼き屋でこう語っている。

「彼（ヤギ受刑者）は片言の日本語とスペイン語だからチンプンカンプンだけど『怒らんけ、言うてみい』と聞いたら『もう一度、生かしてもらいたいと思っていた。神様に感謝します。女の子を殺す気はなかった。悪魔の声に従っただけ』などと言っていたな。卑劣な弁明だよ。仁義がないよ。頭にくるわいの。もっともオレもワルじゃけんのう、ハハハッ」

ビールのジョッキを手にする元服役者のその片手に小指はなかった。

広島は共政会など暴力団の対立抗争で映画「仁義なき戦い」のモデルになった場でもある。広島市南区にある共政会の本部は御殿のような威風堂々たる構えでもある。

「服役していた暴力団員と街でバッタリ会うことが時々ありますよ。塀の外だと対等です。ですからつい身構えてしまいます。いきなり殴りか

第4章 生・死

かって来られたこともあるからね。それだけならまだしも銃や刃物を持っていると危ない」（広島刑務所の刑務官）

この刑務官は広島県下では名の知れた柔道家で大外刈りを得意としていたが、大の相撲ファンであった。

「その筋の方が興行に変にからんでくると困るというせいか、広島巡業は長年やっていませんね」

## 6．悲惨な航空機事故と放火殺人事件!!

### 「日航機墜落事故」

1985年8月12日、東京（羽田空港）発、大阪（伊丹空港）行きの日本航空の旅客機、ボーイング747のジャンボジェット機が群馬県上野村の通称「御巣鷹の尾根」に墜落、乗客乗員520名が死亡した（負傷の生存者は4名）。「日本航空123便墜落事故」である。歌手の坂本九さんら多くの著名人が含まれていて、大相撲界では伊勢ヶ濱親方（元大関・清國）の妻子が犠牲になっている。

実は佐渡ヶ嶽部屋の力士、東京出身の「琴天旭」（本名・角田博且、20歳）も悲嘆に暮れていたのだという。交際していた大阪在住の20歳の女性とその両親が事故の犠牲になっていたのである。彼女の父は佐渡ヶ嶽部屋の大阪後援会「関西佐渡ヶ嶽会」の会長でもあった。日航から佐渡ヶ嶽部屋に謝罪の電話が入っている。琴天旭は群馬県藤岡市の遺体安置所で対面している。

1994年5月場所限りで「琴旭基」となっていた角田博且さんは現役を引退した。

相撲茶屋「琴旭基」にて（元幕内・藤ノ川の服部祐兒さん）

### 「愛と死をみつめて」

1998年10月に大阪・心斎橋で相撲茶屋「琴

旭基」を開店している。マゲはつけたままだった。店を訪れた元学生・アマ横綱、そして元幕内・藤ノ川の服部祐兒さん（現東海学園大学教授）は当時、マゲ姿を見てこう言っていた。

「いやー、力士の象徴ですものね。未練があるんだね」

角田さんは笑ってうなずいていた。

後に知ったことだが、実は彼女から「似合うわよ」と言われた思い出を残すためだったという。また店を大阪に選んだのも彼女の故郷で墓参りの便もよかったからだという。そしてまた例年、日航機の墜落地点にある「昇魂之碑」に花を添え手を合わせてもいるという。

昇魂之碑に手を合わせる琴旭基

御巣鷹に「愛と死をみつめて」であった……。

## 「マブチモーター」

2002年8月5日、マブチモーター社長・馬渕隆一さんの千葉県松戸市の自宅が火災、焼け跡から妻と長女の遺体が発見された。松戸警察の調べで放火、殺人と断定された。マブチモーターの社長は佐渡ヶ嶽部屋の後援者、

佐渡ヶ嶽部屋（左）／マブチモーター（右）

「大タニマチ」であった。東京・錦糸町にあった部屋を敷地、建物などを用意して松戸に呼び寄せている。部屋も会社も社長宅も互いに至近距離にある。しかし当時、捜査は難航、事件は迷宮入りかと思われていた。

それから2年4か月後、有力情報に謝礼金を支払うと表明した同社に「犯人に心当たりがある」という電話が入っている。この情報をもとに2004年12月、千葉県警は2人の男を逮捕している。2人は2002年9月に東京の歯科医師、11月には千葉の金券ショップ社長の妻の強盗殺人事件を起こしてもいた。

## 獄舎は「犯罪学級」？

　そもそも2人は宮城刑務所の「テッ（鐵男）ちゃん」「カツ（克美）ちゃん」と呼び合う仲が良い服役仲間だったという。その雑居房や工場でムショを出てからの悪の相談、会社情報誌をめくりながら優良企業名をチェックしていたという。「刑務所を出たらもっとデッカイことを成功させよう」「殺したら、火をつけて証拠を隠す」とまで話していたという。これではまるで宮城刑務所は「犯罪学級」であった？

　しかしこのかつてのムショ仲間が2人の「証言者、証拠を殺人放火で抹殺」の密談を聞いていてマブチモーター事件を思い起こして、情報を提供している。「泥棒同士には仁義がある」という。窃盗に入った先に盗人が居た場合に邪魔しないということだ。この「囚人同士」にはそれなりの仁義がなかったとも言える。まあ、事件を解決しようという「良心」がうずいたとも言えるのかもしれない。

　2007年11月、小田島鐵男被告は死刑確定、2011年11月、守田克美被告も死刑が確定している。共に東京拘置所に在監中であった。

## 「世界仰天ニュース」

　2012年7月、50歳の角田博且さんは『元力士・琴旭基〜運命を変えた日航ジャンボ機墜落事故、そして脳出血後遺症との戦い〜』という著書を自費出版している。脳出血で倒れその手術のためにマゲを切られていた。相撲茶屋は閉店、東京に戻っていた。

　2015年8月12日のあの日、右手、右足不自由な体を押して御巣鷹の尾根に登っている。まだ独身であった。

　2015年12月2日夜、日本テレビの〈ザ！世界仰天ニュース〉があった。笑福亭鶴瓶と中居正広の両司会者が〈事実は小説より奇なり〉を実例を挙げて紹介する番組である。ちょうど〈凶悪…日本が震かん　狙われた一流企業社長　獄中プラン…殺人放火10億円強盗計画の真実〉と〈感動…初恋の女性を日航機事故で失った力士…今も純愛を貫く〉の2例があった。

## 7. 死刑囚の超ロングタイムの独り住まい

### 「名張毒ぶどう酒事件」

1972年6月、最高裁は名古屋市東区白壁1の1の名古屋拘置所に在監中の「名張毒ぶどう酒事件」——不倫を紛らわすために女性5人を毒殺したとされる奥西勝被告に対して死刑を宣告した。1審の津地裁はこの重大事件に何と無罪、2審の名古屋高裁はこれまた何と逆転の有罪、しかも極刑の死刑判決だった。ともかく最高裁が上告を棄却したことによって死刑が確定している。

名古屋拘置所

この名古屋拘置所とは徒歩15分ほどの至近距離、名古屋市中区二の丸1の1、名古屋城内に大相撲本場所の会場・愛知県体育館がある。翌月の1972年7月の名古屋場所は「ジェシー」こと高見山が外国人初の幕内最高優勝を遂げている。

「名古屋の蒸し暑さは全国的にも有名らしいね。ハワイ出身の高見山が優勝したのも暑さに強いからじゃあないの。名古屋場所を2階の椅子席で見物したけど、愛知県体育館は冷房が効き過ぎていて寒いくらいだったけどね。あそこ（名古屋拘置所）も冷房が入っている。快適だね。どうして知っている？　いや、何年か前に地元の住民の見学会があったので……」

そう名古屋拘置所近くの木造2階建てのアパートに住むというお年寄りは額の汗を拭き拭き言っていた。

### 拘置所で35回目の春

その「名拘」の3畳半ほどの殺風景な独房住まいの奥西死刑囚に支援者から「花便り」が届けられるようになっている。

「独房にあっては四季の推移を感じることはできないと思う。それで季節の花などを描き、一筆記した絵手紙を送っています」（支援者の1人）

2005年4月、名張毒ぶどう酒事件の第7次再審請求に名古屋高裁は再審を決定した。「ここ（名古屋拘置所）へ来てから一番うれしい日。今日が人生で一番いい日かもしれない」と弁護士から報告を受けた奥西死刑囚は目を真っ赤にして言っていたそうである。奥西死刑囚にとって79歳の春、名古屋拘置所では35回目の春を迎えていた。しかし名古屋高検は異議申し立てをする。
　2006年12月、名古屋高裁は再審開始の取り消しを決定する。しかしながら奥西死刑囚サイドは最高裁に特別抗告をする。

## 八王子医療刑務所

　2012年6月、奥西死刑囚は高齢化や体調が悪くなったことで、東京・八王子市子安町にある八王子医療刑務所に移っている。そこは木立の多い高台にあり、玄関は病院のような印象である。なお名張毒ぶどう酒事件は「第2の帝銀事件」と称されたが、その帝銀事件の死刑囚は死刑確定から32年後、95歳の1987年5月10日、八王子医療刑務所で病死している。
　2013年2月、『名張毒ぶどう酒事件　死刑囚の半世紀』（東海テレビ取材班著）が岩波書店から刊行されていた。〈あなたはその時間を想像できますか？〉と問いかけていた。
　2013年10月、第7次再審請求を最高裁が棄却した。しかし弁護団は「七転び八起き」の気概だった。第8次再審請求に移っている。
　2014年3月、ギネス認定の当時の「世界最長収監の死刑囚」、元ボクサーの死刑囚の再審が決定、東京拘置所から釈放された。元ボクサーは逮捕から48年、1989年11月の死刑確定から34年の超ロングの「囚われ人」から解放された。「喜寿」を越えた78歳だった。

## 「長寿関取」の若の里

　2014年6月ごろ、そば・うどんのチェーン店「家族亭」に勤める1979年生まれの男性、「コン（今）ちゃん」がこう言っていた。
　「3畳半ほどという狭い空間で何十年も過ごすというのは信じられない。

比較するのはおかしいけども大相撲の土俵の直径は4メートル半だが、その戦いの場で長年活躍している力士もすごいと思う」

彼の投稿による『NHK G-Media 大相撲ジャーナル』誌（アプリスタイル社発行）の2014年（平成26年）名古屋場所展望号の〈砂かぶり〉欄に次のような一文があった。

〈若の里関が三八歳（七月十日誕生日）の記録的な高齢で幕内返り咲きとなった。長持ちの秘訣について「食べること。相撲はだいぶ弱くなったが、胃袋は弱くなっていない。歯医者とも無縁」というユーモラスなコメントがあった。私の父の実家は、若の里と同じ青森県弘前市のリンゴ園。父方の祖母も九五歳で健在で「国もん」を応援しています。若の里関、まだまだ歯を食いしばってジョッパって下さい。（千葉県　今　紀和　35）〉

「長寿関取」
若の里と師匠の元隆の里

「1日1個のリンゴ医者いらず」という。1日にリンゴ1個食べれば病気にかからないですむという意味である。長寿のリンゴっ子の縁起を若の里はつないでいた。

「1日1個のリンゴ医者いらず」

## 獄中89歳で病死

2015年1月、名古屋高裁は名張毒ぶどう酒事件の第8次再審請求を退けたことに対する異議申し立てを棄却した。しかし弁護団は第9次再審請求の意向だった。この死刑囚の85歳の妹は「1日も早く、兄が命のあるうちに希望を与えて下さい」、一方、ぶどう酒を飲みながら一命を取り留めた88歳の女性は「早くこの裁判は終わりにしてほしい」と語っていた。

2015年7月、尾張・名古屋場所で若の里は現役引退、力士人生の終わりを告げている。2015年10月4日、奥西死刑囚は八王子医療刑務所で肺炎のため89歳で死去した。

弁護団は「仏前に無罪を報告する」とコメントしている。

### 「時間が宝物」と西岩

2016年(平成28年)初場所決算号の『NHK大相撲ジャーナル』の〈「どす恋花子」の勝ち越しクエスチョン〉欄で元関脇・若の里の西岩親方はこう言っていた。

〈花子「相撲界に入ってつらかったことは？」〉

〈西岩「ない！（とキッパリ）。好きで入ったから、毎日が楽しかった。辞めたいと思ったことは一度もないです。三九歳の今だって辞めたくないくらいですから（笑い）」〉

〈花子「いちばんの宝物は？」〉

〈西岩「力士でいた二三年半の時間が宝物であり、財産です。力士だからこそ経験できたこと、出会いがたくさんありましたから」〉

このころ西岩親方は大空出版から『若の里自伝　たたき上げ』という著書を発行している。

『若の里自伝 たたき上げ』

## 8. 交通事故に「災い転じて福となす！」

### 父の運転で母が事故死

1984年5月1日、幕内力士の多賀竜の父の黒谷義郎さん運転の車が茨城・日立市の国道6号のセンターラインを越えて対向車と正面衝突、対向車側にケガ人はなかったが、同乗していた母のキミエさん（61歳）が全身打撲で即死している。多賀竜はこの4か月後の1984年9月場所、蔵前国技館最後の場所で平幕優勝を遂げている。

「一時はショックでとても相撲を取る気になれなかった。しかし土俵に専念することが一番のオフクロへの供養と自分に言い聞かせた。悲しみを

情熱に変えた。普段の自分の力の 30 倍の力が出たみたい」(多賀竜)

## 力士の車の運転禁止

1985 年 5 月 3 日、川崎市宮前区の国道で幕内力士の水戸泉が運転するレンタカーが接触事故のため停車していた乗用車に追突、同乗していた友人の女性が大ケガ、付け人が軽傷を負った。水戸泉本人は自分の車のフロントガラスで額を切り、全治 2 か月の重傷、救急車で東京の同愛記念病院に搬送された。

水戸泉は看護婦に「もう死にたい……」と漏らしている。川崎・高津署は業務上過失傷害容疑で横浜地検に送検している。これを機に大相撲の部屋持ち親方で構成する「師匠会」は現役力士の車の運転禁止を申し合わせていた。

## ベンツを運転「通勤」

1985 年 6 月 23 日、東京・新宿区の新目白通り交差点で幕内力士の蔵間が運転する車が信号待ちのライトバンに衝突、双方にケガ人はなかったが、蔵間の車は大破している。蔵間は「頑丈なベンツだったからよかった。普通の車だったら死んでいた」であった。

ベンツを運転して相撲場に「通勤」であった。休日はゴルフ三昧であった。夫人の弥生さんはテレビの「プレイガール」などで活躍した元女優である。千葉・市川にプール付きの豪邸を建て、サイドビジネスに JR 本八幡駅前で「相撲茶屋・蔵間」を経営してもいた。リッチでカッコイイ「クラマチック人生」だった。当時の新弟子たちの大きな目標は「横綱」や「大関」ではなく「蔵間さんみたいになりたい」だった。

1989 年 9 月に蔵間は現役引退、1990 年 6 月に角界を離れるとタレントに転向していた。明るく楽しいキャラクターで人気を集めていた。

## 「納豆パワー」で凱旋

1992 年 8 月、かつて東京拘置所で死刑執行を担当した経験がある山形

県出身、1945年生まれの刑務官、「ナワ（名和）さん」は水戸少年刑務所の官舎でこう言っていた。

「今から10年ほど前の12月5日——。自分が初めて死刑を執行した日だった。日にちは変なものでボーナスの支給日だったので覚えている。死刑囚の名前やどういう犯罪者だったかは覚えていない。顔？ それはなんていうかな、生き仏みたいな……。自分の役目はハンドルの引き役。緊張でブルブル震えていた。執行が終わったあとは、風呂に入り、清めの塩をふりかけて家に帰った。数千円の手当てがあった。いつもより早く帰ったから、子供が『パパ、どうしたの？』と聞いてきた。『風邪引いた』と言って、そのまま布団にもぐり込んで寝た……」

水戸少年刑務所では看守長だった。

「死刑囚はおとなしかったですよ。今、若い懲役のほうが厄介だよ。いや、それよりも最近の若い部下の扱いのほうが難しいよ」（ナワさん）

傍らで夫人は終始無言だった。

夫婦そろって明るく話が弾んだのは、前月の大相撲名古屋場所で水戸泉が幕内優勝を遂げたことであった。ちょうどその水戸泉は夏巡業の水戸巡業のために水戸市に来ていた。地元の「金星」から歓迎の花束を受けてニッコリであった。

「水戸泉関の好物って『水戸納豆』ですってね」（夫人）

「そうだよ。水戸納豆パワー、粘りの強さで優勝したんだ」（夫）

## 「クラマチック人生」

1995年1月26日午後8時16分、蔵間竜也さんは慢性骨髄性白血病による急性転化多臓器不全のため、入院先の東京・新宿区の東京医科大学病院で死去した。42歳だった。病気のこと

蔵間さんの通夜（左）／幕内優勝の「水戸泉」地元凱旋（右）

は師匠、近親者以外隠し通していた。通夜は1月28日、千葉・市川市の市川斎場で約800人が出席してしめやかに行われた。数え切れない菊の花に囲まれた遺影はニッコリと笑っていた。焼香の場で遺体と対面した旭道山は涙をあふれさせながら言っていた。

「とても安らかなお顔をしていました……」

最後の最後まで「クラマチック」だった——。

### 武蔵川親方の子息

1996年6月11日の午前2時ごろ、元三段目力士「石山」で武蔵川親方（元横綱・三重ノ海）の長男・石山俊明さん（21歳）が運転する乗用車が神奈川県藤沢市の県道で雨の中、スリップして道路標識に激突、助手席に乗っていた弟の健次郎君（19歳、帝京大1年）が頭などを強く打ち死亡した。

6月11日午後1時過ぎ、東京・荒川区の部屋に親方夫妻は遺体とともに戻って来た。親方は今にも倒れそうな洋子夫人を支えながら沈痛な面持ちで玄関を入った。愛する息子を亡くした洋子夫人の号泣が無人の稽古場に響き渡っていた——。

### 市原の交通刑務所

1997年8月、千葉・市原市の「小湊タクシー」の運転手がこう言って憤慨していた。

「この市原というのは駐車違反やら飲酒運転が多いので千葉県でも有名なのだよ。奥さん連中のはっきりしない運転や、バッチリ保険に入っているせいなのか、土地成り金の息子どもの乱暴運転も多い。ゴルフ場がたくさんあるのだが、フルスピードで向かっている。みんな一つ間違えばあそこ（市原交通刑務所）入りだよ」

千葉県市原市磯ケ谷の市原刑務所は交通

市原交通刑務所

事犯専門の刑務所だ。収容者の半分以上は死亡事故のドライバーが服役していた。施設とシャバとの大きな境目、いわゆる高い塀のない準開放寮で生活し、一般の刑務所より規制は緩い。そしてまた溶接などの職業訓練や金属加工などの作業を行いながら、交通安全教室やグループ別の討議などの更生教育を受けていた。定員463名だが常時オーバーとのことだった。

　敷地内には事故の被害者を供養する「つぐないの碑」があるが、その碑の前で目を閉じ拳を固く握り締める者が後を絶たない……。

　「クルマが凶器になってしまった……」
　「あのぶつかったのは猫、猫であってくれたら……」
　「怖くなってつい逃げてしまった……」
　「2度とハンドルを握りたくない……」
　「クルマに轢かれる夢を見る……」
　「みんな夢の中の出来事と思いたい……」
　「家族にも辛い思いをさせていることに胸がしめつけられる……」
　「出所しても莫大な賠償金が待っている」
　「自殺したほうがよかった……」

## 力士運転の事故死

　1999年9月、武蔵川親方の長男、石山俊明さんは俳優としてANBテレビ朝日の「暴れん坊将軍（9）」に出演していた。シコ名と同じ芸名も「石山」であった。しかしマスコミなどの取材は一切受けていなかった。

　2000年12月18日、大阪・福島区の国道交差点で幕内力士の闘牙が運転する車が横断歩道を渡っていた高齢の女性をはねた。女性は死亡、闘牙は業務上過失致死容疑で大阪府警に逮捕されている。力士が起こした初の交通事故死だった。

　「被害者とその遺族の方々のことを思うと……」

　時津風理事長（元大関・豊山）は国技館の理事室で沈痛な表情だった。

　日本相撲協会は翌年初場所の出場を自粛するよう勧告、本人が受け入れて休場、必然的に番付も幕内から十両に陥落した。闘牙は悪夢にうなされ

てトレードマークの「モミアゲ」を掻き毟っていたらしい。

## 土俵は安全運転V

2007年4月28日、東京・中野区中央の都道交差点で信号待ちしていた車に「モンゴル力士の元祖」旭天鵬（本名・ニャムジャブ・ツェベクニャム）が運転する車が追突、会社員の男性の首に全治1週間のケガを負わせた。警視庁中野署は業務上過失致傷容疑で書類送検、協会は旭天鵬に5月場所の休場処分をしている。謹慎中の旭天鵬は大島部屋で一心不乱の猛稽古であった——。

「ただ相撲に専念するだけ」（旭天鵬）

2007年7月場所、十両から再出発している。

それから5年後——常日頃、シコやテッポウの基本稽古を怠りなくやり、土俵上はケレン味なく右四つ、寄りのオーソドックな攻め、しっかりした型、安心感、安定感がある相撲だった。ケガもない。精神的にも余裕があった。これが長寿の秘訣であり車の運転にも通じていよう。

なおゴルフの腕前はプロ級だった。ゴルフ専門誌にコラムを連載してもいた。千葉のゴルフ場に向かう姿もよく見かけた。ただし本人は運転していない。

「横綱の白鵬より上という自慢が1つある。それはゴルフ」（旭天鵬）

2012年5月場所、旭天鵬は12勝3敗で幕内最高優勝を飾った。37歳8か月の史上最年長Vであった。この時点、すでに日本国籍を取得していて本名は太田勝。太田は前師匠・大島親方（元大関・旭國）の苗字である。大島部屋閉鎖により友綱部屋に移籍したばかりであった。旗手に横綱、モンゴルの同胞の白鵬、前師匠が同乗するTOYOTAのオープンカーで両国の街をパレードした。最高の晴れ姿、至福のひとときであった。

史上最年長Vの旭天鵬

第4章　生・死

# 9.「仏壇返し」と「吊り落とし」の模様

## 大阪愛犬家連続殺人

1998年3月20日、大阪地裁201号法廷で「大阪愛犬家連続殺人事件」の被告に死刑判決が下っている。この自称「犬の訓練士」の男は5人の被害者に睡眠薬を飲ませ、筋肉弛緩剤を注射して殺すという異常人格の持ち主であった。被害者が必死に「命乞い」しているのに容赦なく殺している。主

大阪拘置所

文の「被告人を死刑に処する——」にも薄笑いを浮かべて、周囲を気味悪がらせていた。法廷に警備員として付き添った大阪拘置所の刑務官はこう言っていた。

「うち（大阪拘置所）でも悩んだり、悲しんだりしているのを見たことがないんや。いつも、ほほ笑んでいるというかニヤけている。それに元気だね。肌の色艶もいいし、ブクブクと太っているよ。あんな男を見たことないんや」

この刑務官は夜勤明けの午前中の出廷勤務を終えて帰宅した。そして大相撲の大阪、春場所13日目を官舎でテレビ観戦している。安芸乃島が千代大海相手に相手のお株を奪う「素首落とし」のようなかっぱじきの突き落としで勝っていた。

「痛快な技だな」

「いや、残酷、斬首刑、ギロチンみたいだな」

その夜である。「死刑の用心、死の用心……」などと言いながらその大阪拘置所の周囲をゆっくりと歩いている「かたつむりの会」というグループがあった。死刑廃止を訴える面々で職員官舎に向かって「刑務官のみなさん！　嫌な仕事は断ろう！　執行命令断ろう！」と呼びかけていたのであった。

## 池田小連続児童殺人

2003年8月、大阪地裁は大阪拘置所に在監中の大阪・池田小の校内児童殺傷事件の宅間守被告に死刑判決を下している。2003年9月、宅間守被告は控訴しなかったため死刑が確定した。

〈生け捕りにされて何年も不快な思いをさせられるぐらいなら、その場で自爆する〉

大阪地方裁判所

〈早期6か月以内、出来たら3か月以内の死刑執行を望みます〉

〈本人の思うツボだから塩づけにのニュアンスのような発想をする者がいたら、それは私に対する憎悪以外の何ものでもない〉

〈死ぬことは一番のワシにとっての快楽で全く怖くない〉

便箋にたどたどしい文字で書かれた手紙を弁護士宛に送ってきていた。

2004年9月14日、大阪拘置所で死刑が執行されている。死刑確定からわずか1年足らずの執行は極めて異例の早さであった。事件の被害者の遺族からはこんな声があった。

「アッサリの絞首刑よりもヤツのまず舌を引っこ抜き、それから腹わたを少しずつ抉り取って踏み潰してもらいたいくらいだった」

「たった1度の処刑では気が済まない。自分が死んだらあの男がいる地獄に自分もあえて行って『オイ』と呼び戻してもう1度殺してやりたいんだ」

「ヤツの墓や仏壇があったらムチャクチャにぶっ壊してやりたい」

## 「呼び戻し」「土俵の鬼」

相撲の手に「呼び戻し」がある。相手を左右から抱え込む体勢から、懐に呼び込むと反動をつけ、差し手を突きつけるようにして倒すという荒業だ。そのドンデン返しのイメージから「仏壇返し」と形容されている。

この呼び戻しを専売特許としていたのが「土俵の鬼」といわれた第45代横綱の若乃花であった。出羽湊を吹っ飛ばしたり、房錦を頭から土俵に

のめり込ませたり、時錦をあやつり人形のようにひっくり返す呼び戻しを決めている。

1956年秋場所初日、鳴門海を豪快に揺すって倒した一番のその呼び戻しは壮絶な印象だった。場所直前に愛児・勝雄ちゃんをチャンコ鍋の奇禍で失い、勝雄ちゃんの名を彫った数珠をかけて場所入りしていたが、まるで霊魂が乗り移ったかのような鬼気せまる仏壇返しであった――。

「土俵の鬼」若乃花

## 「吊り落とし」「蒼き狼」

大相撲の技のやはり荒業に「吊り落とし」がある。

2003年9月場所6日目、モンゴル出身の「蒼き狼」、横綱・朝青龍は北勝力に対して右腕を深く差し込むと152キロ北勝力をグイと持ち上げた。普通はそのまま吊り出しに決めるのだが、情け容赦のない落下させる仕打ちだった。柔道の裏投げのように後方にドデンと放り落とした。館内はしばしシーンと静まり返った。そして驚愕交じりの声が漏れていた。

「すげえ～」「強え～」「恐ろしい」

お客さんにもゾッとする恐怖心さえ抱かせていた――。

横綱の吊り落としは1989年1月場所の「ウルフ」千代の富士(相手は寺尾)以来だった。

## 埼玉愛犬家連続殺人

2005年12月15日、最高裁によって「大阪愛犬家連続殺人事件」の元・犬の訓練士の死刑が確定していた。しかし再審請求を繰り返していた。

2009年6月15日、東京拘置所に在監中の「埼玉愛犬家連続殺人事件」(1993年4月～1995年1月)の元夫婦の死刑が最高裁によって確定している。女性の死刑囚は戦後12人目であった。

この夫婦はペットショップを運営していたが、その金銭トラブルから顧客らの4人を犬の殺処分用の硝酸ストリキニーを用いて毒殺、遺体は風呂

場でバラバラにした上、骨はドラム缶で焼却している。鼻歌交じりだったという。こちらも「延命策」と思える再審請求を繰り返していた。

### いつ見られるか？

2012年秋場所7日目、グルジア出身の小結・栃ノ心が豊ノ島相手に吊り落としを決めていた。

2013年秋場所8日目、モンゴル出身の横綱の白鵬が宝富士に「今は亡き若乃花さんのビデオを見て研究した」という呼び戻しを決めていた。

初代若乃花は15度も決めているが、平成以降の幕内では1993年秋場所2日目、貴ノ浪が寺尾に、1997年春場所9日目、貴乃花が剣晃に決めて以来たったの3度目だった。

吊り落としも呼び戻しも滅多に見られない貴重な技ではあった。今度は土俵の内外でいつ見られるかであった？

## 10. どうなっている？死刑に関するQ＆A

### 日本は絞首刑オンリー

**Q** 日本の死刑ってどこでどうやってやるの？

**A** 日本での死刑は明治15年施行の旧刑法（監獄法）を基に刑法第11条が刑事処遇施設（監獄）内で行う絞首（首吊り）だけを規定している。刑場は東京、名古屋、大阪、広島、福岡の5拘置所と札幌、宮城の両刑務所拘置支所に置かれている。

**Q** 誰が執行を決めるの？

**A** 法務大臣である。法務省刑事局総務課が作成し関係部局に送付される死刑執行命令書に法務大臣がサインをする。すると5日以内に死刑が執行される。死刑確定から執行まで刑事訴訟

日本の死刑は絞首（首吊り）

第4章 生・死

法では6か月以内となっているが7、8年かかるのが通例で10年、20年もザラにある。死刑囚には当日の朝、執行のほぼ30分前に宣告する。

**Q** 絞首刑ってどんな方法？

**A** 絞首刑の執行の際、これを実行する数人の刑務官の役割には、死刑囚の首に輪にした白いロープ（麻製で太さ約1・5センチ）をかける者1人、ヒザをしばる者1人、足元の台を開いて吊り落とす（約3メートル落下）ためのボタンを押す者3人〜5人——などがある。そのボタンに電流が通じているのは1つ。つまり「決定」者の確率は3分の1か5分の1になっている。心の重荷の分配、軽減ということであろう。

**Q** 死刑囚はもがき苦しむのではないの？

**A** 地下締架施設の刑場は落下の際の加速度、衝撃度の強さで首の器官や動静脈、神経が一気に破壊され、痛みを感じる間もなく即死する。ただし刑場に向かう途中は顔がこわばるとか、おしっこを漏らしたり、腰が抜けたりする人もいる。別れの辛さ悲しみに涙を流すとか、観念して冷静にしっかり歩く人もいる。稀には暴れ回る死刑囚もいるが、大半は生き仏かのような表情で静かに刑場に向かう——。

**Q** 絞首刑に失敗はないの？

**A** そういう記録というか公表はない。ただし死刑囚の首や顎(あご)がすこぶる頑丈で「首吊り」に死に至らなかったケースが1例か2例あったようだ。日本では絞首刑に定められているので死刑は回避、実質的には「終身刑」となっていたようである。

なお2010年8月27日、法務省は東京拘置所の死刑執行の刑場を報道陣に公開している。

東京拘置所の刑場

## 外国は廃止が上回る

**Q** 外国での死刑はどうなっているの？

**A** 死刑について海外ではフランス、ドイツなど欧州連合（EU）加盟国

やイギリス、オーストラリア、カナダなど80か国余りがすべての犯罪について死刑を廃止、アルゼンチン、ブラジルなど11か国はテロなどを除く通常の犯罪については廃止している。死刑を続けているのは米国や中国など70か国近くになっている。つまり死刑のない国のほうが上回ってはいる。中国は主に銃殺であるが、その執行数は人口も多いが断トツで世界一である。

### アメリカは薬物注射

**Q** アメリカはどうなっているの？

**A** アメリカは州によって異なり、カリフォルニア、フロリダ、テキサスなど32州は死刑制度を存続させているが、マサチューセッツ、ハワイ、ミシガンなど12州と首都ワシントンは廃止している。

**Q** 誰が決めるの？

**A** アメリカでは死刑執行を決めるのは州知事である。

**Q** 執行はどういう方法？

**A** アメリカの死刑囚の処刑方法にはかつて電気椅子やガス室、銃殺があったが、2004年以降、致死薬の薬物注射が大半を占めている。

**Q** 薬物注射って？

**A** 薬物注射の執行室は病院の手術室のような光景を思い浮かべればよい。ベッドに固定された死刑囚の左右の腕のそばに執行官が2人立ち、それぞれ1本の注射器を持っている。1本には食塩水、もう1本には心臓をストップさせる薬物が入っている。つまりどちらが「死因」になったか分からない仕組みになっている。開始の合図から5分以内で死刑囚は意識を失い、15分以内に100％死ぬ。

# 第5章　花・鳥・風・月

## 1．旭川と「あゝ上野駅」「ネオン無情」

### 上野駅で「人間違い」
　1938年1月13日、18歳の池田潤之助少年、のちの横綱・吉葉山は北海道石狩市から職探しのために上京、東京・上野駅のホームに降り立っている。
　「あのね、『北斗』（急行列車）で隣り合わせだった旭川からの少年が『力士になるんだ』と言っていたんだ。ところが列車から降りて一緒にホームを歩いている途中で彼がいなくなったんだよ。迎えに来ていた高島部屋の若者頭に『オオ、君かい』と自分が間違えられた。それが自分の力士になるきっかけになったんだよ」
　そう後年、宮城野親方時代に振り返っている。

### Vパレードに白雪の祝福
　1954年1月24日、大相撲初場所千秋楽、東京は白一色の雪景色で明けている。大関の吉葉山は悲願の初優勝を「真っ白」の全勝で飾っている。
　「優勝パレードの時も雪が舞っていた。それがお客さんからの五色のテープと一緒に大銀杏や黒の紋付に降りかかってきた。北海道でも見たことがない牡丹雪だったよ」（宮城野親方）
　天も祝福したその晴れ姿は「絵になる」にあまりある光景であったろう。パレードのラジオの実況放送を雪国・新潟は佐渡ヶ島の「ユー（豊）ちゃん」と「セイ（誓司）ちゃん」の相撲好き少年2人も聞いている。
　この2人の通う沢根中学の校歌の一節にこうある。♪満ち潮の寄する岸辺に　緑濃き丘ぞうるわし──その美しい入江の砂浜で相撲を取った仲で

もあった。この校歌の作曲は沢根中学が母校の鎌多俊与（作詞は山田実）であった。

1956年10月ごろ、その鎌多俊与が作曲した三橋美智也の「哀愁列車」（横井弘作詞）がヒットしていた。

### ホームで小豆撒き

1957年1月6日、竹澤勝昭少年、のちの横綱・北の富士は出羽海部屋に入門のため北海道の旭川駅を出発した。雪下駄に学生服だった。おまけに部屋への土産ということで小豆3升入りの信玄袋を担がされていた。1月7日の夕刻、東京・上野駅のホームに降り立った。人混みとネオンに目をチカチカさせていた。きらびやかな東京のネオンはあこがれでもあった。

「そしたら足がツルツルと滑って転んだんだよね。小豆がホームにばらまかれていた。カッコ悪かったなあ」（北の富士）

### 「花月で板場せい」

1957年3月の大阪・春場所中、「竹沢」はスカウトした九重親方（元横綱・千代の山）の夫人の実家、大阪・ミナミの「花月」という料理屋に招かれている。

「あまりにも細いので力士として大丈夫かしら……と思いましたね。ただ何杯もお代わりするのでビックリしました」（九重親方夫人・光恵さん）

「自分の横綱時代、成績不振で『横綱返上』を申し出たことがあるけど、大阪場所で土俵に上がると『花月へ行って板場せいっ』なんていうお客がいたですよ。アレには情けなくなったな……」（九重親方）

### ヤクザと看守の因果

1957年3月、ユーちゃんは佐渡、沢根中学を卒業して集団就職で新潟から急行「佐渡」で上京、上野駅の17番線ホームに降り立っている。「上野駅の地下道から外に出てネオンの美しさに目を見張った」という。

1959年4月10日、皇太子さまの成婚のパレードがあり、それを撮った

というユーちゃんから写真がセイちゃんに送られてきていた。

1963年3月、セイちゃんはやはり「佐渡」で上京している。東京拘置所の庶務課に勤務している。

「鎌多俊与さんの音楽教室にも通っていたけど、拘置所の塀の外側の道路で夜、歌をよく歌ったよ。大声出しても平気だからね。スター、歌手にあこがれていた。とても無理とすぐに断念したけどね」（セイちゃん）

1964年4月、東京拘置所の刑務官になっている。

1965年2月、ユーちゃんは東京・池袋駅近くの東京拘置所に収監されていた。どこでどう間違ったのか池袋が縄張りの「極東組」というヤクザの組織に入っていた。東京拘置所で未決囚としてこう言っている。

池袋にあった旧東京拘置所

「この舎房の4階から池袋の街のネオンが見える。恨めしいな……。それから看守に実家が近所の幼なじみの『セイちゃん』を見かけた。なんの因果かな……」

同じ上野駅に降り立った2人に対照的な人生があった。

♪上野は俺らの心の駅だ　入る列車のなつかしさ　どこかに故郷の香をのせて　くじけちゃならない人生が　あの日ここから始まった――伊沢八郎の「あゝ上野駅」である。

1965年11月、セイちゃんは東京拘置所に在監中の「吉展ちゃん誘拐殺人事件」の被告の東京地裁への護送中にこう言われている。

「担当さん、若い時は恋愛や音楽に関心が深いだろうけど、女性には気をつけたほうがいいよ」

その被告の出廷には大勢の報道陣が地裁前に押し寄せていた。

「カメラのレンズが我々にも一緒に向けられていた。それで翌日、生まれて初めて新聞に自分の写真が載ったよ」（セイちゃん）

切り抜いてアルバムに貼っていた。

## 「寒い」「怖い」「暗い」

1967年2月、九重親方は出羽海部屋の「分家許さず」の掟を破って破門される形で独立、高砂一門に入っている。美男の大関・北の富士は「ネオン無情」のヒット曲もたずさえて追従している。

このころ旭川刑務所の長期の服役囚はこう言っていたそうだ。

「この先、長くて暗いトンネルの中だな。今、塀の外の街中や野山は雪景色だろうが当分オレには思い出にしかならないな。ここの獄窓から旭川の繁華街のネオンが見えるが虚しいよ」

それこそ「ネオン無情」であったろう。

サユリストだった北の富士

旭川刑務所は国内で5本の指に入る「極悪人ぞろい」の刑務所ではある。懲役10年以上の長期受刑者ばかりである。無期懲役者も含まれる。刑務所には全体的に「寒い」「怖い」「汚い」「暗い」というイメージがあるが、その代表的なのが極寒の地、旭川刑務所なのであった。

1967年3月・大阪場所、北の富士は初優勝、1970年3月のやはり大阪場所で新横綱として登場している。旭川の相撲ファンは獄徒も含めて拍手喝采であったろう。

## 「クソ食えるほど愛せ」

1977年5月、恒文社から発行されたセイちゃんの著書『お相撲さんその世界』の〈恋愛〉の項にこうあった。

〈「吉永小百合のクソなら食えるよ」北の富士。昭和44年ごろ〉

横綱の北の富士は吉永小百合の大ファン、サユリストであった。

1977年12月29日、セイちゃんは故郷の佐渡で結婚式・披露宴を挙げている。その祝宴に元北の富士からの祝電があった。

〈サイコ(新婦の名は彩子) ノ クソクエルホド アイシテヤレ〉

見事なお返しであった。

　2006年の冬、旭川刑務所で収容者の中から下痢、嘔吐などの胃腸炎症状を呈する者が集団的に発生、保健所が調査すると、34名の有症者のうち16人の便からノロウイルスが検出されるという食中毒事件があった。こちら「クソー、参ったな」であったろう。

### 「カタックリちゃん」

　2014年秋、旭川のプリズンの囚徒たちにとってちょっとホットなニュースがあった。

　「ウン、バラ色の世界になった」

　そうオーバーな表現している収容者もいた。受刑者全員が4畳ほどの個室、独房となったのであった。

　刑務所としてこれは全国初であった。ちょっとしたワンルームマンション風であった。「古い」「汚い」「暗い」を返上、清潔、快適な住まいのプリズンにリニューアルしていた。「どうぞいらっしゃい」と旭川刑務所の「ゆるキャラ」の「カタックリちゃん」がPR活動してもいた。これは「旭川矯正展」でのお客さんに対してである。旭山動物園のような人気を集めたいのかもしれない？

## 2．月形刑務所と「月」マークと長谷川

### 「美しいネーミングだな」

　1944年7月20日、長谷川勝敏は北海道の北方、オホーツクの海に面した樺太で生まれて幼少時を過ごしている。父は炭鉱夫であった。

　「ボロ家のハーモニカ長屋だった。軒先で月の明かりを頼りに勉強した記憶がかすかにあるよ。遊んでいて橋の欄干から落っこちそうになったこともあるけどな」（長谷川）

　そう後年、振り返っている。

1950年春、長谷川一家はソビエトの占領により樺太から北海道に引き揚げている。

「その引き揚げ船の甲板で足が滑って落ちそうになった。危うく父に助けられている」

北海道空知郡栗沢村（現石見沢市）に移り住んでいる。

「山の中の田舎だから何もないよ。隣の樺戸郡に月形村、それに月形刑務所というがあったな。ずいぶんとビューティフルなネーミングだと思ったよ。ハハハッ」

月形刑務所は北海道第1号の刑務所だが、明治時代の創設時は樺戸集治監でその初代典獄（刑務所長）の姓が月形のところからその名がソノママ村名、刑務所名になっていた。

### 命拾いのエピソード

1960年3月の春場所、長谷川は佐渡ヶ嶽部屋から本名をそのままシコ名に初土俵を踏んでいる。

1963年11月、長谷川の幕下時代、佐渡ヶ嶽部屋のフグ中毒死事件が起きている。長谷川はたまたま腹の具合が悪くて食せず助かっていた。

1966年2月4日、全日空機が羽田沖に墜落、乗組員133名が全員死亡という悲劇が起きている。北海道岩見沢市出身の新三役力士の長谷川は札幌の

佐渡ヶ嶽部屋の長谷川

「雪祭り」に招待され、その帰途、この千歳発午後5時50分、東京行の全日空60便に搭乗予定だったが、急用ができて乗り遅れ、難を逃れている。

「全日空から電話があって嘆き悲しんでいたら、そのあと長谷川から電話があった。地獄に仏とはあのことだよ」（元小結・琴錦の佐渡ヶ嶽親方）

### 「花王石鹸」のアダ名

1972年3月の春場所、関脇の長谷川は12勝3敗で初優勝を遂げている。関脇は連続6場所目、前場所は10勝5敗であった。しかし当時、大関が

4人いてそれもそろって不振続きだった。「空き」がないおかげで大関昇進は成らなかった。

「オレ、人生運はあったけど番付のツキ、番付運はないよ。向日葵じゃなく月見草の存在だな」

そう言って折から小雨の中を「♪春雨じゃあ濡れて行こう……」と芝居の「月形半平太」のセリフをフランク永井ばりの低音の魅力で口ずさんで去って行った。なお長谷川はその横顔が当時の花王石鹸の「三日月」のロゴマークに似ているところから力士仲間から「花王石鹸」のアダ名があった。何かと「月」に縁があったのである。

1976年5月場所限りで長谷川は現役を引退、年寄「秀ノ山」を襲名している。佐渡ヶ嶽部屋付きの親方になっている。かつては「長谷川が佐渡ヶ嶽部屋を継承」というウワサがあったが、兄弟弟子の元横綱・琴櫻が継いでいる。

## 慰問歌手・二美仁さん

1984年5月、歌手の二美仁さんは月形刑務所と札幌刑務所の篤志面接委員になっていた。そして徳間ジャパンから出た「津軽じょんがら流れ唄」がヒットしていた。

演歌歌手の二美 仁

「本格派の演歌歌手だな。あの澄んだ歌声には頭のてっぺんまでしびれるよ」（北海道・月形刑務所の服役者）

「刑務所の慰問も女性の歌手だと、華があって登場するだけで歓声があがりますが、男、しかもヘタな歌い手だと全然拍手もないですよ」（二美仁さん）

二美仁さんは1967年春、コロンビアレコードからレコードデビューしている。1948年8月生まれ、本名は村岡洋一。「美しい心で人と接するように……」という思いを込めた芸名である。歌手としてはデビュー当時、全国的にはまったく無名の存在だったが、刑務所の慰問歌手としては関係

### 慰問落語家・桂才賀さん

2006年の初夏、月形刑務所に慰問に訪れた落語家の桂才賀は受刑者にこう話していたそうだ。

「風雪に耐えて花が咲く——。みなさんにも先に明かりがあるんです。懲役8年未満の方ばかりですからね。旭川刑務所は無期が三分の一もいますよ。先が見えないのです。その点、みなさんは希望を持って頑張れるのですからね」(桂才賀さん)

2006年7月、秀ノ山親方は理事として名古屋場所の担当部長になっている。還暦を過ぎて晴れて「向日葵」になった。2009年7月20日、尾張・名古屋場所で秀ノ山親方は65歳の定年退職となった。

「病気、休場もなく無事に元気にやってこられたことに感謝しています。みなさんのおかげですが自分をほめてやりたいとも思います。これからはボランティアをやりたい」

北海道・月形町では現在、伊勢ヶ濱部屋の夏合宿が行われている。樺戸博物館には樺戸集治監(刑務所)の囚人たちが開拓に労した様子などが展示されている。日々猛稽古の力士たちも折にふれて見学に訪れている。

## 3. 琴櫻と琴風と「虹とひまわりの娘」

### 「連続546日の電話」

1958年の暮れ、のち琴櫻の鎌谷紀雄少年は佐渡ヶ嶽部屋に入門している。父の敬治さんは鳥取県警の警部で柔道4段、剣道3段、逮捕術は県下に名を轟かせていた。

「倉吉農高生の息子、紀雄の力士志望を聞いた時には、軍隊以上の厳しい世界だぞと反対したんです。そしたら『刑務所に入ったつもりでやる』と言っていました。それで、入った以上はどんな道でも一途にやれ、そし

第5章　花・鳥・風・月

てたとえ勝負の世界といえども誠実さ、愛情を忘れるなと言いました。私、仕事柄、非行のある人と接していたのですが、そういう人は職を転々とするとか、誠実さに欠けるきらいがあったので……」（鎌谷敬治さん）

息子が出世していってもこの一途さ、誠実、愛情については口を酸っぱくして、それこそ署長訓示みたいに言っていたらしい。

1968年12月1日、「猛牛」大関・琴櫻は宮崎の巡業先で「大金星」の岩下妙子さんに会って一目ボレすると、その翌日から1970年6月2日、東京・赤坂の東急ホテルでの結婚式前々日までの1年半の毎日、宮崎に住む妙子さんに電話をしている。「愛の長距離電話連続546日」であった。

「お昼のけいこのあとっとか夕方でしたね。『お相撲さんてずいぶんヒマなのだなあ』とか『お金は大丈夫かしら……』とも思いましたわ。毎日だから話すことがないでしょう。ですから『今日のそちら（宮崎）の天気はいかがですか？』と──」（岩下妙子さん）

## 「体育の落ちこぼれ」

1971年の春、中学2年、のち琴風の中山浩一君は新婚の大関・琴櫻夫妻と同居する内弟子生活に入っている。当時はまだ中学生力士が認められていた。それに伴って大阪の四条中から東京の深川二中に転校している。一学期を終えて通知表を見た親代わりの大関・琴櫻はこう言って苦笑している。

万年大関と呼ばれた「琴櫻」

「相撲取りだからしかたがない。稽古で疲れて学校で居眠りしているんだろう。それにしても1も2も3もなくて5ばっかりとは……」

5段階を逆評価の勘違いをしたのであった。なお唯一の「4」は体育であった。幼少時から肥満児で筋肉は硬く、ヒザの柔軟性もなく不器用だから運動は苦手であった。浩一君はいわば「体育の落ちこぼれ」であった。

1973年の新春、琴櫻は大関に32場所もいて「万年大関」とか「姥桜」の汚名があったが「妻子のためにも……」と踏ん張って32歳と遅咲きな

がら大輪の花（横綱）を咲かせている。

1974年夏、琴櫻は現役を引退、先代の急逝があって佐渡ヶ嶽部屋を継承した。弟子の琴風は関取になり三役になってからも左ヒザのじん帯断裂で幕下落ちの「地獄を見てきた男」とも言われた。硬いヒザがよりガクガク、ガタガタになっていた。そんな男がどうして大関まで上りつめたのか。

佐渡ヶ嶽親方（元琴櫻）

「自分は相撲センスがないからとにかくガムシャラに出るしかない。悪いヒザに負担をかけないためにも前に出るだけ」（琴風）

それが左四つ「がぶり寄り」で大関を導いている。

自分の欠点をみつめた研究、努力のたまものの「がぶり」なのであった。ところがこのころ、女子大生の会話にこんなのがあった。

「琴風の相撲って、腰をジグザグに動かしていやらしいわね。どこで覚えたのかしら」

「私の彼っていうのも『ペコちゃん』（琴風の愛称）のがぶり寄りなのよ」

### 「まわり道」の歌声

琴風は大関時代にはしびれるような美声で「まわり道」（なかにし礼作詞、三木たかし作曲）というレコードを吹き込んでもいた。

レコードも出した美声の琴風

　♪桜の花のような小雪がふりかかる
　　おまえのおくれ毛を　この手でなでつける
　　まわり道をしたけれど　めぐりあえたらいいさ
　　おくれてやってきた　二人の春にかんぱいを
　　あー〜あー〜

佐渡ヶ嶽親方（元琴櫻）は師匠としても誠実、かつ愛情あふれる弟子指導で数多くの関取を育てていた。娘の真千子さんと琴の若との「愛の

キューピット」役も務めた。二人は1996年4月に挙式、琴の若は鎌谷家に入婿している。

1998年秋、千葉・松戸市の佐渡ヶ嶽部屋で佐渡ヶ嶽親方は孫の将旦ちゃんを抱きながらこう話していた。

「やっぱり孫は楽しみだね。鎌谷家の夢？　鎌谷家というよりも佐渡ヶ嶽部屋ですよ。もう一花咲かせてから若（琴の若）に部屋をバトンタッチしたい」

## 大阪・池田小児童殺傷

2001年6月8日、大阪・池田市で大阪教育大付属池田小の児童殺傷事件があった。2003年9月、犯人は死刑が確定。その後、この40歳の男に対して33歳の女性が現れ、弁護士を通じてプロポーズ、男は事件前に4度の結婚、離婚歴があるが応じて2003年12月には婚姻届を提出、獄中（大阪拘置所）結婚となっている。2004年9月に死刑執行となった。夫の遺骨はこの5人目の妻の手によって和歌山県内の墓に葬られている。

そこにはどんな愛情関係があったのだろうか――。

2004年秋、校内児童殺傷事件で亡くなった本郷優希ちゃん（当時7歳）の母・由美子さんが出版した手記『虹とひまわりの娘』（講談社）の一部を声優が朗読しCDに収録したものが、受刑者らの矯正教育用教材として全国約200箇所の刑務所や少年院に使用されていた。犯罪の被害者の苦しみを知ることで罪の意識に向き合い、矯正、社会復帰につながれば……ということである。そこには魂の叫びのようなものがあり、心の琴線に触れさせてくれる。

2006年3月15日、優希ちゃんら亡くなった7人の児童の遺影が小学校の卒業式であった。遺族の希望で学籍が残されていたもので、同級生が卒業証書を受け取っている。校庭の百日紅（サルスベリ）の木の滑らかな幹に手を添えて「卒業おめでとう」と声をかける優希ちゃんの父・紀宏さんの姿があった。事件の日、病院に運ばれるまで横たえられていたのが、このサルスベリの木の下であったという――。

2007年8月14日、先代佐渡ヶ嶽親方となっていた鎌谷紀雄さんは多臓器不全で亡くなっている。

## 弟子が大麻で逮捕

2009年冬の1月30日、寒々とした東京・江東区の尾車部屋で元大関・琴風の尾車親方は憔悴しきった表情で記者会見をしている。弟子の若麒麟が大麻所持の現行犯で神奈川県警中原署に逮捕されたのであった。部屋は家宅捜索を受けてもいた。

「テレビで（逮捕の）テロップが流れて知った。ただただビックリした」

「きょうはけいこ休みなので（外出中の若麒麟とは）朝から会っていなかった。夕方に一緒に食事する約束だったので電話で話はした。ただ（午後）4時に電話した時（若麒麟は）は出なかった」

「事実であればぶん殴ってやりたい。どれだけたくさんの誠実に頑張っているお相撲さんを傷つけたことか……」

「本当にバカ野郎だよ。マゲを落とすことになる。自分の処分は理事長に任せます」

## 脊髄損傷の大怪我

2012年4月4日、桜花の中で尾車親方は巡業部長として福井県の小浜に赴いていた。その小浜巡業の会場で瀕死の事故に陥った。床のシートの隙間につまずいて頭から地面に突っ込み、頸髄損傷、首の部位の脊髄損傷であった。首から下の手足がまったく動かなくなった。救急車で東京の慶応病院に搬送されている。

「MRI（磁気共鳴装置）の狭い筒の中で泣きましたよ」

「排泄もうまくできない。情けない……」

「それにしてもオレの人生、いろんなことがあり過ぎた。疲れた……」

「しかし仕事に帰りたい、国技館に帰りたい、稽古場に戻りたい。戻れないならこのまま死んだほうがいい」

懸命な闘病生活、必死の思いのリハビリがあった。

東京・江東区清澄の尾車部屋の近くに清澄庭園がある。その来園者の老婦人の手に折り紙とストローで作った小さな風車(かざぐるま)があった。小さくかすかに回転していた。

「人生は悲しみや苦難のために時に止まってしまう。でもまた動く。風車を尾車さんや創価学会員の自分の人生に重ねています」

そう言って風が止まるとそっと静かに風車に息を吹きかけていた。

2013年12月、復帰を遂げた尾車親方の著書『人生8勝7敗　最後に勝てばよい』が潮出版社から出ている。

## 嘉風という「追い風」

2015年9月15日の大相撲秋場所3日目、尾車親方はNHK大相撲放送の解説者として登場していた。弟子の嘉風が横綱の鶴竜を破って前日の白鵬戦に続いて2日連続の金星を上げた。

「どうしたんでしょうね」

嘉風はこの場所は11勝4敗で殊勲、技能賞の両賞をゲットしている。3場所連続二桁白星であった。33歳の古参ながら天晴れであった。嘉風という大きな「風」が爽やかに吹き抜けていた――。

「体が元気に動くうちに目いっぱいやりなさい。オレみたいになったら、好きなこともできなくなるぞ」

それは2012年の秋、懸命のリハビリの中で部屋に戻って来た師匠の言葉だった。以来、胆に銘じて「今」を頑張っていた。

## 「琴ノ若」「琴櫻」の夢

2015年10月6日、埼玉栄高校3年の鎌谷将且君が父は師匠、母はおかみさん、そして実家でもある佐渡ヶ嶽部屋への入門を発表した。将来は「琴ノ若」、そして「琴櫻」継承への夢がふくらんでいた――。

2016年正月場所、大関・琴奨菊が「がぶり寄り」で初優勝を遂げた。それは祐未夫人との夫婦愛、父・一典さん、母・美恵子さんとの親子愛、故郷・福岡・柳川の郷土愛、師匠夫妻との師弟愛、部屋のある松戸市の地

元愛などの「愛の結晶」であった。松戸市の八柱霊園に眠る先代佐渡ヶ嶽の墓に優勝報告、菊の花をたむける姿があった。

### 「矯正教育用教材」

2017年正月場所中、鳥取県出身で琴櫻と「クニモン」の72歳の男性、弓道は東京都代表、錬士5段の「タニ（谷野）やん」はこう言っていた。

「倉吉には琴櫻の立派な顕彰碑と横綱像がある。とにかく我が郷土の誇りです。鳥取城北高校出身の石浦（鳥取県出身、宮城野部屋）も尊敬しているそうですね。弟子の琴風、尾車親方も人生の手本ですよ。琴奨菊が7度目の大関カド番場所でついに陥落となった。しかし尾車親方が『スポーツ報知』で『七転び八起き』とコメントしていたね」

琴櫻の顕彰碑と横綱像

2017年7月場所中、タニやんと同じ千葉県船橋市の「生きがい福祉事業団」に登録、船橋市の体育施設「タカスポ」の管理人をしている70歳の「イマ（今西）やん」はこう言っていた。

「昔の好きな力士は『出る、出る、出島』の大関出島や『がぶり寄り』の大関琴風です。立ち合いに変化する力士は嫌いです。真っ正直に前進がいいです。自分のモットーにもしています。琴風は尾車親方として今、日本相撲協会の事業部長、No.2になっていますね。苦難を乗り越えていますね。♪桜の花のような小雪がふりかかる――先日もカラオケ仲間で私、『まわり道』を歌いましたよ」

スポーツ報知

尾車親方（元琴風）の人気コラム

矯正教育用教材として全国の刑務所や少年院に「琴桜＆佐渡ヶ嶽物語」や「琴風＆尾車物語」などもCDやDVDに収録してはどうかと思った――。

## 4. 千葉・八街少年院の「肥溜」の事故

### 「ノンビリ屋」

1960年代の幕内力士に石川県輪島市出身、時津風部屋に天津風という力士がいた。土俵上、疾風のごとく突進する姿がそのふさふさとした黒髪の大銀杏と相まって印象深かった。しかし土俵を離れると風の吹くまま、気の向くまま……という風情があった。「ノンビリ屋」「ゆったり人間」と力士仲間から言われている。海外巡業の際、「天津風がいるから全員乗っているはず」と飛行機は離陸している。

時津風部屋に天津風

### 「石炭たけ！」

日本の地方巡業の旅に出て、おだやかな田園風景などを眺めているとよりノンビリするようで、巡業列車の出発待ち合わせ場所で「オーイ、天津風はいるか——？」。いたら列車は出発している。

ある時、いくら待っても天津風はやって来ない。来ないのも道理。「汽車が出るぞ！」「石炭たけ！」にあわてた天津風、近くの肥溜に落ち込んでいた——。「石炭たく」とは大相撲界の隠語で急ぐことをいう。汽車がスピードを出す時は石炭をたくさん焚いて走らせるところからきている。

1967年5月場所限りで引退、親方にはならず角界を去っている。1967年9月、金沢市で相撲料理店「天津風」を開店している。

「兄弟子（天津風）は大食いだったな。1時間か2時間かけてチャンコをたらふく食べていたよ。こっちは10分か20分で終わりなのにな。もっとも自分は眠るのは誰にも負けない。10時間でも20時間でも連続睡眠だよ」

弟弟子の大関・豊山はそう言っていた。

「脱走したか？」

このころ千葉県印旛郡の八街少年院にこんなエピソードがあった。

八街少年院の敷地内には畑があって、院生は八街特産のピーナツや野菜を作ったりする。汗と土にまみれるが時間を忘れる楽しさもあった。ある日、夢中になってやっていたら「集合！」の笛が鳴った。ところが1人の生徒がなかなか来ない、教官は「脱走か？」と青くなっていた。ところが笑い話。彼、あわてて飛び出したのだろう、肥溜に落ち込んでいた。

千葉の八街少年院

1996年5月、印旛郡は八街市になっていたが、八街少年院は老朽化に伴い新しくきれいな建物に建て替えられていた。田や畑も住宅地に変わったところが多々あった。肥溜なんてもうなかった。大相撲界の「石炭たけ！」の隠語も死語になっていた。若い相撲取りの誰も使っていない、知らなかった。

「トイレづまり」

2004年5月15日午後5時20分ごろ、千葉・八街少年院に収容されていた18歳と19歳の少年ら3人が脱走を企てた。

まず「トイレが詰まった」と20歳代の教官を呼び寄せた。鍵を奪おうとして失敗すると別の教官を殴ったり、消火器を噴出させたりして軽傷を負わせた。さらに集会室に机などでバリケードを作り立てこもっている。しかし約1時間後の午後6時20分ごろ、教官によって拘束されている。千葉地検は傷害と公務執行妨害で起訴していた。

「カッとなった」

2013年2月16日午前9時半ごろ、やはり八街少年院に収容されていた17歳の少年が食事中に注意されたことに腹を立て、木製の箸で41歳の教

官のアゴを突き刺している。箸はアゴを貫通して全治1か月の重傷だった。少年は千葉県警佐倉署に公務執行妨害と傷害の疑いで逮捕されている。「説教ばかりで頭にきていた」「カッとなってやった」と供述している。あの「肥溜」のようなほのぼのエピソードがなつかしい？

2013年4月30日、元幕内・天津風の宮永征夫さんは75歳で死去している。糖尿病の悪化で両足を切断していたが、心筋梗塞のため介護施設で天国に旅立っている。

### 「頑張れ、院生」

2015年8月12日付の読売新聞の読者投稿欄〈気流〉にこうあった。
〈少年院で一緒に盆踊り　パート　村田　勝重　71（千葉県八街市）地元にある少年院の育成後援会に入り、寄付などの支援をしている。先日、少年院から盆踊り大会の案内状をいただいたので出席した。院生が音楽に合わせて、りりしく行進する姿に感動し、思わず涙が出た。盆踊りでは、後援会の婦人たちも輪に加わり、院生と一緒に踊りを楽しんだ。どの院生も素直そうな良い顔をしていた。世の中は不条理なことが多いが、少年院を出た後、立派になってほしい。人のために尽くせば自分の幸せにつながると思う。頑張れ、院生。〉

## 5. 日光浴や「酒池肉林」の「囚われ人」

### 英国の列車強盗犯

1963年8月、イギリスで15人のギャング団がロンドンに向かう現金輸送列車を襲って約260万英ポンド、日本円にして約27億円を奪うという事件があった。当時の27億円って現在、いくらになる？　この史上最大の列車強盗団の大半は逮捕され懲役30年などを食って服役していた。ところが――。

1964年、一味のうちチャールズ・ウィルソンがバーミンガムのグリー

ン刑務所から、翌1965年にはドナルド・ビッグスがロンドンのワンズワース刑務所から脱獄している。脱走の手口は双方とも塀の外からギャング仲間に縄バシゴを投げ入れてもらい、それに飛び乗るという単純なものだった。だがしかし、囚人仲間が群れとなって看守にタックルして妨害している。これは金で買収されたものだった。2人の男はそれぞれの隠し金から日本円にして5千万円を使ったであろうと憶測されている。この列車強盗団の主犯格はドナルド・ビッグスだった。1929年8月8日生まれ、事件の日の8日はビッグス自身の34歳の誕生日だった。デッカイことをやってハッピーバースデイとしたかったのか？

脱獄後ビッグスは世界各地を転々としながら最終的には南米のブラジルに逃亡している。

### コパカバーナ

ロンドン警視庁に再逮捕されそうになったことがあったが、免れている。当時は英国とブラジルには犯罪人引き渡し協定がなかったためにブラジル政府がアッサリ拒否している。そしてまたビッグスはブラジル娘との間に子供ができていたため「ブラジル人の子供の父親はた

ブラジルのコパカバーナ

とえ外国人の犯罪者であろうと、国外追放を免れる——」という恩恵もあった。したがってドナルド・ビッグス、コパカバーナのビーチで昼はノンビリと日光浴、夜は「海の家」のテラスでイブニングドレス姿の美女と一緒に「月見酒」だったという。リオデジャネイロの家庭では昼は「フレスコボール」という日本の羽子板のような遊びを子供と楽しみ、夜はバーベキューでの家族団らんもあったという。自由奔放、優雅な受刑者、逃亡犯であった。

第5章 花・鳥・風・月

## 柔術「カポエイラ」

1990年10月、大相撲のブラジル公演がサンパウロであった。

ブラジルは格闘技の盛んな国で大勢の観客が押し寄せていたが、サンパウロの街中の路上では「カポエイラ」という格闘技の試合があった。手よりも足技が主で、いわばキックボクシングに近い格闘技であった。それはその昔、「奴隷小屋」や「囚人部屋」では手錠をかけられて収容させられていて、手枷(てかせ)状態の中で運動不足の解消、ひいては格闘技を鍛錬したのが源流にあるからだという。ブラジルの格闘技関係者がこう言っていた。

「昔は『カポエイラ』というと刑務所の囚人を連想したけども、今は自由な楽しいファイトなのだよ。ドナルド・ビッグスは有名だよ。今ごろコパカバーナにいるのじゃあない。だけど彼は『この国から一歩も外に出られないのだから囚人と同じだぜ』とボヤいているらしいよ。ハハハッ」

望郷の念があったのだろうか？　コパカバーナを訪れるとそのリゾートビーチには水鳥がいた。ビッグスは鳥のように飛んで帰りたい思いがあったのではないか？

## 南米の「麻薬王」

1992年7月、南アメリカの麻薬密売組織「メデジン・カルテル」の最高幹部、「麻薬王」ことパブロ・エスコバルがコロンビアのメデジン市郊外の拘置所を脱走した。脱走は脱走であるが、懲役5年の判決を受けて刑務所に移監する際に1人別方向に威風堂々、風を切るように歩き去って行ったという。拘置所の警備員は黙って見送っていたという。

「脱獄しました」

刑務当局から報告を受けてそのエスコバルの抜け殻の監獄房内を調べた検察当局は目をむき、腰を抜かさんばかりに驚いている。ビデオ付き大画面テレビ、泡噴出風呂、ウォーター・ベッドまで備えつけられ、ポルノビデオやピンク雑誌、ブランデーから葉巻にいたるまでゾロゾロ、さらに女性用のランジェリーまでワンサカ見つかっている。南米の美女を招き入れて大乱交パーティー、酒池肉林の大宴会を催していたのであった。メデジ

ン市街に買い物にも出かけていたという。

これじゃあ、塀の内も外もまったく差がなかったことになる。

### 札束を燃料にした

拘置所の警備員はこのコロンビアの大富豪の麻薬王とその子分に買収されていたものであった。なおそのご獄中で苦肉の策なのか、見せびらかしなのか通算120万ポンド（1億7700万円）分の札束を日々燃やして料理を作ったという逸話もある。

1993年12月、逃亡先の隠れ家で警察官に発見されてその場で射殺されている。なおこの隠れ家で知り合った娘が寒さで震えている際には、トータル100万ポンド（1億800万円）の札束を燃やして暖を与えたという伝説もある。

2013年12月、ビッグスはロマンスグレーの84歳になっていたが、ロンドンの介護施設で亡くなっている。どういういきさつがあったかはともかく、母国・故郷で浪漫を残したまま逝っている——。

## 6．花柳幻舟と「風雪流れ旅」と「夜鷹」

### 栃木刑務所で服役

1968年7月、花柳幻舟は大阪・中座で「花柳幻舟リサイタル」を開き、「金銭がらみがある」として花柳流の家元制度を告発している。花柳流は日本舞踊では門弟2万人を数える最大流派であった。

栃木刑務所

1980年2月21日、東京・千代田区隼町の国立劇場の楽屋廊下で花柳流家元3世・花柳寿輔に「思い知りなさい」と言いながら首を包丁で斬りつけて全治2週間の傷を負わせている。1980年10月から1981年4月まで幻舟は

この傷害罪で懲役 8 か月の実刑判決を受けて栃木刑務所に服役している。

1983 年 5 月 7 日、テレビ朝日で「花柳幻舟獄中記」という幻舟主演のドラマが放送されていた。

1990 年（平成 2 年）11 月 12 日、幻舟は天皇即位の祝賀パレードに爆竹を投げている。こちらは道交法違反（路上危険行為）、略式裁判で罰金 4 万円を科せられた。本人はこれを拒否、代わりに東京拘置所で 20 日間の「労役」に服している。

## 「春日局」と「幻舟元帥」

1995 年 4 月、花柳幻舟は放送大学に入学した。旅芸人の家に生まれ小学校を 3 年で中退しているが、その後ろめたさもあったからという。2004 年 3 月には放送大学教養学部を卒業。卒業論文は「メディアの犯罪、その光と影」だった。東京・日比谷の「松本楼」で「小学中退と大学卒業を祝う会」を開催していた。またこのころ『小学校中退、大学卒業、新学問のすすめ』という著書を明石書店から発行してもいた。

このころ福島・相馬市の小料理店「波」の女性のお客さんの「カナ（加奈）ちゃん」がこんな話をしていた。

「私ね、昔、大阪・南で夜鷹をやって稼いでいたの。南海ホークスの選手も相手にしたわよ。ホークスがナイト・ゲームで勝っていて『南海、今夜も夜鷹で稼ぐ』だったけどもね、フフフッ。そのあと東京で夜の蝶もやっていたわ」

「夜鷹」とは街角で客引きする娼婦、「夜の蝶」とは水商売の女性のことである。カナちゃんは売春防止法違反で懲役 4 か月、懲役 6 か月の 2 度、栃木刑務所に服役経験をしていた。

「2 度目の栃木の時に花柳幻舟と一緒だったの。彼女はきれいだし活発だったわね。栃木刑務所の女性の保安課長に『春日局』というアダ名をつけてワイワイ騒いでいたわよ。保安課長は彼女のことを『ハシャギスギゲンシュウ』とか『ゲンシュウ元帥』などと言っていたわね。栃木刑務所の『大河ドラマ』があったわけね」（カナちゃん）

### 船村徹さんが慰問

彼女によると栃木出身の作曲家・船村徹さんが何度も栃木刑務所に慰問に来て自身が作詞・作曲した女囚の歌の「希望（のぞみ）」や「風雪流れ旅」を弾き語りでしみじみと聞かせてくれたそうでもある。

〽ここから出たら旅に行きたい　坊やをつれて汽車にのりたい　そして静かな宿で　ごめんねとおもいきり抱いてやりたい――

「私、福島のドライブインで働いているんのだけども船村徹さんがお見えになったの。『その節はどうも……』と頭を下げました。船村徹さんは気づいていないようでしたが……」（カナちゃん）

船村徹さんは横綱審議委員にもなっていた。音楽関係から初の横審委員だった。

「昭和34年ごろ、横綱の栃錦が『この男、相撲より歌の素質のほうがあるみたいなんだが……』と千尋洋（ちひろなだ）という春日野部屋の幕下力士を連れて来た。聴いてみると確かにいい声をしていた。お引き受けしたんですよ」（船村徹さん）

元幕下・千尋洋は「栃若清光」の名でコロンビアレコードから歌手デビューしている。ヒット曲に「日陰の女」があった。

店のママさん、「ナミ（波子）ちゃん」は春日野部屋OBの玉ノ井親方（元関脇・栃東）と相馬市の中村第一中学の同級生であった。

「この前、店に行ったよ。ナミちゃん、元気だったね。きれいだよ。離婚して相馬に帰っていたけど、やはり同級生の佐藤君と再婚しているんだよ。ビックリした」（玉ノ井親方）

さまざまな一期一会（いちごいちえ）があった――。

## 7. 群馬・赤城少年院の「危険」ドラマ

### 邦画「サード」の舞台

1978年3月に公開された邦画「サード」（東陽一監督、寺山修司脚本、

軒上泊原作)は少年院を舞台にした青春ドラマである。

俳優の永島敏行が演じる妹尾新次、高校球児は殺人罪で少年院に送られる。3塁手だったことから少年院でも仇名は「サード」で、これがそのままタイトルになっている。「サード」の

少年院が舞台の邦画「サード」

オフクロさん役は歌手の島倉千代子、友人の高校新聞部員役は女優の森下愛子といった顔ぶれだった。

囚徒のリーダー格との乱闘や脱獄の危険行為の一方、友人との友愛を感じながら自分の罪について反芻(はんすう)し、少しずつ成長していくストーリーである。いわば「落ちこぼれ」の青春ドラマであるが、秀作との評があった。「関東朝日少年院」となっているが、群馬県前橋市にある赤城少年院が舞台である。

## 「デンジャラス」少年院

2001年10月26日、その赤城少年院での現実の出来事だった。ソフトボール大会で33歳の男性教官が態度の悪い院生5人を試合終了後、寮の廊下に並べさせて平手打ちをした。その中の1人が顔をそむけて避けたのに教官は腹を立て、次はその少年の頭を壁にぶつけて傷を負わせている。教官はその少年と両親に謝罪、停職1か月の処分を受けた。依願退職している。

2002年7月にも同様の事件が起きている。「デンジャラスな少年院」と評判になっている。

## 「キングギドラ」慰問

この赤城少年院にはかつて「キングギドラ」(怪獣)に由来のネーミングのヒップホップ・グループ「KGDR」が慰問によく訪れていた。それは

若いころワルだったメンバーが、ヒップホップに出会ったことで生きる道を見つけたように、今、道に迷っている院生たちに自分を見つめ直すきっかけを与えたいというものであった。
「同じ目線で接してくれる」
そう院生たちは話していた。
2002年10月、その再結成されたKGDRがリリースしたアルバムに「公開処刑」という楽曲があった。バンドのライバルの盗作疑惑に対して言っていたもので物議をかもしていた。

### 卒院生に刺青ボクサー

2007年7月、28歳でプロボクシングデビューしたのが川崎タツキだった。試合では一時的に消していたが背中に刺青があった。かつては極道の世界に身を置き「薬漬け」の日々もあった。その川崎タツキは15歳時の1988年3月、赤城少年院を退院、中学を卒業している。
「赤城少年院はよきにつけ悪きにつけ、我が青春の思い出だよ」(川崎タツキ)

### 危険「サーカス相撲」

赤城少年院はその名の通り赤城山の麓にある。赤城山といえば講談で「〽赤城の山も今宵限り…」のセリフがある江戸時代の博徒・国定忠治を思い出す。
お相撲さんでは群馬県沼田市出身の栃赤城である。元関脇・栃赤城の金谷雅男さんは1997年8月18日、故郷の群馬でのゴルフ中に心筋梗塞のため倒れ、42歳の若さで亡くなっている。その現役時代は小手投げ、かいな捻り、裾払いの多彩な変則技を駆使して「技の博覧会」とかヒヤヒヤ、ドキドキ……スリルとサスペンスにあふれていて「サーカス相撲」と称された。しかし本人は「いや……、まともというか地道に勝ちたいんだよ。危ない相撲、デンジャラスな相撲はよくないよ」と苦笑していたものだったが……。

## 8. 美形の「鎌倉の大仏」に背くお粗末

### 「おなごがのう…」

1998年4月、神奈川県警鎌倉署は20歳代の女を傷害と恐喝の疑いで逮捕している。その女は鎌倉市内のとある飲食店で自分が入っている女子トイレをのぞき見した男に対してドアを蹴って飛び出すと男の男性自身にキック攻撃、おまけに「会社にバラスよ」と脅かして金銭を奪い取っている。

「おなごがのう……。世の中、変わったもんだのう」

110番通報で駆けつけた鎌倉署員も目をむいていたに違いない。

この女と男は情報誌を通じて知り合ったばかりだというから、デート中の「彼氏」とか「彼女」という仲睦まじい間柄ではなかったのであろう。

### 「信じられない！」

2006年12月、鎌倉署の地域課で交番勤務の38歳の巡査長が鎌倉市内で学習塾を経営する70歳代の面識ある女性の留守宅に空き巣に入り、食器棚から現金10万円入りの封筒を盗んで逮捕されている。

「制服姿のおまわりさんが、おばあちゃんの家に空き巣に入ったなんて……。信じられない！」

学習塾の生徒たちは口をアングリだったであろう。現職警察官の公務中の「コソ泥」なんてあきれてものが言えない。

### 「どうしょうもない」

2010年2月19日、神奈川県警は鎌倉署の警部補2人が容疑者を護送中、容疑者の自宅に立ち寄り、家族と面会させたり茶の間でタバコを吸わせたりしたとして2人を懲戒処分にしている。「いざ、鎌倉署よりもあんたの家」——なんて言ったかどうか知らないが、途中下車したのであった。

「アーア、どうしょうもないワ」

鎌倉の大仏様もお手上げのポーズであったろう。

この一連の不祥事に伴って警察の不正・不当な行為を監視して是正することを目的とした市民団体「警察見張番」が立ち上げられている。

### 「美しい、いい眺めだね」

2010年7月31日、「由比ガ浜ビーチ相撲大会」は好天の中で開かれていた。個人戦は男性のみだが、団体戦は男女混合のチーム編成となっていた。水着姿の少年、少女たちの姿があった。初参加者が多く、砂浜で足場が悪いためにテンテコ舞い、波乱続きだったが、美しい砂浜でまさに爽やか、純真無垢の裸の取っ組み合いがあった。

「OH！ SUMO！ ワンダフル！」

米海軍横須賀基地の隊員たちもカップルでそれこそ「砂かぶり」で観戦していた。試合後は選手もお客さんも一緒にビーチの清掃活動をしていた。

「美しい、いい眺めだね」

大仏様も微笑んでいたであろう。なお鎌倉の大仏さんは美形で優しい表情をしているが、大仏は男女の別を超越した絶対的な存在である。

鎌倉の大仏

### 「金星」がキラキラ

2013年7月、由比ガ浜にある鎌倉署は新庁舎になっている。鎌倉時代の武家造りをイメージしている。警察と地域の少年、少女たちとの剣道を通じた交流も盛んに行われるようになっている。

鎌倉は神奈川県の三浦半島の付け根に位置し、相模湾に面しているが、源頼朝によって鎌倉幕府が置かれた由緒ある都市である。「歴史都市」「文化都市」「観光都市」として名高い。例年、数多くの観光客が訪れているが、大和撫子や金髪女性

鎌倉警察署

の「金星」が目立っている。そんな観光客のためにか、土産店は防犯連絡所になっていて「犯罪のない安全安心の街　鎌倉」（鎌倉警察署・鎌倉防犯協会）の表示があった。

## 「ウルトラ怪獣散歩」

　2015年5月、NHKテレビの「ブラタモリ」は「鎌倉」の巻だった。「昔、いざ鎌倉ならぬ、いざ、キャバクラなんて言ってたっけ」とタモリさん。同月、フジテレビの「ウルトラ怪獣散歩」は鎌倉編だった。着ぐるみの「メフィラス星人」らが鎌倉を歩いていた。こちら古都・鎌倉の静かな街並みには不似合だった。お粗末であった。鶴岡八幡宮では「撮影拒否」だったそうである。

## 「化粧直し」の大仏

　2016年1月から3月にかけて鎌倉の大仏さんは修復というか繕いをほどこされていた。鎌倉大仏（国宝銅造阿弥陀如来坐像）はおよそ800年前から鎮座している美形の国宝だが、屋外にあるため潮風や酸性雨のため表面がさびる劣化のためにより、いわば「化粧直し」をしていた。この間、ブルーシートで覆われていた。

　「また見られる日を一日千秋の想いで待っていまーす」

　代わりにその美形を楽しみに見られていたのはNHKテレビの「NEWS WEB」の37歳の女性キャスター、鎌倉千秋アナではなかったかな？

## 「出直し」の高砂部屋

　2017年2月3日、鶴岡八幡宮では「大ちゃん」こと元大関・朝潮の7代高砂親方の節分の「豆まき」が行われていた。大相撲の高砂部屋は1878年（明治11年）創設の古き伝統を誇る角界屈指の名門である。横綱、大関を各6人輩出している。しかしこの直前の2017年1月場所、高砂部屋が持つ常時「関取の存在」の記録が元関脇・朝赤龍の幕下陥落により138年で途切れていた。

「朝青龍という強くて困った横綱を作ってしまったことを反省している」（高砂親方）

その責任を取る形で日本相撲協会の理事で広報部長などの要職から外れるとともに部屋の関取ゼロにも陥っていた。

〽福は内〜　鬼は外〜

化粧直しならぬ「出直し」であった。

### 網走に「風景の違い」

2017年6月、千葉県船橋市在住、60歳代の「ササ（笹野）やん」は夫人とともに北海道のツアー旅行で「博物館　網走監獄」を見学している。

「囚人たちは網走の風雪の原野の開拓という厳しく辛い懲役があったそうです。それから『脱獄王』と呼ばれた男の脱獄再現シーンがありましたが、この男、毎日、味噌汁を塗りたくって鉄格子を錆びさせて破獄したそうです。犯罪人の単純な見方がちょっと変わりました。あの……、私、40年前になりますが、結婚前の女房と初デートしたのが『江ノ電』を使って鎌倉だったんです。その時の風景との違いを女房ともども網走で感じましたね」（ササやん）

白鳥由栄の脱獄再現シーン
（博物館　網走監獄）

なおササやんは「大ちゃん」と同じ高知県の出身であった。

## 9．プリンセス雅子は「篭の鳥」なのか？

### 皇太子さまが異例発言

2004年5月10日、皇太子さまは訪欧前の会見で「適応傷害」「うつ」ともウワサされる病気療養中の皇太子妃・雅子さまの苦悩をめぐって異例の発言をされた。

「雅子は、国際親善を重要な役目と思いながらもなかなか許されなかったことに苦悩しておりました。皇室の環境に適応するよう努力していましたが、そのことで疲れ切っているようにも見えます。雅子のキャリアや人格を否定するような動きがあったことも事実です」

　海外のメディアはこれを受けて日本の皇室の閉鎖性を指摘し、そうさせているのは他ならぬ宮内庁である――というニュアンスの警鐘を鳴らしていた。オーストラリアの有力紙『シドニー・モーニング・ヘラルド』は〈雅子さまは東宮に引きこもられたまま。修道士のような人生〉と報道、米国の『ピープル』誌では〈プリンセス（王女）はプリズナー（囚人）か？〉、フランスを代表する週刊誌『パリ・マッチ』は〈菊の玉座の囚人〉という見出しの記事を掲載していた。

　日本人からするとずいぶんと一方的、飛躍的な見方に思えたが……。

## 愛子さま大相撲初観戦

　2006年9月10日、皇太子ご一家は両国国技館を訪れ、大相撲秋場所の初日の幕内取組をロイヤルボックスから観戦された。

　長女の敬宮愛子さまは「力士の名前については正直、私もかないません」と皇太子さまが話されたことがあるほどの大の大相撲ファン。一番一番、

皇太子殿下夫妻と愛子様

ジッと土俵を見つめ、勝負がつくごとに鉛筆で取組表に勝敗をつけるなど熱心に観戦されていた。琴光喜のファンとのことだった。東京・赤坂の御所では殿下と「相撲ゴッコ」もするそうで、これに「行司」役の雅子さまもニコヤカに「ハッキョイ、ノコッタ」のかけ声をかけているとのことであった。2006年12月1日の愛子さまの5歳の誕生日にはチャンコ鍋の特別メニューだったそうである。

　なおこの愛子さまとの触れ合いが「私にとって喜びになっています」と

雅子さまは文書で述べられていた。

### 「鳩ちゃん」は「指相撲」

　2008年6月24日、ブラジルはサンパウロ州のマリリア刑務所の屋上で受刑者たちがハトを飼育しているのを看守が発見している。

　ハトの帰巣性と自由に飛び回れるのを利用した「伝書バト」の訓練をしていた。すでに塀の外から携帯電話やドラッグをハトの背中に乗せて入手しているとのことだった。しかし篭の中の囚徒たちの「夢と希望」はあえなく途切れている。

　2009年9月27日、「ハト（鳩山）ちゃん」、鳩山由紀夫新首相は国技館で行われた大相撲秋場所千秋楽を桝席で観戦して、24度目の優勝を決めた横綱・朝青龍に内閣総理大臣杯を授与した。国連総会などの訪米日程を終えて前日夜に帰国したばかり、さらにまた東京オリンピック誘致活動のためのデンマークでのIOC総会出席を控えるという東奔西走、世界に羽ばたく「ハトちゃん」であった。

　打ち出し後は両国のちゃんこ料理店「巴潟」で幸夫人らとともに舌づつみを打っている。なお夫人とは時たま「指相撲」を楽しんでいるそうであった。

### 「囚われの孔雀」スー・チー

　2013年4月13日、ミャンマー（前国名はビルマ）のアウン・サン・スー・チーさん（67歳）が27年ぶりに来日した。

　ノーベル平和賞受賞者でミャンマーの最大野党・国民民主連盟（NLD）を率いていたが、かつて国家防御法違反で軍政当局によって1989年から2010年にかけて3度の自宅軟禁を余儀なくされていた。合計約15年にも及んだ。美形ということもあって「囚われの孔雀」と評されてもいた。2010年11月に解放され

ミャンマーのアウン・サン・スー・チー女史

ている。

## 「飛鳥」が「鳥篭」入り

2014年5月17日、目には青葉、山ホトトギス、初ガツオ——爽やかな季節であったが、そんな中、「飛鳥」が檻、篭の中になってビックリ仰天であった。

CHAGE and ASKAのASKA（56歳）が東京・港区南青山の路上で覚せい剤取締法違反（使用）の疑いで警視庁組織犯罪対策5課の捜査員に任意同行を求められている。ろれつが回らない口ぶりながらおとなしく応じ、身柄を東京・湾岸署に移されての尿検査で容疑が固まった時点、同署内で逮捕されている。留置所、警察用語の「トリカゴ（鳥篭）」に収まっている。

大相撲は夏場所中だった。「あの歌声はオーラがあって魅了されていましたよ。残念至極です……。ともかく同じ飛鳥ということでもあり、ファンでもあるからショックです」とは十両の愛称「ダイスケ」こと玉飛鳥（本名・高橋大輔）。

## 「宇宙へ飛んでいけ！」

2015年3月、鳩山元首相はロシア入りして領土問題、戦争状態にあるウクライナ南部・クリミア半島を視察した。地元メディアの取材に「多くの（日本）国民は間違った情報をもとに洗脳されています」と語っている。奇妙というか軽率な発言に「本当の『宇宙人』になって宇宙へ飛んでいけ！」という声があった。

## 「スー・チー旋風」吹く

2015年11月、ミャンマーは民政移管後初の総選挙が行われスー・チー氏を擁するNLDが「大勝利」した。「スー・チー旋風」が吹き抜けていた。ミャンマーの憲法の規定では親、子、配偶者に外国籍がいる場合は大統領資格を認めていないため、英国籍の息子がいるスー・チー氏には大統領の資格はない。しかし「私は大統領より上になる」と語っていて事実上、政

権運営を担う見通しだった。

　ともかく国軍の政治支配が半世紀近く続いた同国で初の民主的な政権交代があり、孔雀はハタ目には美しくミャンマーの天空に羽ばたくことになった——。

### 皇太子ご夫妻が観戦

　2017年5月14日、皇太子ご夫妻は大相撲夏場所初日を国技館ロイヤルボックスから観戦された。2006年9月、愛子さまを伴って以来約10年ぶりに「生の相撲」をご覧になった。今回は相撲好きとされる愛子さまはお見えにならなかった。

　愛子さまは前年秋、「摂食障害」と伝えられ、学習院中等科を2か月ほど休学しているが、皇太子によると「体調不良がありましたが雅子の支えで回復しています」とのことである。この日、ご案内役の八角理事長に雅子さまは愛子さまについて「ぜひ次は一緒に来たいと思います」と話されたという。

### 「空に羽ばたく夢…」

　〈かごのトリ…アー残念…〉

　〈あと何日……〉

　茨城県下妻市の「ふるさと博物館」には明治、大正時代にあった木造の女性囚人房が展示されていて、これはその壁にある引っかき傷である。

　〈君が遠くにいても　君のもとへと　あらゆる思いが鳥のように飛んでゆく〉

　イタリア中部ラクイラ県のプレトゥロ重警備刑務所にはマフィア構成員、外国人犯罪者などが収容されているが、これはその囚人の詩である。

　〈死刑囚の歌〉

　篭の鳥　はてなき夢は　ただ一つ　空に羽ばたく　自由の犯し

　　　　　　強盗殺人　H・A　宮城刑務所仙台拘置支所

# 第6章　男・女

## 1．男根を「ちょん切り」の女女女…男

### 「阿倍定事件」

　1936年5月18日、東京・中野の鰻屋の仲居だった娼婦の前歴のある31歳の女は、その鰻屋の主人との東京・尾久の「待合」での情事中、相手の首を腰ヒモで絞める「窒息プレイ」で死に至らしめるとともに男のペニスをナイフでチョン切って持ち歩いていたという。
　1936年5月20日、「お定」は捜査中の尾久署員によって逮捕されている。昭和史の裏面を彩るすこぶる異常な性的スキャンダル、猟奇的な犯罪の「阿倍定事件」である。

### 栃木刑務所の女囚

　お定は傷害致死罪で懲役6年（求刑10年）の判決を受けて1936年10月から1941年12月まで栃木女子刑務所に服役していた。
　「私は彼を非常に愛していたので彼のすべてが欲しかったのです。他の女に取られたくなかったので思い出のところを宝として切り取った。私のやったことをやらないまでも思い浮かべる女性はいると思う」
　作家の吉行淳之介が冗談交じりにこう言っている。
　「世の中には勇気のある男がいるが、もっとも勇ましいのは、出牢した阿部定と最初に寝る男だと思うね」

### 「平成の阿倍定」

　1997年10月、東京・新宿の風俗嬢は交際相手の学習院大生を包丁で刺して殺している。彼の浮気に怒り心頭、2人が住んでいたアパートに火を

つけるボヤ騒ぎを起こしたあとに、大学生を問い詰める。すると学生に「お前なんか、懲役食らって、臭いメシを食ったほうがいい」とののしられた。これに風俗嬢はさらに逆上、台所から持ち出した包丁で大学生の下腹部などをメッタ刺ししている。

　1998年4月、東京拘置所に在監中のこの被告の女性に、東京地裁は傷害致死罪で懲役10年を言い渡している。

　「女性は怖いのよ。浮気なんかしないでよ。彼女はいわば『平成の阿部定』ね」

　東京拘置所の「女区」のふくよかな女性刑務官は待機室での休憩タイムに同僚の男性刑務官にそう言っていた。女はやはり栃木女子刑務所で「臭いメシ」を食っている。

### 「微笑みの国」は頻繁

　2012年7月20日放送の日本テレビの「ネプ＆イモトの世界番付」で「微笑みの国」タイでは、夫の局部を切り取って捨てる「タイ版・阿部定事件」が絶えないという「びっくりニュース」を報じていた。それによると――。

　その①　2007年、38歳の妻が自宅に帰ったところ、夫が別の女と寝ていた。女は逃げたが夫は泥酔状態で寝込んでいた。カッとなった妻はカッターナイフで夫の一物を切断、ビニール袋に入れて近くの運河に投げ捨てている。

　その②　2009年、31歳の夫が自身の不倫問題で妻と口論になり、妻から局部を切られてバンコク郊外の病院に搬送されている。縫合手術が行われて元のさやに納まってはいる。

　その③　2010年、タイ北部のベッチャブーン県に暮らす54歳の妻は夫の酒ぐせ、女ぐせの悪さに日ごろからカッカ、カッカだったが、意を決すると、睡眠薬を飲ませて眠らせるや男根を切り取って廃棄している。こちらの男根は見つかっていない。

## 「男・阿倍定事件」

2015年10月、日本では「男・阿部定事件」が起きている。

警視庁赤坂署は傷害、殺人未遂の疑いで東京・中野区の24歳の男を現行犯逮捕している。男はプロボクシング（スーパーライト級）経験のある慶応大学法科院生だった。東京・港区虎ノ門の法律事務所で42歳の男性弁護士を右ストレートでKOして枝切りバサミで弁護士の陰嚢、つまり「タマ」とペニスの3分の2を切断、事務所の入ったビルの共用トイレに流しているという。大学院生の妻はこの法律事務所に勤めていて、その男女関係、いわば三角関係のもつれによるものと見られていた。

## 東京拘置所 in

「うちに収監されていますが、事件の内容が内容なだけに我々がちょっと落ち着かないところがありますね……」（東京拘置所の刑務官）

同じころ東京拘置所には、私設マネージャーの男性に「わさびのチューブ一気飲み」「キンタマを潰す」などの罰を与えていた大相撲の元熊ヶ谷親方（元十両・金親）が傷害罪で収監されていた。なお元十両以上の元関取が東京拘置所に入るのは半世紀前、1965年5月、銃刀法違反（ピストル不法所持）などの元大関・若羽黒以来2人目だった。

東京地裁は2016年3月25日、元熊ヶ谷親方に懲役3年、執行猶予4年、2016年7月5日、元慶応大学生に懲役4年6か月の実刑を言い渡していた。

## 男だけの「玉検」

懲役囚は房内のふだん着から工場などのための作業服への着替えの際、またその逆の場合などには囚徒は全裸で整列しての検身がある。毎朝、毎夕のごくありふれた光景である。

「それとなく見ることはありますけど『大きいな』とか『小さいな』と思うのは数十人中、1人か2人だね、あとはみな似たりよったりですよ」（男性看守）

「陰毛の形は10人が10人とも違いますね」（女性看守）

男子刑務所には俗称「玉検」なるもので、女にはない男だけの検査というのがある。「陰茎異物挿入数検査」である。生殖器のポールの部分に、歯ブラシの柄などを材料にして「新玉」を作る。これは備品破損、自傷行為という名目で懲罰にかけられる。ところが「正確な数を把握していない」という不満が服役者にあって、しばしやっかいな問題となっている。

### 「肩口」「ヘノコ」

　大相撲の世界はまさに裸一貫、褌(ふんどし)一本の姿が生活、勝負の基本スタイル。したがって人前で裸身をさらけ出すことに抵抗がほとんどない。

　本場所の支度部屋では着物やパンツを脱いでまわしをつけるが、必然的に大相撲界の隠語の「肩口」「ヘノコ」を露出する。

　「王者」が代名詞のようだった横綱や「プリンス」と言われた大関は「立派」であった。「東北の暴れん坊」と称された三役力士は「異形」であった。

　享保年間に秋津島という男性自身が非常に大きい力士がいた。「下から食い下がられると、どうしても当たって壊れちゃう」と廃業しているそうだ。そしてまた明治のころの関脇の玉椿は160センチに満たぬチビで食い下がり相撲を身上にしていた。〈玉椿　睾丸のへんヘ　ぶらさがり〉という川柳がある。

### 「きりたんぽ」問題

　2017年4月～5月のテレビ朝日の日曜深夜の連続ドラマ「サヨナラ、えなりくん」（原作・秋元康）はAKB48の渡辺麻友と俳優のえなりかずきが初共演、「黒い女まゆゆ」と「悪い男えなり」が織りなす異色のドタバタ恋愛コメディーであった。

　当初のタイトル予定は「サヨナラ、きりたんぽ」であった。あの性器切断の「阿部定事件」を想起させるものであった。ところが秋田県が「郷土料理きりたんぽのイメージを損ねる」とテレビ朝日に抗議、秋田県出身の脚本家で元横綱審議委員会委員の内館牧子さんも「物言い」をつけて変更

となっている。

　結局、内容も変更、渡辺麻友が演じる「桐山かおり」は竹細工の製造、販売でチョッキン、チョッキンをしているが「婚活」相手に「それらしいシーン」は全然なかった。

## 2. 男扱い？女扱い？「ニューハーフ」

### 「カルーセル」の「麻紀」

　1942年11月26日、北海道は釧路に生まれ育った平原徹男は大変な美少年だった──。

　1961年3月、日劇ミュージックホールのオーディションに「女」として受けて合格している。芸名はそれまで大阪のその種の店、俗に「オカマバー」の「カルーセル」に勤めていて「麻紀」と名乗っていたことからミックスして「カルーセル麻紀」としている。

　1973年5月、モロッコで性転換手術をしている。当時はその医術が未熟で簡単ではなかったという。自らもそのオペを手伝ったという。後遺症の「ほつれ」をホッチキスで留める応急処置もあったそうな。すこぶるユニークというか面白い言動の人であった。

　2001年9月、カルーセルは大麻取締法違反で警視庁に逮捕されている。しかし戸籍上は男性なので留置所の中では「男扱い」であった。したがってシルクのレースパンティーやネグリジェをラルフローレンのトランクスやジャージに着替えさせられたという。

### 艶やか「オバタリアン」

　2004年7月、戸籍の性別を変更できるように定めた特例法が施行されると同時に性別変更を申し立てて、本名も平原徹男から平原麻紀にしている。2006年12月、カルーセル麻紀の東京・目黒区内の自宅がまた空き巣被害に遭った。腕時計や貴金属、米ドルの外国紙幣など合わせて1千100

万円相当が盗まれている。

「セキュリティーを強化しますが、家に男がいないから狙われるんだわ。ああ男が欲しい、男が必要ね。いたら『ずっと留守番しとって』と言えるのにね」

自宅前にピーチク、パーチクと集まった記者雀たちに冗談交じりに話していた。64歳のオバタリアンになってはいたが艶やかであった。

### 韓国の美少女は美少年

2010年5月、韓国では売春容疑で逮捕され、ソウル恵化警察署の女性用留置場で20日間以上も収監されていた16歳の「少女」が実は「少年」だったことがわかって警察を慌てさせている。

少年はインターネットのチャットサイトなどを通じて男性を売春に誘った疑いで逮捕されたが、スカートにストッキング、ブラジャーまで身につけ、名前も女性名を名乗ったという。そこで同房の5人の女性と一緒に寝起きしていた。すこぶる美形で人気、あこがれの的だった。しかし当局が指紋の照合をした結果、少年と確認されて男性の留置場に移されている。

少年はバイセクシャル（両性愛者）だったようだが、韓国の夕刊紙『文化日報』はまるで韓流スターのような扱いだった。

「捕えた美少女は実は美少年！」「男にも女にとってもアイドル！」

### 男装の女性刑務官

2012年6月1日、女性受刑者専用の矯正施設の福島刑務支所の21歳の女性刑務官が暴行容疑で逮捕されている。この刑務官、レズビアン（女性同性愛者）だそうだが女囚への「婦女暴行」容疑ではない。プライベートタイムのシャバでは男になりすます「男装刑務官」ぶりで少女と付き合っていた。しかしやがて性別がバレ、少女の兄から絶縁を突きつけられた。これに腹を立てて兄につかみかかる暴行を働いたものであった。

## 同姓同士の結婚 OK

 2015年6月26日、米連邦最高裁判所は同姓同士の結婚を憲法上の権利として認めるとの判断を下した。この判決により全米で同姓婚が事実上、合法化されることになった。これを受けて「ニューハーフ」のはるな愛が「本当にすばらしい日です。いずれ日本でも……」と歓迎のコメントをしていた。

 はるな愛はタイでのニューハーフによるミス・インターナショナル・クイーン・コンテストの2009年に優勝している。1972年7月21日、大阪生まれ、本名・大西賢示でタレント、歌手、実業家でもあるが「ニューハーフ世界一の美女」であった。

 なお東京都の世田谷区では性的少数者（マイノリティー）の人権を尊重する立場から「同姓パートナーシップを結婚に相当する関係」と認める条例を成立させている。レズビアン（女性同性愛者）もゲイ（男性同性愛者）も同様である。

 さて刑務所などの刑事処遇施設の面会などの「パートナー」の対応はどうなっていくのか？

## 34代横綱「男女ノ川」

 2015年夏ごろ、「女装子」なる新語があった。「じょそうこ」とは読まず「じょそこ」と読む。こちらはゲイではなく普通の男が女装をファッションとして楽しむのだという。なお「相撲ギャル」のことを「相撲女子」と呼ぶようになっている。

 その昔、こんなエピソードがあった——。1966年秋、春日野親方（元栃錦）に同伴して欧州旅行した横綱・柏戸は「親方の奥さんですか？」と聞かれている。相撲を見ず知らずの外国人にはお腹ふっくらのお相撲さんの装いは女性のそれに映った。チョン

横綱「男女ノ川」

マゲはアップのヘアー・スタイル、袴はロングスカートでこれはヘタすると マタニティー・ドレスと思われた。

もっと昔はこんなエピソードもあった。

「満州の巡業中、ソ連の国境あたりで『オッ、世の中にはデッケェ女もいたもんだ。まるで反物の化け物が歩いていたみたいだ』とオレを見て笑っているんだよ。それはまあいいけどな、映画館で『カーテンみたいだぜ』とオレのインバネス（マント）をめくろうとしたヤツがいたよ」（横綱・男女ノ川）

男女ノ川？　男女ノ川と読む。

## 3. ♂から♂と♂から♀への「首投げ」

### 栃錦の伝説の首投げ

1955年5月場所千秋楽、大相撲の名人横綱・栃錦に歴史に残る土俵上の首投げにまつわる死闘がある。巨漢大関の大内山との対戦であった。

栃錦は大内山の猛突っ張りをしのいで懐に入り左の内掛けにいった。大内山がよくこらえて閂に極めて出ると栃錦は左の二枚蹴り、さらに出し投げで大内山を揺さぶる。体がいったん離れると大内山はさらに羽

栃錦の首投げ

ちわかグローブのような大きな手を栃錦の顔面に浴びせる——。

栃錦は右差しのクリンチワークで逃れる。いや、フラフラとなって抱きついていただけだった。死闘である。

「アッ、助けて……」「キャア、怖い！」

むごいくらいの張り手に悲鳴をあげ、顔をそむける女性客もいた。

しかし大内山は得たりとばかりに胸を合わせて再度、寄って出る。とこ

ろが赤房下、万事窮すと思われた栃錦は跳び上がるようにして大内山の首に左手を巻きつけた。そして腰をグイッと入れての首投げ、大内山の長い足が天井の屋形を払いそうな勢いで弧を描いている——。

## 「パクリパクられた」

この栃錦と大内山の伝説の名勝負をビデオで何度も見ていた1人にモンゴル出身の安馬がいた。2005年の5月場所の支度部屋で安馬はこう言っていた。

「栃錦のあの首投げのシーンは何度も見ているし目に焼き付いている。『パクリ』たいもんだよ。それから大相撲の隠語でセックスすることも『首投げ』というのも知っている。土俵の上と布団の上の首投げがあるんだね、ハハハッ」（安馬）

2005年7月、警視庁は警視庁留置管理課分室の取調室で20歳代の拘置中の女性と性行為をしたとして、警視庁組織犯罪対策5課の44歳の警部補の男を特別公務員暴行陵虐容疑でパクリの逮捕している。警部補の男は「首」の懲戒免職となっていた。「パクリ」の語源は諸説あるが食べ物を食べる際の「パックリ」の擬態語からきていると思われる。

警部補は女性をパクリ、パクられたのであった。

## 愛の決め手は「首投げ」

2010年9月29日、安馬改め大関・日馬富士が都内ホテルで婚約者のモンゴル人留学生（岩手大）のバトトールさんとともに婚約会見を行なった。「愛の決まり手は？」の質問に日馬富士は「首投げ」と即答して笑いを誘っていた。

日馬富士の婚約会見

2012年9月16日、大相撲秋場所の中日・8日目、大関・日馬富士は妙義龍にモロ差しを許し下からもぐり込まれたが、とっさに空中に跳び上がると右腕で妙義龍の首を右から抱え込み

投げ飛ばした。あの栃錦の首投げをほうふつさせるものがあった——。

この場所、2場所連続全勝優勝を決めて横綱も決めている。母や夫人、娘2人と最高の「女たちの応援」があった。彼独特の「平蜘蛛仕切り」も見逃せない。

### 「特ダネ」を「盗用」

2014年11月17日付の朝日新聞に〈警視庁綾瀬署（東京都足立区）で女性警察官を勤務中の交番に泊まらせたり、セクハラ行為をしたりしたとして、署員の男女4人が内規上の処分を受け、今月までに辞職していたことが同庁への取材でわかった。同庁は「いずれも懲戒処分には当たらない」として公表していなかった〉とあった。

なお『週刊ポスト』2014年12月5日号によるとこの朝日の記事は同誌の掲載記事の大半が著作権無視の盗用、「パクリ」だということだったが……。

## 4. 遥か遠い遠い存在の「金星」狙い!?

### 「りゃんこの信夫」の金星

1958年春場所初日、東前頭4枚目の信夫山（本名・本間栄）はこの場所に新横綱の若乃花と対峙していた。立ち合い、左から軽く張って素早く右を差し込むと、いなしで若乃花を泳がせ左もサッと入れ、そのままスッーとスリ足で寄り進んでの寄り切りで勝利した。

「ズバリ、2本差された。うまいもんだ」（若乃花）

平幕力士の横綱からの白星を特に「金星」というが、若乃花にとって初日早々の痛恨の初金星献上であった。信夫山ほど15日間、徹底して2本差した男は珍しい。

信夫山

「手先も鋭敏でないとね。右は利き腕だからいいが問題は左手、そのた

めにメシを食べる時は左手で箸を使うようにしている。エキスパンダー、あれは腕力はつくが手先の繊細さを失うからダメ」（信夫山）

この歴史に残る双差し名人に「りゃんこの信夫」というキャッチフレーズをつけたのは名人横綱の栃錦であった。りゃんことは侍の２本差し（帯刀）のことである。

## 「モンローウオーク」

信夫山にはもう一つ土俵上、「モンローウオーク」という形容があった。脇を固めるために両脇に包帯を挟み、スリ足を身につけるために下駄を引きずって街を歩いた。こういう歩き方をするとモンロー型になる。あの「世界の恋人」マリリン・モンローの男の目を意識したのとは違うわけ。

「ただ包帯を挟んだだけではダメなんだ。ヒジを脇腹に苦しく痛いほど食い込ませないとね」（信夫山）

信夫山は「金星」（大相撲界の隠語で美人のこと）とデートする時もモンローウオークで近寄って行き、必ず「りゃんこ」で抱いている――。

## 食器口を通じて食い物 !?

その昔、メキシコの刑務所で終身刑の男が隣の房との厚さ20センチの壁に食事用のスプーンでコツコツと数年かけて穴を開けた。そして開通して数年経ったころ、隣の房のやはり終身刑の女性が妊娠している。これもアッパレ、いや、とんだ食わせものであった。

それに引き替え――。

1988年５月、静岡、三島署の55歳の看守係の男は婦人房で留置中の50歳の女性の恥部を食事トレーの差し入れ口から手を入れてまさぐるというハレンチ行為をして、特別公務員暴行陵虐で懲戒免職になっていた。

1996年11月、栃木県の黒羽刑務所宇都宮拘置支所で44歳の看守部長が拘置中の24歳の女性をやはり「食器口」を通じて「ナンパ」して懲戒処分を受けている。

2000年３月、やはり独房の食器口からヒョイと手を伸ばして胸部にわ

いせつ行為をしたとして、神奈川県警加賀町署（横浜市）の25歳の看守係の巡査が同署に逮捕されている。
「オイ、寝ているのかい？　起きてちょうだい」
「えっ？　食事ですか……」
「いや、オッパイをモミモミさせてちょうだい」
そんなヤリトリがあったらしい。

### 「TPO」をわきまえない

次もTPO──「時間」も「場所」も「場合」も何もあったものではない出来事だった。

2009年11月19日、千葉県警船橋東署が住居侵入と公務執行妨害容疑で現行犯逮捕したのは千葉・東署地域課に勤務する37歳の巡査長だった。巡査長は船橋市のマンション4階に住む千葉県警本部の28歳の女性巡査宅に無断で侵入した。帰宅した女性巡査は内に人の気配を感じて近くの東船橋駅前交番に通報、駆けつけた2人の男性巡査から取り押さえられる際、巡査長はスプレーを噴射して抵抗している。

この新聞記事を大いに話題にしていたのは船橋中央卸売市場の警備員たちだった。

「その女性警察官を見たことがあるよ。ハッとするようなすごい美人だよ。『金星（きんほし）』だわ」

「しかしその高嶺の花を手に入れるためにはそれなりの知恵、努力が肝心ですよ」

「船橋東駅前交番の『ニシ（西原）やん』にはうちの施設内での盗難事件や交通事故でお世話になっているけど、ニシやん、今ごろ苦々しい思いをしているだろうな」

なお船橋市場の警備員が巡回や立哨していると、夕暮れには西の空に「宵

千葉・東船橋駅前交番

の明星」、明け方には東の空に「明けの明星」の金星(きんせい)が見えた。
「ひときわキラリと光っている。女性はそういう手が届かない遥か遠い存在だったんだ」
「キンボシではなくキンセイか」
2015年11月9日、日本の宇宙航空開発機構（JAXA(ジャクサ)）は、金星探査機「あかつき」が金星を回る軌道に入ったと発表した。異次元のウルトラＣ、「金星ゲット」があった。

## 5．女神のような「母さん〜」の存在…

### 安寿と厨子王丸と母上

1954年3月に公開された森鴎外原作の映画「山椒大夫」（溝口健二監督、大映）には平安末期、母とともに旅立った姉弟が人買いによって、母は小舟で佐渡ヶ島に流される。その離れ離れになる場面での悲痛な叫びのシーンがある。

「安寿や〜！」（母親）

「母上〜！」（娘）

「厨子王丸や〜！」（母親）

「母上〜！」（息子）

映画「山椒大夫」

### ♪あなたと別れた雨の夜

1965年4月の夕暮れ時、千葉刑務所の近くの通勤・通学道路の歩道にある公衆電話ボックスに若い女性が入っていた。

「母さん、兄ちゃんとの面会終わったよ。母さんのこと心配していた……」（娘）

電話を切るとしゃがみこんでいた。

♪あなたと別れた雨の夜　公衆電話の箱の中　ひざを抱えて泣きました

——かぐや姫が歌う「赤ちょうちん」（喜多條忠作詞、南こうせつ作曲）のような光景があった。

### 「心をつなぐ10円玉」

1966年8月、大相撲の札幌巡業で3年ぶりに対面した親子にはこんなエピソードがあった。

「あのー、山本順一いませんか？」（母親）

「なんだ、母さん、オレだよ」（息子）

室蘭からやって来た母は息子があまりにも急に大きくなっていたので見違えたのである。微笑ましい。のちの双津竜だった。

1968年5月、東京の出羽海部屋で新弟子たちが故郷のお母さんたちに10円玉を握りしめて電話をしていた。その中の1人に佐渡出身の中学生の尾堀盛夫君がいた。

「盛夫だけど……」（息子）

「……」（母親）

電話を切ると出羽海部屋のトイレに入って泣いていた。ホームシックだった。のちの大錦だった。

♪先生がくれた10円玉　小さな袋に入ってた　苦しいときにかけてこい——八代亜紀さんが歌う「心をつなぐ10円玉」（かず翼作詞、杉本眞人作曲）のような光景があった。

### 「横綱なんや、母ちゃん」

1974年7月22日、北の湖が21歳の史上最年少で横綱に昇進した。名古屋場所の宿舎・白鳥山法持寺から北の湖は北海道の母に備え付けの赤電話で小銭をいっぱい握りしめて電話をかけている。

「母ちゃん？」（息子）

「敏満かい？」（母親）

「うん」（息子）

「よかったね」（母親）

「うん、ほんまに横綱になったんや、母ちゃん」
（息子）

　囲んでいた報道陣にも受話器を通してお母さんの声が聞こえていた。この文句はそのまま石碑として同寺に現在も残されている。

北の湖の言葉が刻まれた石碑（名古屋・白鳥山法持寺）

## 母に逢いたくて逃げた

　1985年3月、大阪刑務所の構外作業中に逃走した中年の男は、7時間後に刑務官に見つかり、あえなくUターンとなっている。

「5日後に仮釈放になることを知っていたのか？」（看守）

「うん、知っている」（服役者）

「それなのになぜ逃げた？」（看守）

「年老いた母さんに会いたくなって……」（服役者）

　1985年8月、大相撲の札幌巡業で父と娘が対面していた。幕内になって所帯を持っていた山本順一、双津竜と東京から激励に訪れた愛娘である。

「お父さん、暑いでしょう」（娘）

「ウン」（父親）

「汗、拭いてあげるね」（娘）

「ウン」（父親）

　傍らで双津竜夫人がほほ笑んでいた。

## 栃木刑務所に「母子像」

　2003年5月、栃木刑務所からゾロゾロと出所者が出て来ると面会待合室にいた迎えの者たちも寄っていく――。その中に娘を出迎える老母の姿があった。

「お疲れ……、元気？」（母親）

「ええ。母さん、すっかり小さくなって……」（娘）

　栃木刑務所には母子像がある。

2005年4月、佐賀の麓（ふもと）女子刑務所、その母子は互いに万引きで刑務所の中だった。しかし大声や私語は禁止、無言で鉄柵越しに見つめ合っているだけだった。

「……」（母親）

「……」（娘）

栃木刑務所にある母子像

## 「母のぬくもり」の像

2007年3月、岩手県盛岡市の盛岡少年院に面会に訪れた母とその娘の会話にこうあった。

「お兄ちゃん、元気かね……」（母親）

「ええ……」（娘）

玄関には「母のぬくもり」と題した母子像があった。

2009年4月、東京・狛江の愛光女子学園で短歌の会があった。そこでこんなヤリトリがあった。

「あなたの歌、詠んで下さい」（教官）

「母からの手紙読むなり目に涙　春の陽射しに背を向けながら——」（園生）

「来年の春ごろには卒業できるわ」（教官）

「ええ、楽しみ」（園生）

## 読み返す母の古便り

2011年4月、国技館で日本相撲協会より八百長問題で引退勧告を受けた山本山（本名・山本龍一）は真っ先に母に携帯で電話している。

「母さん、龍一だけど、辞めることになった……」（息子）

母は「しょうがないね……」と言って涙ぐんでいたそうである。

なおこのころ元小結・双津竜で元時津風親方は傷害致死事件で三重刑務所に服役していた。妻子とも離縁していた。

2016年9月、和歌山女子刑務所の「希望寮」を経て出所の娘と迎えの

母が対面していた。娘に涙があった。
「目元拭きや」（母親）
「ハイ」（娘）


〈死刑囚の歌〉
母恋す　たよりなき身の　淋しさに　また取り出して　読む古便り
　　　　　　　　　　　　　　　　　殺人　K・F　東京拘置所


　夜のとばりが降りるころになると鉄格子の窓から外に向かって「バカヤロー！」「酒飲みて――！」「オ○○コやらせろ！」といった絶叫が聞こえる。そんな中で物悲しい雰囲気があたり一面に立ち込め、看守でさえジーンとなったのは「母さーん！」の叫びである――。


## 6.「男横綱」譲二 VS「女横綱」幻舟

### 荒木経惟さんと「笑撃」

　1984年3月20日号の『週刊大衆』で舞踏家の花柳幻舟さんと写真家の荒木経惟さんが〈笑撃対談〉をしている。
〈幻舟「栃木刑務所では歩くペースも決まっている。ちょっとでも急いで歩こうなら、後ろから笛を吹かれる」〉
〈荒木「ロートルのすごいババアの看守がそうするの？」〉
〈幻舟「そうじゃなくて、高校出たての、もうどうしようもない女がねえ、いるのよ。『先生』と呼ばされてね。そうしないとこっちを振り向かないですからねえ」〉
〈荒木「高卒が？」〉
〈幻舟「そう。すごい女よ。荒木さんでさえ写真に撮りたくないというような（笑）」〉
〈荒木「いや、若い看守の大股開きなんて、撮りたいなー（笑）」〉

〈幻舟「ああ、それはいいわ！」〉

## 横山やすしの「激情」

　1984年5月21日号の『週刊宝石』の〈横山やすしの激情ムキ出し対談〉のゲストは作家の安部譲二氏だった。安部氏は極道OBの異色作家として売り出したころで、ホストは「芸能界のヤクザ」などとも言われた関西のお笑い名人・横山やすしさん——。

　〈横山「あの『塀の中の懲りない面々』（文藝春秋社刊）というのはどんな内容でんの？」〉

　〈安部「もうオカマやら、借用証をムシャムシャ食っちまうヤツですとか、そういう変てこなヤツの話ばかり集めて書いています」〉

　〈横山「実はワシの知り合いのヤクザ——この男は去年の十一月に塀の中から出てきたわけやけど、松山は、風呂が温泉やからよかった、と言うてんねん（笑い）。それから高松か、小倉いうたかな、このごろ、一か月に一度、刺身が出るねんて。ほんで、朝メシに、生卵一つ出るとこがあんねんて。すると、ホンマにもうシャバの旅館のような気持ちになんねんて（笑い）」〉

## 「大阪相撲」顔合わせ

　1988年2月29日の大阪の朝日放送の「ナイトinナイト大阪相撲」で府中刑務所出身のベストセラー作家の安部譲二氏と栃木女子刑務所出身の前衛舞踊家・花柳幻舟さんの「好取組」の顔合わせが実現している。行司役の桂三枝さんは「男と女の両横綱がそろいました」とマユ毛をピクピクさせていたものであった。

　〈安部「ここ大阪は『食い倒れ大阪』というが府中のムショでは食い物の争いで人1人殺されて死んだのを見ている」〉

　〈幻舟「栃木の刑務所でも女囚同士のケンケンガクガクの食べ物論争があり、殴り合いにまでなって収拾がつかなくなったことがある」〉

　なお番組収録後の「番外」で男横綱が女横綱を冗談まじりながら口説い

たのに対して、「私、貧血っぽい人のほうが好き」と女横綱は「肩透かし」をあっさりと決めているらしい。

### 理事長×横審委員

このころ、大相撲の横綱は千代の富士、大乃国、北勝海の3横綱だったが、日本相撲協会の新理事長に二子山親方（元横綱・若乃花）、横綱審議委員会の新委員に作家の児島襄氏が就任していた。

『大相撲』誌（読売新聞社発行）1988年3月号で〈ホット対談　二子山勝治VS児島襄　酒と肴と冬の夜〉があった。

〈二子山「先生は日本酒ですか？」〉

〈児島「ええ、和食の場合は日本酒ですね。日本酒は肌の艶をよくしてくれますね」〉

〈二子山「日本酒を飲んでポーッとなった女性の肌色もなかなかいいもんだよ（笑い）」〉

〈児島「宝塚のモットーは『清く正しく美しく』です」〉

〈二子山「土俵は『強く厳しく美しく』です」〉

〈児島「土俵が面白くなければファンはついてこない。意外性、驚きの攻防がファンを酔わせる」〉

〈二子山「何事も攻防がなければいかんのよ。男女の恋愛関係だって……（笑い）」〉

東京・両国のフグ料理店「かりや」で季節柄、「酒の肴に天下一品だね」とフグ刺し、フグ鍋に舌つづみを打っていたご両人だった。

日本相撲協会新理事長の二子山勝治（元横綱・若乃花）と横綱審議委員会新委員の児島襄氏（作家）の対談

### 安部譲二「話の土俵」

1994年10月、作家で府中刑務所OBの安部譲二さんが東京・荻窪の自宅近くの喫茶店で、「囚人土俵」の取材の合間にこんな相撲の話をしてく

れた。

「ボクは自分の図体と反対に小兵の技能派が好きですよ。昔だったら藤ノ川（伊勢ノ海親方）、今だったら舞の海だね。ボクは中学1年生の時、高島部屋からスカウトされたことがある。だけど同級生の小っちゃい子に下手捻りとか上手出し投げで転がされていた。相撲に全然自信がなかった。それよりも母親が『うちの子は相撲取りにするために中学にやってるんじゃない』と猛反対したので辞めたよ。女性は弱いけど母は強いよ」

なお同伴した安部さんのマネージャーの山本さんはすこぶる美女であった。

## 7.「予期せぬ出来事」の「愛の結晶」

### 監獄で海賊の女頭目

1984年11月、東南アジアのマラッカ海峡で宝船を襲撃した海賊一味の頭領はナリータという18歳の女であった。この女頭目はシャム猫のような魅力的な目と小股の切れ上がった白くてセクシーなおみ足の持ち主であった。しかしインドネシアの海上保安部隊との格闘の末につかまり、懲役6年を食ってインドネシア南スマトラのシャンピ刑務所に服役することになった。

その刑期が1年3か月過ぎたころ、飛び切りのナイスボディのナリータの下腹部はかわいらしく膨らんでいた。この時点で妊娠5か月であることが判明している。「ムショの中で種を仕込んだオメデタイ奴はいったい誰なんだい!?」と仲間の看守たちはヤッカミ半分に怒っていたらしい。

この「犯人」は24歳のデレッカという若い看守だった。しかしともかくナリータは宝船の代わりに子宝を得たのであった。その後、ナリータ母子は刑期満了を前にして、シャンピ刑務所を無事に仮出所している。そしてこういうウワサが待っていた。

「ナリータは子連れでマラッカ海峡に出没している──」

## 太鼓腹になってバレ

〈あの腹に宿りしものか角力取　大江丸〉

　日本の刑務所でも女囚のお腹が、お相撲さんの太鼓腹のようにやや膨らんで「コト」がバレたことがあった。

　2004年6月、名古屋刑務所は、豊橋刑務支所の拘置区に被告として収容されていた20歳代の女性と性行為を持ったとして、同支所の46歳の看守部長を特別公務員暴行陵虐容疑で逮捕、名古屋地検に送検している。名古屋矯正管区長と名古屋刑務所長は連名で「被害者を始め関係者の皆様に深くお詫びし、事実関係の解明に努力を続けます」とのコメントを出していた。

　2人は「手が合う」（大相撲界の隠語で仲が良いこと）仲だったようで、数回の「和姦」に及んだのは2003年の秋ごろであったという。その後、女性は刑が確定して笠松女子刑務所（岐阜県笠松町）に移送された。ハイ、それまでよ……の別離となっている。ところが笠松刑務所で服役の身の女性のお腹が段々と膨らんでいっている。「病気かしら……」と体の異変を医官に訴え出て妊娠していることが判明している。

　とんでもない証拠に当局が「なぜ？」――「どうして？」――「いつ？」――としつこく追及していって看守部長の犯行を突き止めている。

　こちらの「子宝」はどうなったか定かではない。


## 「でき婚」伝統部屋

　2015年1月7日、東京・墨田区の井筒部屋で横綱・鶴竜（29歳）が身重のモンゴル人学生・ダシニャム・ムンフザヤさん（23歳）を伴って婚約会見を行っている。2人は2013年の末、モンゴルで知り合い、2014年8月から部屋近くのマンションで一緒に暮らし始めたとのことであった。そして挙式・披露宴はその第1子出産予定の2015年5月以降となる見通しとのことだった。

　「順番を間違えているわけですが、うちの部屋は技能賞とともにそういう伝統がありまして……、しょうがないかと……。すみません、許しても

らいたい」

と同席の師匠の井筒親方（元関脇・逆鉾）は頭をかいていた。

井筒部屋の「でき婚」を振り返ると――。1987年2月、霧島（27歳）は菜穂子夫人、長女・会梨佐ちゃんとの子連れ挙式している。1994年5月、逆鉾（31歳）は既に杏里さんと結婚（同年3月入籍）していたことと7歳の長女・清香ちゃんの存在を発表している。1995年10月、寺尾（32歳）は伊津美夫人との結婚（同年2月入籍）、2人の間にできた第1子、7か月の「次男」晴也ちゃんの存在を初めて発表している。2011年7月、元関脇・寺尾の錣山部屋の豊真将（30歳）は梨愛夫人を自身の誕生日の同年4月16日に入籍したと報告、同年12月に第1子が誕生予定とのことであった。

関脇の寺尾が伊津美夫人と結婚

しかしいずれもメデタイことであり女性ファンはともかく「マ、イイカ」の相撲記者たちだった。

錣山部屋の豊真将

# 8.「網走番外地」と「健さん」母子の絆

### 厳寒の網走刑務所

2013年11月、網走刑務所前のバス停留所を降りて網走刑務所に向かう老夫婦がいた。服役中の息子との面会のためである。

「元気かな……」（父親）

「寒くなって外で仕事していると風邪でも引いていないだろうかと心配だね」（母親）

「えっ？　そうだな……」（父親）

防寒着に身を包みトボトボと歩いていた。

網走刑務所といえば俳優の高倉健である。こういうエピソードがあった。任侠映画「網走番外地」シリーズ（1965年から公開）のロケ地に「健さん」の母親が訪れた。凍りつくような寒い日だったという。

「アカギレが、カカトにできちょるね」（母親）

「えっ？　いや、まあ……」（息子）

「もう寒いところで、撮影はしなさんな」（母親）

「……」（息子）

健さんはアカギレを隠そうと肌色の絆創膏を貼っていた。したがって映画のスタッフは誰も気がついていなかったという。お母さんは食い入るように息子の足元を見つめて「発見」したそうである。

## 高倉健さん、死す！

2014年11月10日、「ケン（健）さん」の愛称で親しまれた俳優の高倉健さん（本名・小田剛一）が悪性リンパ腫のため東京都内の病院で死去した。83歳だった。所属事務所の高倉プロモーションによると健さんの座右の銘「往く道は精進にして、忍びて終わり悔いなし」の通り、天寿を全うした様子だったという。そしてまた遺志に従い、近親者のみで密葬を執り行い、「しのぶ会」のようなものは開催しないということだった。

## 明大相撲部だった

折しも高倉さんの故郷・福岡県で大相撲九州場所が開催中だった。高倉さんは明治大学在学中、1年間だけ相撲部に所属していて名簿や稽古場の木札に名があり、合宿所で寝起きしてもいたという。明大相撲部の「後輩」になる春日野親方（元関脇・栃乃和歌、52歳）はこう話していた。

「カッコよかったなあ。任侠ものの映画はよく見た。自分が入学直後の歓迎会にOBの高倉さんが出席していた。こっちは舞い上がったことを記憶している。以後も少なからず相撲部の先輩だと思って見ていた。ご冥福を祈ります」（春日野親方）

## 富山刑務所の技官役

最後の主演作「あなたへ」(2012 年公開) では富山刑務所の指導技官を演じた——。倉島英二 (高倉) は 50 歳を前に刑務所に慰問に来た歌手の洋子 (田中裕子) と結婚した。15 年後に洋子が死去。遺言の絵手紙に「故郷の海に散骨してほしい」と記されていた。英二は自家製キャンピングカーで長崎に向かう——。

この映画でロケ現場となった富山刑務所で撮影後、受刑者たちに「一日も早くあなたにとって大切な人の所へ帰ってあげて」と涙ながらに語りかけたという。なお健さんは高校時代の同級生だった検事に頼まれて、30年前から「生きている限り公にしない」という条件でロケに関係なく刑務所慰問をしていたという。

## 「黄色いハンカチ」

網走刑務所の元服役者がこう言っていた。
「刑務所の映画会の一番人気は『フーテンの寅さん』、渥美清さんの『男はつらいよ』シリーズ、自分の一番好きな映画は『幸福の黄色いハンカチ』ですね。赤い車で向かった夕張のラストシーンの黄色いハンカチも感動的だったけど、網走刑務所を出所した健さん (島勇作) が食堂でビールをしみじみと飲み、ラーメンをがっつくように食べていたシーンだね。我々、はみ出し者にとっては健さんや寅さんは勝手ながら共感、親近感がありましたよ」

夕張市には「黄色いハンカチひろば」があり、ロケ当時のまま、黄色いハンカチや赤のマツダ・ファミリアなどが保存公開されていた。

網走刑務所

夕張市にある「黄色いハンカチひろば」と赤のマツダ・ファミリア

# 第7章 天・地

## 1. 脳天に地雷のごとく響いたあの時…

### 陛下の「玉音放送」

1945年8月15日、「耐え難きを耐え、忍び難きを忍び——」という終戦を告げる天皇陛下のお言葉があった。その玉音放送を全国各地の学校のグラウンドや神社の境内などで頭を垂れ、ひれ伏して聞き入る人々の姿を後年、何度か録画映像で見た。そのたびに「……」言葉もない。陛下のお言葉とともに「サザザッ——」という雑音が耳にこびりついてもいる。

1948年12月23日、A級戦犯の東條英機元首相が東京・豊島区西巣鴨の「スガモプリズン」(巣鴨拘置所、のちに東京拘置所) で絞首刑に処刑されている。辞世の句はこうだった。

〈今ははや心にかかる雲もなし心豊かに西へぞ急ぐ〉
〈さらばなり苔の下にてわれ待たん大和島根に花薫るとき〉

### 「戦犯慰問大相撲」

1952年1月9日、その巣鴨プリズンで「戦犯慰問大相撲」が開催されている。呼出しの多賀之丞が唄う相撲甚句〈新生日本〉が監獄に響き渡っていたという。

〽花の司の牡丹でも　冬はこも着て寒しのぐ　与えられたる民主主義
　老いも若きも手を取りて　やがて訪る春を待ち　ぱっと咲かせよ桜花
　戦犯から号泣が渦巻いていたという。

後年、多賀之丞のお顔を拝見したことがある。「鬼瓦」のアダ名通りであった。しかし脳天に響くような美声であったという。

## 「吉展ちゃん誘拐事件」

1963年3月、誘拐事件を題材にした映画「天国と地獄」（黒澤明監督、東宝）の予告編が公開されている。出演の俳優は三船敏郎、仲代達矢、香川京子、山崎努らであった。東京・池袋の映画館で見た。

吉展ちゃん誘拐事件のチラシ

1963年3月31日、東京・台東区入谷町に住む村越吉展ちゃん（当時4歳）が行方不明になった。1963年4月2日、身代金50万円を要求する電話が村越家に入っている。警視庁下谷北署は身代金目的の誘拐事件として捜査本部を設置している。しかし身代金が強奪された上に吉展ちゃんは帰って来なかった。1963年4月25日、報道の自粛要請から公開捜査に切り替え、脅迫電話の録音を「犯人の声」としてラジオ、テレビで全国放送している。一挙に世間に恐怖と不安が広まった――。

「くぐもった声をしている」

「東北なまりみたいだね…」

「吉展ちゃん、どうしているんだろう」

東京拘置所の庶務課の職員からもそういう声があった。

1964年10月10日、晴れ渡った青空の中で東京オリンピックが開催された。そして日本はバレーボールの「東洋の魔女」や「体操ニッポン」などの金メダル16個を獲得した。感動を集めた。市川崑総監督による「平和と友情」をテーマにした記録映画「東京オリンピック」もあった。

## 矯正職員の研修会

1965年5月、関東管区の矯正職員（刑務官）の新人研修会が、東京・四谷で開かれていた。折しも大相撲の夏場所が東京の蔵前国技館で開催中であったが、東京拘置所の刑務官からこんな声があった。

「うちに今、元大関の若羽黒が入っているよ」

元大関でハワイから拳銃を密輸入して暴力団の山口組系国粋会に横流した事件の被告の身であった。なおこの問題が発覚して大鵬、柏戸の両横綱がハワイ巡業の帰途に持ち帰っていたピストルを隅田川に捨てている。

1965年6月2日、神奈川・湯河原で日本相撲協会の第1回「力士会」が開かれている。横綱の佐田の山や大関の豊山らが力士仲間との親睦を深めていた。

関東管区の矯正職員（刑務官）研修生

## 小原保元時計商

1965年7月4日、警視庁捜査一課は前橋刑務所の小原保(こばら)受刑者を任意で取り調べていたが、営利

日本相撲協会の第1回「力士会」

誘拐、恐喝容疑が固まったとして逮捕している。1965年7月5日、東京・荒川区の円通寺の墓地で白骨化した吉展ちゃんの遺体が見つかった。

小原保元時計商は「吉展ちゃん誘拐殺人事件」の被告として東京拘置所に在監となっている。東京拘置所の刑務官たちがヒソヒソとこう言い合っている。

「世間を騒がせた男だから緊張する……」
「しかし割と気さくに接してくれてはいる」
「足が悪いと聞いていたけど、俊敏に階段を駆け上がっている」
「それが捜査を混乱させたらしい」
「彼、『天国と地獄』を見たと言っていたよ」

## 12月23日処刑

1969年3月2日、元大関・若羽黒の草深朋明さんは妻子とも離縁されて岡山県のチャンコ屋で居候をしていたが、脳塞栓のために亡くなった。かつてアロハシャツ姿で場所入りするとか「柏鵬の反逆児」と豪語した男も「頭が痛いよ……」、ただそう言って死んでいる。

1973年12月23日、小原死刑囚は宮城刑務所仙台拘置支所から刑場のある宮城刑務所に移されて処刑されている。没年38歳。辞世の句はこうだった。

〈恐れつつ想いをりしが今ここに　終わるいのちはかく静かなる〉

それはクリスマス・イブの前日、皇太子殿下の40歳の誕生日であった。

処刑後、被害者の母は、元死刑囚が遺した歌などを伝え聞き「その大きな代償が吉展の死や私どもの犠牲ですが、あの人がきれいな気持ちになって死んでいったことはせめてもの救いです……」と述べていたという。

吉展ちゃんが遺体で発見された東京・荒川区の円通寺境内には「よしのぶ地蔵」が建立され、奉られている。小原元死刑囚の遺骨は故郷の福島にあるが、先祖代々の墓には納骨されず傍らの小さな盛り土に葬られているという。

1989年1月7日、天皇陛下は崩御、87歳と8か月の生涯を閉じた。激動の「昭和」が終わりを告げた。

## 江戸っ子力士の「友」

1990年1月10日、陛下の相撲観戦のご案内をしていた江戸っ子力士、元横綱・栃錦、元春日野理事長（本名・大塚清）が脳梗塞のため64歳で逝去している。1990年12月25日、東京・江戸川区の小岩駅には栃錦の銅像がオープンしている。

江戸川沿いの善養寺境内に樹齢600年以上の「影向のマツ」がある。これは栃錦が「松の東の横綱」に推薦したものであった。対して「松の西の横綱」

横綱「栃錦」の銅像

は香川県大川郡志度町の真覚寺の「岡野松」と言われていた。1993年5月20日、その「岡野松」は枯れ死にしている。

　元関脇・出羽錦は年寄・田子ノ浦、「タレント親方」としてテレビのドラマやクイズ番組に出演、さらに「出羽錦さん」でNHKの相撲解説も務めていた。1999年9月の秋場所千秋楽、そのNHK解説を降りるにあたっての出羽錦さんの句はこうだった。
　〈これからは　女房一人に　聞かす解説〉
　2005年1月1日、79歳の奈良崎忠雄さんは元旦の朝に膵臓がんのために亡くなっている。辞世の句はこうであった。
　〈孫の手握り　にっこりと　まごまごせずに　友のいる国へ〉
　「友」というのは栃錦のことであった。
　人は死して何を伝え、何を残すのか――。


## 2. ペルー「空中刑務所」の「地下攻防」

### スリルとサスペンス

　1963年公開の米映画「大脱走」は第2次大戦下、独ナチスの捕虜収容所を舞台に連合軍将兵らが長い地下トンネルを掘って脱走するという実話に基づいた映画である。
　1966年5月、東京・江戸川区小岩の生簀(いけす)料理店で「仲良し漫才コンビ」といわれた浅瀬川（本名・亀山健治）と若二瀬（本名・戸嶋忠輝）が映画「大脱走」を話題にしていた。
　「月の明かりを頼りにするとか、木陰をうまく利用しての土の掘り捨て作業にはヒヤヒヤ、ドキドキものであったな」（浅瀬川）
　「最後、スティーブ・マックィーンがオートバイで風を切って走り去るシーンには思わず拍手だったな」（若二瀬）
　「地下にもぐるといえば去年引退した岩風さんは相手の懐に潜って出し投げをよく決めていたね」（浅瀬川）

「ウン、『潜航艇』と言われたね」（若二瀬）
　ところで2人はシロウオの活け造りを賞味していたが、水槽からザリガニが逃げ出てカウンターを歩行していた。カウンターの隅にきたところで浅瀬川がパクリと「踊り食い」をやっていた。
　スリルとサスペンスがあった？

## 「MRTA」の「大脱走」

　1990年7月、「大脱走」をマネしたのかどうか、堀の内外に渡って250メートルの地下トンネルを堀って脱獄を遂げたのはペルーのカント・グランデ刑務所に収監されていた左翼ゲリラの「トゥパク・アマル革命運動」（MRTA）の最高指導者・ビクトル・ポライ・カンポスら48人だった。
　1996年12月にはこの「MRTA」の武装メンバーが天皇誕生祝賀会中の日本大使公邸を占拠、日本人24人を含む72人の人質を127日もの長期の拘束をして立てこもるテロ事件が起きている。ペルー国内の刑務所に収容されているMRTA仲間の釈放を要望してのものだった。
　しかしペルー当局もフジモリ大統領を指揮官に「目には目」とばかりに地下トンネルを掘って奇襲攻撃、公邸内のMRTAのメンバーを全員射殺、人質を全員無事に解放している。

## エイズ、地震、過剰収容

　1997年の春、ペルーの首都・リマ市内の刑務所ではエイズがまん延していた。市内数か所の刑務所には約1万2千人の男性服役囚がいた。それが2人1組の房などでは性欲が抑えられず、結果はその5％の約600人がエイズ感染者だった。そして数年間でその約半数の300人の囚徒が死に至っている。
　2007年8月15日、ペルーで発生した地震でペルー南部のチンチャの刑務所が崩壊、一部地

ペルーの国旗

下に陥没して服役者約600人が屋上からソノママ逃走している。

「建物が老朽化していて壊れたのはしかたがない。服役者たちは苦もなく喜々として逃げて行った。どうしょうもできなかった」（ペルーの刑務当局）

天を仰いでのお手上げポーズだったらしい。

2010年8月、広島刑務所に広島市の小学1年生の女の子の殺人犯のペルー国籍のヤギという男が無期懲役囚として入所している。こちらは死刑回避の無期懲役刑に「神に感謝」と言っていたそうである。

2012年8月、ペルー国家刑務局のホセ・ルイス・ペレス・グアダルーベ局長はこう発表している。

「全国の刑務所でほぼ6万人が服役しているが、これは収容定員を3万820人オーバーしている」

超過囚人であふれかえっているということだった。

したがって食料、薬品、水などが不足している。マットレスや毛布も足りない。伝染病の危険もある。囚人同士の過密に伴う暴行事件も多発していた。看守の暴行、賄賂事件も結構あった。何よりも問題なのは囚人の更生意欲が少ないことだという。

## 「大いなる田舎」大王村

2015年9月、埼玉県で30歳のナガタというペルー人の男が6人の男女を殺害するという惨状、背筋が凍るような事件があった。

ペルー人のイメージが悪い中、こんなホットニュースもあった。世界遺産の「マチュピチュ遺跡」があるペルーのマチュピチュ村は福島県安達郡の大玉村と友好都市を締結している。これは日本人移民で村長を務めるなど村の発展に寄与した故・野内与吉氏が大王村の出身だった縁に

ペルーのマチュピチュ村と福島県の大玉村が友好都市を締結

よる。大玉村はホームページによると「大いなる田舎」をキャッチフレーズにしていた。

またペルーの各女子刑務所では着飾った女性たちによる「ミス・プリズナー」を選ぶコンテストが晴れやかに展開されているという。

### 日系人の女性大統領候補

2016年6月、ペルーのケイコ・フジモリ大統領候補は選挙戦でこう言っている。

「過剰収容もあって暴動、脱獄がたびたびある。治安対策として標高4000メートル以上に新しい刑務所をいくつか作る――」

しかし「歴史的な大接戦」と地元メディアが伝えるように僅差で対抗馬に敗れている。アルベルト・フジモリ元大統領の長女、41歳である。

父は大統領を10年務めたが独裁や汚職のイメージ強く、在任中の人権侵害事件で2009年に禁錮25年の実刑判決を受けて服役中なのだった。「父と私は違う」を貫いていたが、その「負の側面」が足かせとなって惜しくも敗退している。

なおケイコ氏は5年後の大統領選に出馬の意向ということだった。またフジモリ元大統領は「刑期終了前に息を引き取ることになる」として自宅監禁を請求していた。

### 「しばれる空中刑務所」

古代インカ帝国の「空中都市」マチュピチュの遺跡には石垣に囲まれた刑務所も含まれているが、さしむき「空中刑務所」はあちこちに健在である。ティティカカ湖の近くにあるのがヤナマヨ刑務所、そしてアンデス山中にあるのがチャラバルカ刑務所だが、いずれも標高4500～5000メートルに位置している。ペルー国内どころか世界で1、2位を争う高さである一方、ともに冬季には気温が氷点下十数度にも落ち込むという、世界でも指折りの「しばれる刑務所」である。

受刑者は原生林の伐採作業に使わされ、極寒と粗食と重労働で死者が出

### 「発気揚々、残った」

そのせいかどうか「脱獄」の話題があるという。

「地下トンネルを作って脱獄しようとしても凍土の壁がある。もたもたしていれば途中で凍え死ぬだろうよ」（ペルーの刑務当局）

「いや、古代から大地や自然相手にするテクニックは身についています。地中にはコンクリート、鉄壁などの人造障害物はないですから逃げられるのです」（ペルー文化庁の考古学者）

原住インディオの囚人たちは本気か冗談かこう言っているそうだ。

「凍死などとんでもない。脱獄への熱き情念を燃やしているからな」

「逃げ出て可愛いいあの娘を抱きしめたい」

「いや、外に出てあのごちそうをいただきたいんだ」

「そうだな、ウン、あのごちそう……」

そのごちそうとは標高4千メートルにあるヤルボ湖周辺の土を掘って手に入れるミミズの「踊り食い」とか。

## 3.「13日」「13日目」の金曜日の吉凶

大相撲の「13日目の金曜日」は年に6回ある。終盤戦の大詰めで勝ち越し、負け越しの決定が多くあり、優勝争いの佳境にもある。しかし13日目の1日そのものの白星、黒星に特段の意味はない。

これに対してイエス・キリストが磔刑（たっけい）されたのが西暦33年の3月13日の金曜日だったということから「13日の金曜日」というと海外の英語圏の多くやドイツ、フランス諸国の中には「縁起が悪い日」「不吉な日」の俗説というか迷信がある。年に必ず1回以上、最大で年に3回ある。

## 小錦、北勝鬨には「凶日」

　1997年11月の大相撲九州場所13日目の金曜日、元大関で東前頭14枚目の小錦は琴の若戦で負け越しが決まった。その日「今場所、最後まで取って引退する」と記者団に話している。これを伝え聞いた出羽海理事長（元横綱・佐田の山）が「真剣勝負の場、それでは明日からの対戦相手に失礼ではないか」と激怒した。

　翌14日目に小錦は電撃引退発表している。三杉里の不戦勝となっている。小錦にとって13日目は現役最後の相撲となっている。負傷でもない場所中の平幕力士の引退は極めて異例だった。

　1998年5月の大相撲夏場所13日目の金曜日、東前頭11枚目の「キタノカチドキ」北勝鬨が寺尾に負けて10敗目（3勝）を喫した。14日目、千秋楽と白星で結局は5勝10敗に終わった。したがって13日目の黒星が十両陥落の決定的な星となった。

　1998年7月の名古屋場所の番付で北海道出身の幕内力士の名が消えた。これは1932年2月場所新入幕の旭川以来、延々66年も絶え間なく続いたのが途絶えたことになる。都道府県別最多の8人の横綱、6人の大関を含む62人の幕内力士を生み、道産子力士による十数連覇もある「相撲王国・北海道」のピンチだった──。

## 「貴花田」は3連敗発進

　1998年7月場所、北海道出身幕内力士の名が番付から消えたが叔父や父が北海道、青森に少なからず因縁がある若・貴が揃って横綱で初登場していた。すでに「平成の角聖」の評さえあった横綱・貴乃花が5場所ぶり19回目の優勝を飾っている。ただしこの年は急性上気道炎、肝機能障害で休場などもあり「一時は引退も考えた……」（貴乃花）。復活のVだった。「甦った貴乃花」であった──。

　それを機にしてか、この7月場所中の日刊スポーツの記録欄に横綱・貴乃花本人も気づいていないであろう思い出として〈貴花田の「十三日の金曜日」は力士になって初黒星から3連敗〉とあってビックリした。

定評ある日刊スポーツのデーターマンに感嘆したものであった。
　1988年5月13日（金曜日）＝大相撲夏場所6日目
　　序ノ口取組　　曙○ VS ●貴花田
　（次までの間、大相撲開催中に13日の金曜日はなし）
　1990年7月13日（金曜日）＝大相撲名古屋場所6日目
　　十両取組　　剛堅○ VS ●貴花田
　（次までの間、大相撲開催中に13日の金曜日はなし）
　1991年9月13日（金曜日）＝大相撲秋場所4日目
　　幕内取組　　久島海○ VS ●貴花田

剛堅 VS 貴花田

## 「脱獄の天才」ラッセル

　1992年5月～1998年3月の間にテキサス州のスタイルズ刑務所などから4度の脱走を遂げているのが、「脱獄アーティスト」とか「脱獄の天才」といわれたスティーブン・ラッセルだった。
　1度目は服役仲間の私服を盗むとこれまた所内で手に入れたトランシーバーを片手に「秘密警官」に成りすまして解錠を看守に命令、堂々と出所している。2度目は出入りしている医療班の緑色の制服に着目、緑色の水生ペンを水に溶かして囚人服を染めるとドクターを気取って出所している。3度目は1億円の保釈金に関する裁判所への書類を偽造、書記官を欺くとともに立替会社を使ってのトリックで1円も払わずに出所している。4度目は自ら飲まず食わずでやせ衰えるや「エイズ感染の末期の症状」と訴え、外部の医療施設へ恩赦出所している。死亡証明書までを偽造して刑務所に送っている。
　IQ 160とのことだが頭脳プレー、いずれも傷害や建物の破壊を伴ってはいない。そしてこの4度の脱走、出所の日は1度目が1992年5月13日金曜日、4度目が1998年3月13日金曜日など4回すべてが「13日の金曜

日」なのであった。

その後発見されて再収監、テキサス州のボランスキー刑務所に服役している。「なぜ、13日の金曜日なんだい？」にラッセルはこう言っている。

「最初、少年院から釈放されたのが13日の金曜日だったんだ。自分にとっては縁起のいい日なんだい。だからその後、ずっと13日の金曜日を逃亡の日にしたんだ──」

### 2015年11月の衝撃

2015年11月13日、金曜日の夜でにぎわう（日本時間14日未明）、フランス・パリで競技場、劇場、レストランなどを同時に狙った多発テロが発生した。実行犯は少なくとも9人。銃を乱射したり、体に巻いた爆弾を爆破させたりした。死者は130人、負傷者は約400人に達した。オランド大統領はイスラム過激派組織「イスラム国」(IS)と断定し非常事態を宣言した。

2015年11月20日、九州場所13日目の金曜日、北海道出身の北の湖理事長が62歳で逝去している。角界に衝撃、悲しみが走っている。現職理事長の死去は1968年12月16日の時津風理事長（元横綱・双葉山）以来、場所中では初めてだった。

なお道産子幕内力士はあの1998年7月の尾張・名古屋場所以来ずーっと消えたままで「相撲王国・北海道」はすっかり崩壊していた……。

## 4. 盆暮れ正月休みとXmasの「異変」

### 俳優夫妻の長女誘拐

1974年8月15日未明、東京・世田谷の俳優、津川雅彦・朝丘雪路夫妻宅から長女・真由子ちゃん（5か月）が連れ去られたが、8月16日昼、東京駅南口の第一勧銀のキャッシュボックスから犯人が身代金の現金を引き出したところシステムエンジニアの緊急対応もあって逮捕している。

報道規制があって事件は解決後に報道、明らかになっている。犯人は20歳代の千葉県に住む男で妻子もいてその家に真由子ちゃんを隠していた。無事に保護されている。男は身代金目的の誘拐、監禁罪で懲役12年6か月の実刑で服役している。のちに津川さんはこう言っている。
「娘の死を覚悟して涙した。無事に帰ったから言えることだが、親として真由子に対する意識、愛情が高まった」

## 「神隠しに遭った？」

1978年の盆入り目前、8月12日の夜、新潟県佐渡郡（現佐渡市）真野町の曽我ミヨシさん（46歳）、ひとみさん（19歳）親子が行方不明になっている。ひとみさんは看護婦のかたわら佐渡・沢根にある佐渡高校の定時制の生徒だった。曽我家は真野湾に面した国府川沿いにあり、海や川などでも捜索が行われた。当時は「神隠しに遭った」との島民の囁きで終わっている……。

〈少年の日　わたくしはこの美しい入江の岸辺にぼんやり立っていた何を待つともなしに…〉——

これは文芸評論家・青野季吉の地元にある碑文。佐渡・沢根の出身。後にして思えばその真野湾の美しい入江に北からの侵入があったことになる——。

## 日本航空機墜落事故

1985年8月12日、東京（羽田空港）発、大阪（伊丹空港）行きの日本航空の旅客機、ボーイング747のジャンボジェット機が群馬県上野村の通称「御巣鷹の尾根」に墜落、乗客乗員520名が死亡した。
大相撲界では伊勢ヶ濱親方（元大関・清國）の妻子が犠牲になっている。夫人は2人のお子さんを伴って大阪への帰省の旅だった。

## 大晦日に進退の決着

1987年の12月27日、第60代横綱・双羽黒（本名・北尾光司、23歳）

は師匠の立浪親方（元関脇・羽黒山）の指導方針に反発して部屋を飛び出し、東京・亀戸のマンションに引きこもっている。

立浪親方は部屋付きの親方を通じて「呼び戻し」をかけたが、双羽黒は応じないため12月31日に廃業届を提出、緊急理事会が招集され受理された。同日、春日野理事長（元横綱・栃錦）と双羽黒がそれぞれ記者会見して正式に発表ともなっている。

廃業を発表した双羽黒

「暮れも正月休みも関係ないや」（相撲記者）

それどころか連日、警察官が特別巡回していたマンション前に張り込んだ相撲記者たちは刑事のような気分だった？

## 「盆休み中」に「お縄」

1989年8月15日、逃走犯の男は「今日はお盆だから追っ手もないだろう……」と栃木・黒磯市内のドライブイン駐車場でのんびりと昼寝をしていたところを黒磯署員に発見されて捕まっている。

この男、福島県いわき市の中学生時代は陸上選手で素早い動きの持ち主だったそうだが、山の中にこもってなかなか捕まらないために地元の人は「オオカミ男」と呼んでいた。なお窃盗罪で被告の身だったこの男、福島地裁いわき支部から手錠と腰縄をスルリと外して逃亡したものだが、それは1988年12月24日、クリスマス・イブの日だった。

盆休みとクリスマス・イブに浮かれ気分になっていた？

## ムショで「コト始め」

1993年早々のアメリカ・バージニア州ピーターズバーグの連邦刑務所の面会所で異変があった。〈1月2日と3日、収容者と面会人の女性が〈オーラルセックス（フェラチオ）をしていた——〉というスッパ抜きが1月5日、現地の有力紙『ワシントン・ポスト』紙であった。

第7章　天・地

　これがコカイン所持で逮捕されているバリー・元ワシントン市長だったことから、新春のセックス・スキャンダルとして全米の話題になっていた。日本にも正月早々に外電で流れていた。
　オ、オッ、ムショで「事始め」だったのかい？

## 殺人鬼が自ら「鬼籍」

　1995年1月1日早朝、英国中部にあるバーミンガムの刑務所の独房で、フレデリック・ウエスト被告が首を吊り死んだ。ウエスト被告は女性12人を殺害、英西部グロスターの自宅の庭や床に次々と埋めて「恐怖の館」と震撼させた男だった。イギリスには死刑制度はないが、年開け早々簡単に自殺されたのでは、怒りの持っていきようがなかったであろう。
　ロンドンの看守もハッピーニューイヤーと浮かれて、視界が「霧のロンドン」のようになっていたのではないか？

## 「新春お笑い脱走劇」

　1995年1月2日、米国フロリダ州の刑務所で当人たちにとっては「新春お笑い脱走劇」を起こしている。
　キューバ人の終身刑犯グループだった。食事用のスプーンで手間暇かけて掘削作業、コツコツとトンネルを掘って鉄条網の外に出ると、今度は湖や沼をサトウキビをシュノーケルにした水遁術を使って脱獄を成功させている。
　まるでマンガみたいな単純さだが、かえってそれが巧を奏したのではないか？

## 慶賀行事に便乗脱獄

　1999年1月1日、南米のブラジルで満を持したかのような計画的脱獄が2件起きている。
　1件目は1日の午前零時過ぎだった。サンパウロの刑務所へ数人の武装グループがお祭り騒ぎを装って襲撃、数十人を脱走させている。次いでこ

の1日午前2時ごろには、リオデジャネイロ郊外の警察署から、やはり数十人が脱走して住民の祝いの群れに紛れ込んでいる。ラテンの血は熱く燃えて、爆竹や花火を使う新年の祝いに悪乗りしたのであった。

## イブの日に入門OK

2000年12月24日、実業団相撲で知られる大阪の摂津倉庫で1人のモンゴルから来た少年、ムンフバト・ダヴァジャルガル君が帰国の準備をしていた。すでに航空券も手にしていた。

この2か月ほど前、モンゴルから5人の力士候補が来日、大相撲入りの機会を待った。訪れた各部屋の師匠によって4人まで即決でOKとなっていたが、1人、色白、172センチ、62キロの華奢な体の15歳の少年が「パス」されていた。「あと1人残っている──」にかけつけた元十両・竹葉山の宮城野親方が救っている。クリスマス・イブの日だった。

その少年がのちの白鵬であった。

## 「クリスマス処刑」

欧米の刑務所の中には服役態度が良好、短期受刑者に限ってクリスマスの日には自宅に一時帰宅を許すケースが多々ある。

2006年12月25日午前、法務省はこの日の朝、東京拘置所などで4人の死刑囚の執行をしたと発表した。長勢甚遠・新法相はこの12月15日の就任会見で「法治国家として判決に対する信頼を考えなくてはいけない。被害者のこともある」と述べ「死刑執行はやむなし」との立場を明らかにしていた。その10日後の「クリスマス処刑」だった。

## 大晦日出頭、元日逮捕

2011年12月の大晦日の夜、東京・霞が関の警視庁に自ら出頭して来たのは、かつてオウム真理教の「車両省」所属で公証役場事務長の逮捕監禁事件で警察庁に特別手配されていた男だった。16年10か月に渡って逃走していた。

「ん？　悪い冗談はよせ」

門番の機動隊員からまさに門前払いを食った。

男はしかたなく近くの丸の内警察署に顔を出す。そこで指紋などから手配の男と確認されて、2012年1月1日に逮捕されている。男にとってはちょうど「明けましておめでとう」だったのか？　男は出頭の理由を東日本大震災による心境の変化と述べているが、この時点で起訴されていたオウム関係の裁判がすべて終結していたので、死刑執行を「待った」させる狙いがあったのではないかという見方があった。

なお警視庁の門番の機動隊員は仲間の非難もあって、しばらく眠れない状態の日々が続いていたという。

## ニャンとシタコトカ

2013年12月31日の大晦日の日、ブラジル北東部の刑務所で脱獄未遂事件が起きている。「犯人」は携帯電話、イヤホン、ドリルなどの脱獄用の道具を身に巻き付け、ゲートをくぐり抜けて侵入したところを刑務官に「拘束」されている。「運び屋」は1匹の白い猫だった。

世間はなにかと多忙で「猫の手も借りたい」大晦日ではあったが、そんなことニャンコは知る由もない。何者かが当局にとってマサカの「12月31日」を目安に仕掛けたわけであろう。

## 門松を蹴たぐり力士

2014年1月3日夜、大相撲のカザフスタン出身の幕下力士、その名も風富山(かざふざん)が警視庁麻布署に厄介になっている。酒に酔って大暴れ、六本木の飲食店の門松を蹴り倒すなどしている。器物損壊の疑いで現行犯逮捕されている。日本古来の神を祀るという縁起物もただの飾り物と思ったのか？日本相撲協会は本人と師匠の錦戸親方（元関脇・水戸泉）に厳重注意をしている。

## トソ気分も吹っ飛ぶ

2015年の1月3日、埼玉・川越少年刑務所で日ごろ大声を出して周りに迷惑をかけるとして、「保護室」に入れられていた20歳代の男性が股引（ももひき）を首に巻き付けてあっさりと自殺している。暴言男がマサカの「沈黙」となっている。「誠に遺憾で再発防止に努めたい」と川越少年刑務所長。

こちら本人は希望通り永眠だが、当局はさぞかしオトソ気分も吹っ飛んだことであろう？

## 三箇日に焼殺処刑！

2015年の1月3日、イスラム教過激組織「イスラム国」が拘束中のヨルダン軍パイロットを「火あぶりの刑」にしている。イスラム教では強く忌避される「火葬」とのことだが……。そんなことおかまいなしの鬼・畜生のような組織の「ＩＳ」（アイエス）（Islamic State）なのか？

そして2月3日午後（日本時間は2月4日の「立春」の日の未明）、「イスラム国」はこの26歳のヨルダン軍中尉の「焼殺」をインターネット上で公開していた。イスラム国は全体が「屋根のない刑務所」「黒いカーテンに囲まれた監獄」という評が海外メディアからあった。

イスラム国の凶行

## 盆や正月休みに「会議」

2016年6月21日付で舛添要一・東京都知事が辞職した。「政治とカネ」「公私混同」にまつわる多種多様な疑惑が勃発していた。

その中に2012年8月13日、栃木県日光市の温泉旅館、2014年1月2日、千葉県木更津市のリゾートホテルなど、盆や正月の「会議」が再三再四あった。かつて厚生労働大臣時代には社会保険庁職員の公金横領問題について「横領をやった連中はしっかり牢屋に入れてもらいたい」と言って

いたものだったが……。だいたい盆や正月に「会議」というのは一般常識、市民感覚から大きく「異変」していた？

## 盆入り直前「山の日」

2016年8月11日、この年から制定された「山の日」の祝日、大相撲の夏巡業は山形県寒河江市の寒河江市民体育館で行われた。横綱の白鵬は体育館の外の芝生で「山稽古」をしてこう絶妙のトークをしていた。

「山の日、山形、山稽古と山づくしだね」

取組では「この巡業限定」としてかつての青葉山、水戸泉や北桜のような「ソルトシェイカー」のパフォーマンス、塩の大巻きをして館内を沸かせてもいる。

## 曽我さんファミリー

2016年8月12日、新潟県佐渡市真野の曽我ひとみさん宅は平穏な雰囲気であった。かつては佐渡観光のバスが一時停止して案内するとか警察のパトロールがあったものだが……。

曽我ひとみさんは佐渡・畑野の老人ホーム、夫のジェンキンスさんは佐渡・真野の「佐渡歴史伝説館」、長女は佐渡・泉の幼稚園に勤務しているとのことだった。

曽我ひとみさん宅

「そうか、盆の入り直前にいなくなったんだ……。お母さんは不明だけどハタ目には普通の一家の生活と思いますよ。相撲のテレビも見ていますね」

そう隣家の年配の男性が話していた。

## ブラジルでまた脱走

2016年12月30日、東京・両国の春日野部屋では恒例の餅つきがあった。

グルジア出身の「怪力」栃ノ心がペッタンコ、ペッタンコと杵を打っていた。

「力持ちだね。近所のみなさんにもあげるよ」（栃ノ心）

2017年1月1日、ブラジル北部マナウスの刑務所で薬物密売の受刑者グループの抗争が原因で暴動が起き、少なくとも56人が殺害されている。まさに血なまぐさい骨肉の争いで、中には頭部を切られるとかバラバラに切断された遺体もあったという。そして塀の外に遺体が放り出されてもいたという。去年の夏はリオ五輪で歓喜に沸いた地球の裏側で新年早々の地獄絵図があった。

日本ではまたもメデタイはずのお雑煮の餅をノドに詰まらせて亡くなったお年寄りの悲しいニュースがあった。

### 復興支援の土俵入り

2017年8月12日〜13日、夏巡業の一環の「大相撲仙台場所」は「東日本大震災復興支援」と銘打って河北新報社と仙台放送などの主催で行われていた。2017年8月14日、岩手県釜石市で横綱の稀勢の里と日馬富士が「東日本大震災復興土俵入り」を披露している。

復興の願いと犠牲者の鎮魂を込めた横綱土俵入りは7年連続であった。稀勢の里は横綱として初参加、それも7月場所の負傷休場を押しての雲竜型の土俵入りだった。

「勇気づけに来たけど、それ以上に温かい声援をいただき勇気づけられた」（稀勢の里）

## 5. 角界の力人たちが「偽物」に変身

### 元中学横綱の逸材

「日本大学相撲部の久島啓太です。代金は日大で払います」

1985年10月、学生服姿で徳島市内のホテル代を踏み倒し愛媛・今治署

に詐欺容疑で逮捕された偽者男である。この男、この年の1月まで大相撲の春日野部屋の幕下力士だった。出世の途中で挫折したが、高知・明徳義塾中学時代は2年連続中学横綱になっているし、同高校時代には久島（新宮高）に勝ったこともある逸材であった。執行猶予付きながら懲役1年6か月の判決だった。

1986年秋にはアマチュア相撲に復帰、1987年の春には周囲の尽力で日大に入学している。大相撲から学生相撲への転身はきわめて異例だった。しかし1987年夏には無断休学、消息を絶ってしまっていた。

## 明大の「替え玉受験」

1991年7月、偽者といえば明大相撲部の監督が「替え玉受験」事件で警視庁神田署に逮捕されている。国技館にもよく見えていて、向こう正面の「たまり席」にいつも姿があったものだが……。監督は「体がなまるから……」と神田署の留置場で音無しの構えながら相撲の四股を踏んでいたという。

## 「借り株人生」親方

1994年2月、元小結・若獅子は藤島親方だった。1983年5月場所限りで現役を引退したが、その後の親方稼業は鳴戸、峰崎、荒汐、小野川、千賀ノ浦、湊川、花籠、竹縄、芝田山、藤島と10の年寄名跡を襲名していた。史上最多の「借り株人生」だった。年寄名がコロコロ変わって「えーと、今の親方名は……？」なので周囲は「市ちゃん」で通していた。目が盲目のごとく極細で映画「座頭市」から「市ちゃん」の愛称で親しまれていた。その「市ちゃん」はギョッとするようなことを言っていた──。

「もうとっくに時効だから白状するけど、自分は背が低くて新弟子検査（1964年5月場所）は師匠の指示で『身代わり受検』だったんですよ」（市ちゃん）

1996年7月、元若獅子の佐ノ山親方（11度目の年寄名跡）は相撲協会を離れて東京・杉並区の放駒部屋の斜め前で手打ちうどん屋「軍配」を経

営していた。こちらはほほえましいというかユニークな転身であった。

### 「相撲版・クヒオ大佐」

1998年7月、神奈川県警・港北署に収監されていたのはあの力士OBの偽者男だった。再犯であった。

「明徳義塾高校の相撲部監督です」

今度はそう名乗って、神奈川県内の中学相撲選手の親御さんに「推薦入学」を持ちかけて金銭を詐取している。母校に迷惑をかけるとんだ先輩なのであった。折しもこの時点、明徳義塾高校1年生の相撲部員にモンゴルからの相撲留学生のドルゴルスレン・ダグワドルジ選手がいた。のちの横綱・朝青龍である。

1998年9月、東京のホテルニューオータニで行われた若乃花（明大中野高出身）の横綱昇進披露宴に招待されて出席していたのは元明大相撲部監督だった。償いを済ませて東京・日本橋で隠遁生活をしていた。

「若乃花は心・技・体が一致した土俵を展開していますね。私は心の迷いがありましたが……」

そう静かに話していた。

### 「偽の新弟子さん」

2007年5月〜9月、数か所の相撲部屋を訪ね、各部屋から飲食の接待を受けるとか数万円の小遣いをもらっていた自称、大阪の大学の通信教育生、22歳の新弟子志願者がいた。

「あの……、力士になりたいんです。一度、おたくの部屋を見学させて下さい」

「ハイ、ハイ、どうぞ、どうぞ——」

実際は2003年3月場所初土俵、2003年11月場所を最後に引退していた元力士だった。

日本相撲協会寄附行為施行細則には〈協会所属員にして、引退・退職（本人の依願）、解雇、除名または脱走した者は再び協会に帰属することは

できない〉とある。再雇用はない。この男性、「出戻り」はノーと知っていたから協会の事務方を通していない。

　結局は訪れた部屋の力士から「アイツ、土俵で見たことあるよ」の通報で前代未聞の「偽の新弟子」がバレている。しかし警察沙汰にはしなかった。一種の寸借詐欺だが新弟子不足で大歓迎ムードの相撲部屋側にも油断があったからであろう。

## 懲役９年で囚人服

　2009年2月11日、結婚詐欺の疑いで警視庁高輪署に逮捕されたのは43歳になっていた、またまたあの元力士だった――。

　「自分は１級建築士なんだ。白金（東京都港区）の家賃40万円のマンションに住み、リムジンを乗り回している。しかし唯一欠けている伴侶が欲しい。結婚していただきたい。早く一緒に住みたい。とりあえずお金を貸していただきたい。ホテルの改修工事を請け負う資金が足りないのです」

　インターネットの結婚仲介サイトを通じて知り合った40歳代の会社員の女性に持ち掛けて、計3千300万円をだまし取っている。

　2009年10月に懲役9年を食ってムショ送り、かつての相撲のまわし姿の力人は囚人服になっていた。

## 「力士失格」の新弟子

　2017年6月2日、千葉県警柏署は友綱部屋の序二段力士の魁心鵬（本名・小林峰生、22歳）を「車上荒らし」の窃盗の疑いで逮捕したと発表している。逮捕容疑は前年11月13日、住所不定の20歳代の無職男＝別の窃盗罪で起訴＝と共謀して柏市内の男性会社員方の駐車場に止まっていた車からクレジットカードなどを盗み、柏市内のコンビニの現金自動預払機（ATM）で現金80万円を引き出した疑い。

　千葉県流山市出身、前年暮れに友綱部屋に入門、2017年1月場所に初土俵を踏み、5月場所は序二段で2勝5敗だった。「とったり」の事件は力士になる前に起こしたものだが、共犯者の供述から2017年6月1日の

逮捕になっている。

2017年7月26日、日本相撲協会は魁心鵬の引退を発表している。

### 「森友学園問題」異聞

2017月7月31日、大阪地検特捜部は学校法人「森友学園」（大阪市）が大阪府豊中市での小学校建設に絡み、国側の補助金をだまし取った詐欺容疑で、64歳の籠池学園前理事長とその60歳の妻を逮捕している。

2人が安倍昭恵首相夫人と親交があったことから国会やテレビのワイドショーで連日、「森友学園問題」は取り上げられたものだった。なお籠池夫妻の次男の森友照明氏は元阿武松部屋の序二段力士「籠池」だった。

大阪市豊中市出身、地元の「古市道場」で相撲を学び、2003年3月場所に16歳で阿武松部屋から初土俵を踏んだ。身長は183センチ、体重は100キロだった。最高位は序二段、2004年1月、番付は序ノ口時に相撲は取らず引退している。通算成績は9勝5敗21休だった。

それはともかくあの「偽の新弟子さん」であった——。

## 6.「満月」から「真っ暗闇」の栄枯盛衰

### 出羽海新理事長

1992年の1月、日本相撲協会の7代理事長に就任したのは50代横綱・佐田の山の9代出羽海だった。なお元幕内・出羽ノ花で9代出羽海、日本相撲協会の4代理事長武蔵川の市川国一さんの娘婿のため、本名は市川姓（旧姓佐々田）であった。

折しも「若・貴」人気もあって大相撲は連日大入り満員、春爛漫の様相を呈していた。しかし二子山親方（元大

稽古を見守る二子山親方（元大関・貴ノ花）

関・貴ノ花)の稽古場は厳しいものがあった。花か蝶々──と浮かれることなく雑草のごとく踏んづけ蹴っ飛ばすような指導ぶりだった。

出羽海新理事長はこう言っていたものだった。

「今は満月のような状態です。しかし月はいずれ欠ける。そのようなことのないように協会員全員一丸となって頑張っていってもらいたい」

理事長に就任した出羽海

## 「角聖」横綱常陸山

1992年9月、出羽海部屋の人気力士の舞の海が写真週刊誌の餌食になっている。日本テレビの「お天気姉さん」と東京・箱崎のロイヤルパークホテルから朝帰りしたのがキャッチされて報道されている。

しかし舞の海が恐る恐る「出るらしい……」と事前に師匠の出羽海親方(元横綱・佐田の山)に報告すると「有名になったということだ。いっぱい買って田舎の親御さんに送ったらどうか?」と笑っていたそうだ。

明治の後期、梅ヶ谷と共に天下を二分する人気を集めたのが出羽海部屋の19代横綱の常陸山である。

土俵上もセオリー無視の荒っぽい相撲だったそうだが、土俵を離れたら全国津々浦々に50人以上の子供を「認知」させたというから、これまた八方破れであった。それでも明治の「角聖」と評されているから、いい時代だった?

「いやね、自分の子かどうかなと半信半疑でも『いいよ』だったらしいんだね。先代(元常陸山の5代出羽海)は要するにおおらかというか面倒見のいい人だったんですよ。人徳があった。だから弟子も育ち、一代で小部屋だった出羽海部屋を角界一の大部屋にしたんです」(出羽海親方)

## 名門・出羽海が「斜陽」

1996年の2月、出羽海親方は理事長職に専念するため元関脇・鷲羽山の境川と名跡交換、境川理事長となった。元関脇・鷲羽山が10代出羽海

として出羽海部屋を継承している。

1999年7月場所には、部屋所属の幕内力士の存在が連続101年で止まっている。2003年2月、元横綱・佐田の山の中立親方は

稽古場の舞の海と出羽海親方（元関脇・鷲羽山）

協会を定年退職して千葉・市川市の一市井人、市川晋松さんとなっている。以来、部屋や協会で見受けることはなかった。2010年5月場所、十両の普天王が幕下陥落の星となって、1898年（明治31年）5月場所に常陸山の十両昇進により続いた関取の存在が112年ぶりに途絶えた。

横綱は9人輩出、大関も7人生み、10場所連続優勝、番付の幕内片側20人を占めたこともある伝統を誇る名門、出羽一門の本家に歴史的な「斜陽」「落日」があった。しかしその一方、出羽海部屋「最後の横綱」三重ノ海は武蔵川親方として日本相撲協会トップの理事長、出羽海親方（元関脇・鷲羽山）は協会№2の事業部長という頂点にあった。

そんな折りも折り──。

## 「野球賭博の温床部屋」

2010年5月19日、大相撲夏場所11日目に発売された『週刊新潮』2010年5月27日号の特集記事〈大関『琴光喜』が『口止め料1億円』と脅かされた！〉で野球賭博問題が表沙汰になった──。

これを受けて日本相撲協会が調査した野球賭博を行った親方、力士、床山らが所属する部屋は次の通りだった。

大嶽部屋（大嶽親方）、時津風部屋（時津風親方、前頭・豊ノ島、三段目・豊光）、佐渡ヶ嶽部屋（大関・琴光喜）、八角部屋（前頭・隠岐の海、序ノ口・北勝国）、阿武松部屋（前頭・若荒雄、十両・大道、幕下・古市、幕下・大和富士、幕下・松緑、三段目・能登桜、三段目・大瀬海、番付外・松乃海、床山・床池）、武蔵川部屋（前頭・雅山）、境川部屋（前頭・豪栄道、前頭・豊響、幕下・薩摩響、幕下・城ノ龍）、尾車部屋（前頭・嘉

風)、北の湖部屋(十両・清瀬海)、出羽海部屋(幕下・普天王)、九重部屋(十両・千代白鵬)、春日野部屋(十両・春日錦)、宮城野部屋(幕下・光法)。

　どこの部屋でも「賭博漬け」なのであった。

　とりわけ阿武松部屋は「野球賭博の温床部屋」だったと言っても過言ではなかった。これは部屋全体のイメージとして最たる蔑称(べっしょう)である。花形力士、強豪力士を誇って形容された「二子山連峰」や「武蔵川軍団」と雲泥の差の汚名であった。

## 「ないないづくし」名古屋

　2010年7月の名古屋場所は元横綱・三重ノ海の武蔵川理事長、元関脇・鷲羽山の出羽海事業部長、元横綱・千代の富士の九重審判部長などは謹慎で「休み」、ご当所の大関・琴光喜は解雇で「いない」、豊ノ島、雅山など関取11人も謹慎休場で「いない」、1953年5月から57年間続いたNHKのテレビの相撲中継は「なし」、1926年1月から贈られている天皇賜杯、1968年1月場所から贈られている内閣総理大臣杯はともに相撲協会の辞退で「なし」、その他の外部からの表彰もすべて辞退で「なし」、懸賞金はスポンサーの辞退で「なし」の「ないないづくし」となっていた。

　真っ暗闇となっていた――。

## 元幕下力士が刑務所IN

　その後、警視庁が捜査した野球賭博問題での主な刑事、司法処分は次の通りであった。

　元大関・琴光喜、元大嶽親方はともに賭博の「客」であるが、常習性、高額の掛け金があったとして書類送検された(不起訴処分)。元床山・床池は賭博の「仲介者」と見られていたが、単純賭博容疑で書類送検された(不起訴処分)。元十両・小緑は賭博開帳図利容疑で逮捕、起訴され懲役10か月、執行猶予3年の判決だった。以上のいずれも相撲協会を解雇になっていた。

なお元阿武松部屋の幕下・梓弓は賭博の「胴元」と見られていたが賭博開帳図利幇助で逮捕、起訴され懲役6か月、執行猶予3年の判決、元幕下・若隆盛は賭博の「仲介者」でもあったが、恐喝および恐喝未遂容疑で逮捕、起訴され懲役4年6か月の実刑判決だった。元若隆盛は古市満朝受刑者として新潟刑務所で服役していた。

### 八百長問題で絶体絶命

大相撲界に大激震が走った、絶体絶命のピンチが襲った――。

2011年2月2日、警視庁による野球賭博事件の捜査の過程で、力士らの携帯メールに相撲で八百長が行われていることをうかがわせる文言、「物証」が世間に表面化したのだった。警視庁は日本相撲協会を所管する文部科学省にそれを伝えてもいる。

横綱・朝青龍の騒動、新弟子の暴行死、大麻事件、野球賭博、暴力団との黒い関係……これでもかこれでもかと続く不祥事のとどめを刺すような八百長問題の勃発であった。弱り目にたたり目、泣きっ面に蜂、貧すれば鈍する、藁打ちゃ手ぇ打つ――なのであった。

2011年3月の春場所は中止、5月の夏場所は一般無料公開で「技量審査場所」となった。真っ暗闇というよりドン底、ゼロに等しい状態だった。日本相撲協会11代目理事長の放駒親方（元大関・魁傑）は地に堕ちた国技を立て直すために大ナタを振るった。結局2人の親方、23人の力士の関与を認定、引退勧告などの処分で相撲協会から追放した。

「相撲道に八百長問題でトカゲの尻尾切りあり…」

「放駒理事長はカイケツ（魁傑）へ放り投げず！」

そんな川柳めいた揶揄があった。

一連の不祥事の中で安定した土俵を務めていた「一人横綱」白鵬の存在も見逃すことはできなかった。驕り高ぶることなく謙虚な姿勢で宮城野部屋の稽古場、股割り、四股、摺り足、鉄砲の基本を繰り返していた。

## 名門の「期待の星」

2014年2月、元幕内・小城乃花が11代出羽海を襲名して出羽海部屋を継承している。

2014年9月27日、長野県と岐阜県の県境に位置する御嶽山(おんたけさん)が噴火、死者・行方不明者63人にのぼる戦後最悪の火山災害となった。

2015年3月春場所、東洋大学時代に学生＆アマ横綱に輝いている大道久司が御嶽海(みたけうみ)のシコ名で出羽海部屋から初土俵を踏んでいる。

「舞の海さんがいた部屋ということだけで出羽海部屋が名門ということを知らなかった。去年、タイトルを取って出羽海親方（元幕内・小城乃花）から勧誘された際、『最近10年くらい幕内力士が出ていなくて、今は名門と言えないかもしれない。でも、きっと再興させたいと思っている。是非とも力を貸してほしい』と言われて『よし！』と思いました」（御嶽海）

シコ名は出身地・長野の御嶽山と出羽海の「海」をミックスしたものである。2015年11月場所には新入幕で登場している。なお長野県からは昭和40年代の大鷲以来のこちらも待ちに待った幕内力士であった。


## 「フルムーン」復活

2017年春、大相撲は数々の不祥事による人気低迷、どん底を乗り越えて復興、連日満員御礼、「フルムーン」のような活況を呈していた。出羽海部屋は御嶽海が名門の期待の星、「救世主」として台頭していた。阿武松親方（元関脇・益荒雄）もテレビや相撲雑誌に晴れて登場するようになっていたし、弟子の20歳の阿武咲が新入幕を決めていた。

なお相撲専門誌も不祥事による人気低落で一時はベースボール・マガジン社編集・発行の日本相撲協会機関誌『相撲』の1誌だけだったのが、人気回復に伴って、大空出版発行の『相撲ファン』（季刊）、毎日新聞出版発行、NHKグローバルメディアサービス編集の『大相撲中継』、アプリスタイル社発行、報知新聞社編集の『大相撲ジャーナル』の新刊や復刊が加わって月刊3誌、季刊1誌になっていた。「夏場所の前売り切符も手に入

らないし、相撲雑誌もどれを買おうか迷っちゃう」と相撲ファンはうれしい悲鳴だった？

## 出羽海部屋の稽古場

そんな矢先の4月27日、大相撲の夏場所の番付発表日、第50代横綱・佐田の山で9代出羽海親方、さらに日本相撲協会の7代理事長・境川の市川晋松さんが肺炎のため死去した。79歳だった。告別式は喪主・妻の恵津子さん、故人の強い意志とのことで家族葬で済ませている。かつての弟子たちは哀悼の意を表しながら、次のような思い出を語っていた。

出羽海部屋の稽古場

「稽古場は厳しかった。理事長になったころも『思考の原点は稽古場にある』と言っていた」（元関脇・鷲羽山で10代出羽海の石田佳員さん）

「稽古場はとても厳しくピリッとした雰囲気があった。上がり座敷に座っていた時にオーラがあった」（元幕内・小城乃花の11代出羽海）

「いつも『土俵は人生の縮図だ』と言っていた。師匠の教えは自分の弟子指導の指針になっています」（元小結・両国の境川親方）

「師匠から『実るほど頭の垂れる稲穂かな』とよく諭され、自分もモットーにしようと思った」（57代横綱・三重ノ海、日本相撲協会10代理事長・武蔵川の石山五郎・6代相撲博物館長）

「稽古場でのイメージトレーニングを理解してくれた。相撲のみならず人生の師だった」（元小結・舞の海でNHK相撲解説者の舞の海秀平さん）

「師匠は長崎の五島の出身で私は佐渡ヶ島、『互いに島育ちだね』と接してくれた。稽古場の上がり座敷に木彫りのデッカイ火鉢が鎮座している。亡き師匠の象徴のように思っている」（元小結・大錦の山科審判部副部長）

修業の場、稽古場に土俵人生の原点があった——。

## 著者紹介

野崎　誓司（のざき・せいじ）

1944年、新潟県佐渡市生まれ。東京拘置所の刑務官、ベースボール・マガジン社の『相撲』や『プロレス』誌の編集・記者、読売新聞東京本社で『大相撲』誌の編集・記者、千葉県八千代市の北総警備保障の警備員などを経て、現在は千葉県船橋市の体育施設「タカスポ」の管理人。
著書には『お相撲さん・その世界』（恒文社）、『日本人・小錦八十吉』（KSS出版）、『小さな店の大きな商い！舞の海』（東京読売サービス）などがある。

イラスト・更級四郎

囚人土俵　OH！SUMO風雲録
2017年12月24日発行

著　者　野崎誓司
制　作　風詠社
発行所　ブックウェイ
〒670-0933　姫路市平野町62
TEL.079(222)5372　FAX.079(244)1482
http://bookway.jp
印刷所　小野高速印刷株式会社
©Seiji Nozaki 2017, Printed in Japan.
ISBN978-4-86584-270-8

乱丁本・落丁本は送料小社負担でお取り換えいたします。

本書のコピー、スキャン、デジタル化等の無断複製は著作権法上での例外を除き禁じられています。本書を代行業者等の第三者に依頼してスキャンやデジタル化することは、たとえ個人や家庭内の利用でも一切認められておりません。